F.G. Klimmek

Der Raben Speise

F.G. Klimmek, geboren 1949 in Wanne-Eickel, ist Rechtsanwalt, nebenher hat er sich der Herpetologie (Kriechtierkunde) verschrieben und ist ein profunder Kenner der Kriminalliteratur Sir Arthur Conan Doyles.

Nach »Wie die Fliegen« und »Schnee von gestern« ist »Der Raben Speise« sein dritter Titel im Programm des KBV.

F.G. Klimmek

Der Raben Speise

Ein historischer Kriminalroman

KBV
KRIMI

Originalausgabe

Telefon: 0 65 93 - 99 86 68
Fax: 0 65 93 - 99 87 01
www.kbv-verlag.de
E-Mail: info@kbv-verlag.de
Umschlagillustration: Ralf Kramp
Redaktion, Satz: Volker Maria Neumann, Köln
Druck: Grenz-Echo AG, Eupen
Printed in Belgium
ISBN 3-937001-39-5

Mein Dank gilt Frau Jutta Hegemann
für das Knüpfen unverzichtbarer Kontakte
sowie insbesondere Herrn Doktor Bernd Thier
vom Stadtmuseum Münster, der mir
mit Hinweisen und Tipps geholfen
und mich vor groben Fehlern bewahrt hat.

Vorrede des Autors

Verehrte Leserinnen, geschätzte Leser!

Als mir das lange unentdeckte Manuskript eines gewissen Frederik von dem Kerkhof in die Hände fiel, das ich nachfolgend in verständliche Form zu transponieren und der heutigen Zeit angepasst wiederzugeben versuche, habe ich mich bereits nach den ersten Seiten bemüht, mir ein Bild von der Epoche und den Umständen zu machen, zu welchen sich seine Geschichte ereignet hat. Es ist im Wesentlichen die Zeit der Wiedertäuferherrschaft über Münster, also die Zeit um 1534/35.

Das historische Rahmengeschehen lässt sich wie folgt kurz umreißen:

Es ist eine Phase des Umbruchs (Luther, Müntzer, die Bauernkriege sind jüngste Vergangenheit). Aus den Niederlanden schwappt die Wiedertäuferwelle auch nach Westfalen, die neben einem reformatorischen Glaubensgedanken ein neues Selbstverständnis des Individuums transportiert. Sie ist Nährboden für Schwärmer und Volkstribunen, die es verstehen, mit der Kraft ihrer Rede und starker persönlicher Präsenz das Volk für ihre revolutionären Ideen zu begeistern. Als ihre Macht so groß wird, dass sie die Katholiken aus der Stadt jagen und dort das neue Königreich Zion ausrufen, ist der Bischof zum Handeln gezwungen, um die Institution der überkommenen Gesellschaftsordnung, die der katholischen Kirche und seine eigene, zu retten. Während er sich genötigt sieht, eine zeit- und kostenaufwendige Belagerung durchzuführen, kommt es in Münster zu Exzessen wie Bildersturm, Massenhinrichtungen und Vielweiberei. Nach der Einnahme der Stadt, die durch Verrat fällt, folgt die grausame Rache der Sieger, die zur Ausrottung des Anabaptismus im Münsterland führt.

Die Figuren des

Franz von Waldeck (Fürstbischof von Münster),

Jan Bockelson, genannt Jan van Leyden (ehemaliger Schankwirt und Bordellbetreiber, später Anführer der Wiedertäufer und selbsternannter König von Münster),

Bernd Knipperdollink (ehemaliger Tuchhändler und Bürgermeister von Münster, später Stellvertreter des Jan Bockelson),

Bernd Krechtink (dritte Kraft im Führungstrio der Wiedertäufer),

Bernhard Rothmann, genannt Stutenbernd (zunächst Kaplan am St. Mauritz-Stift, später sog. Prädikant der Wiedertäuferbewegung),

Jan Matthijs (Prophet des Anabaptismus aus den Niederlanden) und

Joss Fritz (Bauernführer; der beim »Bundschuh«, einem Zusammenschluss der Bauern zu einer kämpfenden Truppe, eine herausragende Position bekleidete)

sind real.

Tatsachen, die für diesen Roman bedeutsam erscheinen, sind unter anderem:

- Der erste wirklich bedeutende Prädikant in Münster und damit Wegbereiter der Wiedertäuferbewegung ist Bernhard Rothmann, der das Abendmahl auch außerhalb der Kirche zelebriert, wo er Weißbrot mit Wein übergießt und

verteilt. Letzteres trägt ihm den Namen »Stutenbernd« ein. Sein Verbleib nach der Einnahme Münsters ist ungewiss, seine Leiche wird nie gefunden.
- Der Krieg gegen die Wiedertäufer kostet den Bischof Unsummen, die er zu einem großen Teil nur durch geliehene Gelder aufbringen kann, für die bisweilen sogar Kirchenschätze verpfändet werden müssen.
- Die Anführer der Wiedertäufer werden im Januar 1536 von zwei Henkern aus Paderborn und Münster auf dem Prinzipalmarkt mit glühenden Zangen zerrissen und schließlich durch einen Stich ins Herz getötet. Ihre Leichen werden in eisernen Käfigen am Turm von St.Lamberti aufgehängt.

Doch trotz all dieser gesicherten Erkenntnisse hat mich die weitere Lektüre zu der Überzeugung gelangen lassen, dass es sich bei unserem Frederik um einen ziemlichen Lügenbold und Schwadronierer handelt, der doch den Fiktionen den Vorzug vor allen Fakten gibt. Oder ist auch nur einer unter Ihnen, der jemals von einem »Dieb der Seelen« gehört hätte, von einem Medicus Ossenstert, einem Pietro Della-Croce und den Brüdern Hillink, geschweige denn von einer Verschwörung zwischen ... aber da will ich nicht vorgreifen. Und an wen ich erst recht nicht glaube, ist dieser englische Waffenmeister, der kurioserweise einen Namen trägt, den ich schon auf der Besetzungsliste von Agentenfilmen gefunden habe.

Was soll ich also von unserem Frederik und seinem ominösen Manuskript halten? Soll ich seine Aufzeichnungen in den Reißwolf stecken, bloß, weil ich von diesen Menschen und Geschehnissen nichts weiß? Hätte es sie nicht doch so oder in ähnlicher Form geben können?

Deshalb ziehe ich es vor, mich aus der Verantwortung zu stehlen und die Entscheidung ganz allein Ihnen zu überlassen.

In diesem Sinne hoffe ich, es mögen Ihnen alle Figuren und Wendungen des Geschehens so plastisch vor Augen erscheinen, dass eine Vermengung von Fakten und Fiktionen jedenfalls diesem, von Frederik angestrebten Ziel dient, nämlich für Spannung und Unterhaltung zu sorgen.

Noch mehr hoffe ich aber, dass mir alle Historiker verzeihen mögen.

Ihr F.G. Klimmek

I. PROLOG

(1532)

Im schwarzen Kapaun

Man schrieb das Jahr des Herrn 1532 und große Ereignisse warfen ihre Schatten voraus. Aber das interessierte die Fliege nicht. Sie tupfte zum zwölften Male gegen die Fensterscheibe, ohne zu begreifen, dass hier ein unsichtbares Hindernis existierte. Sie flog zurück in den Schankraum, holte in abrupten, eckigen Schlaufen Schwung und tickte in ihrem erneuten Anlauf so vehement vor diese Undurchdringlichkeit aus Nichts, dass es sie benommen abtropfen ließ. Mehr tot als lebendig landete sie im Weinbecher des Mannes, der den blank gescheuerten Holztisch direkt ans Fenster gerückt hatte, um die Straße vor dem *Schwarzen Kapaun* besser übersehen zu können.

Der Mann trug die in gedeckten Farben gehaltene, unauffällige Kleidung eines reisenden Kaufmanns. Er hatte sich versonnen über seinen Becher gebeugt und redete mehr zu sich selbst als zu seinem Gegenüber, den er dabei anzusehen vermied.

»Ihr ladet eine schwere Last auf meine schmalen Schultern, Exzellenz. Ich bin nicht sicher, ob ich sie zu tragen vermag. Die Dinge ändern sich in einer Geschwindigkeit wie nie zuvor. Wenn ich Euren Wünschen folge, riskiere ich ...«

Weiter kam er nicht, weil er vom donnernden Gelächter seines Gesprächspartners unterbrochen wurde. »Du riskierst zu versäumen, ein reicher Mann zu werden. Wenn du dich nur halbwegs geschickt anstellt, Herr Weltveränderer von eigenen Gnaden, ist dein Risiko nicht größer als das eines Bauern, der von seinem Weib mit der Magd erwischt wird. Ein paar Unannehmlichkeiten, gewiss. Na und? Wenn du dagegen in deinen wahren Absichten unerkannt bleibst, was die viel größere Chance ist, bist du für den Rest deiner Tage ein gemachter Mann, selbst wenn du es auf hundert Jahre bringst. – Sei kein Idiot! Ich mache dir das Angebot deines Lebens. Entscheide dich!«

Er spürte, dass sein Gegenüber sein Zaudern richtig gedeutet hatte und deshalb seine Antwort im Keim erstickte.

»Nein, keine Bedenkzeit, entscheide dich jetzt und hier! Ich werde nicht noch einmal in ein solche Posse einwilligen und mich hier zum Narren machen.«

Natürlich hatte der Mächtige Recht. Ein solches Treffen zu wiederholen, würde die Gefahr einer Entdeckung unvertretbar vergrößern. Außerdem wurde ihm bewusst, in welch hohem Maße ihm sein Gegenüber für diese Unterredung entgegengekommen war. Er hatte sich gleichfalls wie ein bürgerlicher Reisender ausstaffiert, in braun-grünem Tuch ohne sonderlichen Zierrat. Dabei wäre es für ihn üblich gewesen wäre, ein seidenes Wams über feinster Brüsseler Spitze zu tragen, darüber goldene Ketten und an der Hand Ringe mit Edelsteinen in der Größe von Taubeneiern.

Ein Blick aus dem Fenster überzeugte ihn, dass es hier sicher und die Situation bestens aufbereitet war. Vor dem Eingang der Schenke sah er zwei der vier Männer, die sein Gesprächspartner mitgebracht hatte. Alle hatten auf ihre einheitliche Livree verzichtet und sich wie die Knechte eines gut situierten Handelsherren gekleidet. Der dritte würde die Rückseite des Hauses im Auge behalten, der vierte oben an der Wegbiegung die Straße nach beiden Seiten beobachten. Sie waren vor einem überraschenden Zugriff des Feindes geschützt. Außerdem handelte es sich bei ihren Begleitern sämtlich um Elitekämpfer, die es leicht mit einer dreifachen

Übermacht marodierender Landsknechte aufnehmen konnten – von Relikten versprengter Bauernhaufen, die sich in der ungewohnten Kunst der Wegelagerei versuchten, ganz zu schweigen. Hinzu kam seine Überzeugung, dass sich noch etliche Männer in der Nähe verborgen hielten, die er nicht zu Gesicht bekommen hatte.

In Gedanken tauchte er einen Finger in den Roten und hob vorsichtig die durch den Anprall und den anschließenden unverhofften Weingenuss beduselte Fliege aus dem Becher. Welches Risiko lief er tatsächlich, wenn er sich auf den Handel mit Seiner Exzellenz einließ? Ging alles nach Plan, würde er bis zu seinem dann hoffentlich friedlichen Tode im Geld schwimmen. Sollten dagegen diejenigen gewinnen, auf deren Seite er sich offiziell zu schlagen hatte – auch nicht schlecht. Dann würde er zur Rechten des Königs des neuen Zion sitzen und sein Wort wäre Gesetz. Sollte sich aber der Feind übermächtig zeigen und sich ein Fall Münsters abzeichnen, dann ... ja dann würde er sich etwas einfallen lassen müssen. Aber gewisse Gegenleistungen in Form umfassender Informationen über die Befestigungsanlagen der Stadt, zur rechten Zeit dem rechten Mann avisiert, sollten allemal genug Tauschobjekt sein, ihm auch für diese ungünstigste Eventualität einen Geleitbrief zu verschaffen.

Behutsam ließ er die Fliege von seiner Fingerkuppe auf den Tisch krabbeln, wo sie in kleinen, taumeligen Kreisen schimmernde Bögen hinterließ, nicht ahnend, welches politische Ränkespiel sie soeben belauscht hatte. Er wusste, dass sein Gegenüber zu klug war, um sich durch längeres Hinhalten weitergehende Garantien abnötigen zu lassen. Und er wusste noch etwas anderes genauso sicher: Man würde ihm nicht die Gelegenheit lassen, über dieses Treffen zu berichten, sollte er das Angebot ablehnen. Vielleicht würden sie ihn nicht hier in der Schenke vor den Augen des Wirtes erledigen, doch bestimmt, bevor er sein Pferd bestiegen hätte. Schon deshalb antwortete er auf die barsche Frage »Nun, Pfaffe?« ohne Zögern mit einem nüchternen: »Wir sind uns einig, Exzellenz!«

»Prächtig, prächtig, Pfaffe! Ich hatte nie einen Zweifel an deiner Intelligenz. Und auch nicht an deinem Mut, wohlgemerkt. Ich wusste immer, dass ich mit dir die richtige Wahl getroffen habe. – Wirt, mehr Wein, aber den besten!«

Der Schankwirt, der bis dahin, wie man ihm befohlen hatte, außer Hörweite geblieben war, sprang eilfertig und unter vielen Verbeugungen herbei, um das Gewünschte auf den Tisch zu stellen. Ein solches Geschäft wie heute machte er nicht alle Tage. Und er wusste sehr wohl, wer der so untypisch gekleidete Herr mit dem vollen Geldbeutel war, der von den vier Kämpfern begleitet wurde. Er hatte ihn einmal bei dessen Regierungsgeschäften gesehen, in vollem Ornat. Aber er würde sich eher die Zunge abbeißen, als jemals mit jemandem darüber zu sprechen. Ohne Zunge konnte man weiterleben – höchst unangenehm zwar, aber immerhin leben.

Der Mächtige geriet nach dem zweiten Krug Wein in Überschwang. »Pfaffe, wir werden sie knacken wie eine Auster. Und dann wird die Perle des Münsterlandes in meinen Schoß fallen, mit deiner und mit Gottes Hilfe.«

»Ja, mit Gottes Hilfe!«, prostete ihm der Pfaffe zu. Und er meinte es ehrlich, denn obwohl er wahrhaftig ein Mann der Kirche war, glaubte er an Gott.

Als sich der vornehme Herr und seine Eskorte entfernt hatten und nur noch der Wirt in der Schankstube geblieben war, holte der Pfaffe Papier und Schreibzeug aus der Satteltasche seines Pferdes, setzt sich an denselben Tisch wie zuvor und begann, den Inhalt des Gesprächs zu fixieren. Anschließend faltete er das Blatt so, dass davon nichts zu lesen war, und setzte nebst Datum einen weiteren Satz darauf. Dann rief er: »Komm her, Wirt, und unterzeichne hier!«

Der Wirt, ein von Natur aus vorsichtiger und durch langjährige Erfahrung in seinem Gewerbe äußerst misstrauischer Mann, näherte sich vorsichtig und beäugte das Schreiben mit gemischten Gefühlen. Lesen und Schreiben waren nicht sein täglich Brot und er hatte stets Mühe, wenn es darum ging, etwas anderes zu entziffern als die Rechnungen seiner Bier- und Weinlieferanten. Als er endlich die Tragweite des Satzes erfasst hatte, trat er unwillkürlich einen schnellen Schritt zurück.

»Das – das werde ich nicht unterschreiben, Herr. Ich kann doch nicht ...«

So hastig der Wirt auch mit seiner Bewegung gewesen war, der Pfaffe war weitaus schneller, hatte ihn bereits am Arm erwischt und auf den nächsten Stuhl gezogen. »Oh doch, du kannst und du wirst. Ich habe sofort an deinem Gesicht gesehen, dass du ihn erkannt hast. Deine Unterschrift wird mein Leben garantieren. Und mein Schweigen garantiert deines. Oder soll ich etwa dem Hohen Herrn berichten, dass du jedes unserer Worte belauscht hast? Oder ist es dir vielleicht lieber, wenn dem Bischof zugetragen wird, dass du an einem Komplott gegen ihn beteiligt bist, ein Mitverschwörer gegen die heilige römische Kirche? Dass sie dich umbringen werden, steht außer Zweifel. Interessant ist dabei höchstens, was sie vorher noch alles mit dir anstellen werden.«

Nachdem der Pfaffe dem Wirt einige Momente gegeben hatte, um seine Worte besser auf ihn einwirken zu lassen, schob er stumm das Papier und den Federkiel vor ihn hin. Ebenso stumm setzte der bleich gewordene Mann krakelig sein Zeichen auf das Blatt.

Während sich der Wirt anschließend seinen Hals rieb, als hätte sich dort ein Strick zusammengezogen, rollte der Paffe das Dokument zusammen und ließ es zufrieden in den Falten seines Gewandes verschwinden. »Und nun, Wirt, noch einen Wein!«

II. TOD IN MÜNSTER

(1534)

Privatvorstellung

Das Schafott war keine sechs Meter von uns entfernt, und wenn der leichte Wind in meine Richtung stand, konnte ich einen Hauch der Hitze aus den Kohlebecken spüren. Trotzdem war mir kalt, mein Schädel drohte zu platzen und ich fühlte mich insgesamt unwohl. Dabei konnte ich mir sicher sein, dass mich die meisten Anwesenden rasend beneideten. Schließlich war ich der Held des Tages, der Mann, der unserem hochwohlgeborenen Fürstbischof den Gefallen seines Lebens getan hatte. Und das war noch stark untertrieben.

Ich klammerte meine Hände um den Becher mit dem leicht geharzten Glühwein und ließ meinen Blick unter gesenkten Lidern vorsichtig über die Runde schweifen. Alle, die momentan die Augen nicht auf die Plattform gerichtet hatten, musterten mich mehr oder minder offen. Wie gerne wären sie jetzt an meiner Stelle gewesen, wie sie mich hier so sahen. Und wie gerne wären sie am Ende der Welt gewesen, wenn sie gewusst hätten, was sich tatsächlich abgespielt hatte, und wie ich mich wirklich fühlte.

Scheiß drauf. Ich hatte das Spiel nicht begonnen, aber ich würde es zu Ende führen. Schon allein deshalb, weil ich keine andere Möglichkeit hatte.

Der dicke Franz links von mir nagte an einer Putenkeule. Mir sollte wegen meiner Verdienste ein Höchstmaß an Aufmerksamkeit zuteil werden, quasi eine Adelung im Angesicht des Volkes. Deshalb saß ich rechts neben ihm. Aber der fette Sack hatte sich bestimmt so seine Gedanken gemacht. Er konnte, Gott sei Dank, nichts beweisen, war aber –

zu Recht – voller Misstrauen, und deshalb hockte seine momentane Mätresse Nummer zwei zwischen uns, eine beständig affektiert kichernde Schlampe mit so viel Schminke im Gesicht, dass sie jedermann wie eine Kunstfigur aus einem venezianischen Comedia-Spektakel erscheinen musste. Ich wusste, dass der Geschmack des alten Ferkels grundsätzlich zu gut war, um sich angesichts seiner Position mit einem solchen Trostpreis abgeben zu müssen, egal, welche sexuellen Kunstfertigkeiten sie für diese Aufgabe prädestinieren mochten. Im Übrigen würde er sich auch nur höchst ungern den Zorn seiner Gespielin Nummer eins, Anna Pohlmann, zuziehen wollen. In der Zwickmühle, mich einerseits öffentlich belohnen zu müssen, mir andererseits meine monetäre Verfehlung nicht nachweisen zu können, wollte er mir in seiner bekannt delikaten Grausamkeit verdeutlichen, dass er sehr wohl bereit war, sich an die Spielregeln zu halten, dabei jedoch ahnte, was genau gelaufen war. Klar, dass der quallige Schuft mir liebend gern bei der heutigen Volksbelustigung die Hauptrolle verschafft hätte. Genauso klar, dass ich aufgrund der objektiven Sachlage gegenwärtig der Volkstribun war, dem man dankbar die Füße küssen musste.

Ich wusste, dass er etwas vermutete. Deshalb saß ich jetzt zu seiner Rechten, um mich vor allen zu hofieren, und deshalb saß zwischen uns seine Metze, um mir zu zeigen, dass ich alle außer ihm an der Nase herumführen konnte.

Scheiß auch da drauf. Allein die Tatsache, dass ich im Moment hier saß, garantierte mein Überleben für die kommenden Tage.

Ich nahm einen weiteren Schluck vom würzigen, heißen Wein und blickte verstohlen durch meinen kondensierenden Atem nach links. Der Fettsack schäkerte mit den Leuten aus seiner nächsten Umgebung, gab sich bester Laune und tat so, als wäre ich sein bester Freund. Dabei machte er das alles so gekünstelt, dass ich genau wusste, das Schwein hatte mich ständig im Visier. Er würde sich nie die Blöße geben, irgendwann irgendwem gestehen zu müssen, dass ich ihn über den Leisten gezogen hatte. Lieber würde dieser geldgeile Kerl auf eine nicht unbeträchtliche Summe verzichten, als öffentlich einen Irrtum einzugestehen.

Ich liebte diese extreme Form von Eitelkeit, solange sie mir nutzte. Oder schätzte ich ihn etwa falsch ein? Bei diesem Gedanken hätte ich mich fast verschluckt.

Die Vorführung war auf mehrere Akte angesetzt. Den ersten hatten wir hinter uns. Auf der hölzernen Plattform produzierte sich im Augenblick ein Bärenführer mit seinem bedauernswerten Opfer. Das arme Tier stand auf den Hinterbeinen, drehte sich, kauerte sich auf Verlangen nieder, stieg auf Geheiß in die Höhe, und machte alles das, was eine hölzerne Marionette kaum besser vermocht hätte.

Der fette Franz hatte mir für meine Meisterleistung die Erfüllung vieler Wünsche in Aussicht gestellt, nolens volens, aber ich wollte mein Glück nicht überstrapazieren, weil ich merkte, dass ihm in seiner bisweilen schlichten Einfalt die Darbietung gefiel. Also ließ ich den Bärenführer gewähren und ihn den fürstlichen Applaus einheimsen. Morgen würde ich versuchen, ihm das geschundene Tier abzukaufen. Ich bin kein linker Vogel, deshalb würde mein Preis angemessen sein. Akzeptierte er nicht, würde er übermorgen mit durchschnittener Kehle aufwachen und in den letzten zwei Sekunden seines Lebens feststellen, dass es äußerst unklug ist, Friedrich von dem Kerkhof, dem allergeheimsten Sonderbeauftragten seiner fürstbischöflichen

Eminenz, Franz von Waldeck, nicht jeden Wunsch von den Lippen abzulesen.

Ich wärmte mir die Finger an meinem Becher und sah in einer unangemessenen Aufwallung von Mut direkt zum feisten Franz hinüber, der jetzt mit links eine fetttriefende Schweinshaxe hielt und seine schmierige Rechte am Mieder seiner laut kichernden Konkubine abwischte. Fürwahr, ein prächtiger Stellvertreter des heiligen Vaters in unserem Münsterland. Selbst die Borgiapäbste konnten nicht mehr Metzen gefickt haben als dieses zölibatverhöhnende, obszöne Speckfass. Aber andererseits, was ist obszöner als das Zölibat? Und außerdem, wer ist berufener, den Sündern zu predigen, als der größte Sünder?

Es roch auf einschüchternde Weise nach verbranntem Fleisch und angenehm nach heißem, rotem Wein. Ich beschloss, mich nicht länger gegen die Gunst der Stunde zu stellen und mich in das Unabänderliche zu fügen. Schließlich gehörte ich für die nächsten Stunden nicht zu den Hauptdarstellern. Obwohl sie es in der unmittelbaren Nähe des Kohlebeckens sehr viel wärmer hatten als ich, wenn auch nur für eine kurze Zeitspanne, die für sie die längste ihres Lebens werden würde.

Wie auch immer, es war nicht mein Bier. Ich hatte mich damit abgefunden, in meinem Dasein meine höchst spezifische Rolle zu spielen, und ich glaubte, mir darin schmeicheln zu können, dass ich sie perfekt erfüllte.

Franz zerfetzte die Haxe mit seinen schadhaften Zähnen und rülpste dazu unter dem begeisterten Anfeuern seiner Mätresse. Unsere Blicke trafen sich und wir lächelten uns in jener verlogenen Weise an, die es nur unter eingeweihten Komplizen gibt, die den Dolch auf dem Rücken halten und genau wissen, dass es auch der andere weiß. Wir lachten beide breit und tranken uns zu. Für mich war immer wieder faszinierend zu sehen, wie Politik auch im kleinsten Rahmen funktionierte.

Zweiter Akt, das Schauspiel nahm seinen Fortgang. Das hölzerne Podium uns gegenüber wurde von einem jungen Mann erklettert, der auf eigenartige Weise verunsichert, aber gleichermaßen in sein Schicksal ergeben und wie die ideale Besetzung seiner Rolle wirkte. Er stieg mit glatter Bewegung hinauf, in Stiefeln, einem engen Beinkleid und weitem Leinenhemd. Nach einem kurzen Moment der Orientierung wandte er sich zu uns, verneigte sich tief vor Franz von Waldeck – und damit aufgrund unserer körperlichen Nähe auch vor mir –, rief: »Gott segne unseren Landesherrn« und streifte mit einer fließenden Bewegung das Hemd über den Kopf. Dann breitete er die Arme aus und ließ sich in perfekter zeitlicher Abstimmung von zwei Männern, die sich bis dahin in der Nähe der Glut aufgewärmt hatten, bei den Händen nehmen und in die Mitte der Plattform führen. Er lehnte sich mit dem Rücken an den dort errichteten Pfahl, schloss die Augen und lächelte. Der Rest der Welt konnte ihn nicht mehr berühren, weder innerlich noch äußerlich. Er spielte die Rolle seines Lebens und war sichtlich stolz auf sich.

Ich merkte, dass die Augen des fetten Franz auf mir ruhten, und fröstelte, nicht allein wegen der Temperatur. Glaubt mir, meine Freunde, in diesem Moment war ich mir sicher, dass er sich gerade vorstellte, wie ich mich an Stelle des jungen Burschen dort drüben machen würde.

Ich gestattete mir einen ironisch-koketten Seitenblick und prostete hinüber. Franz prostete zurück, zwinkerte zur Bühne hinauf und seine Kurtisane drückte mir unter Gelächter mit einem schmandigen Schmatz so viel Fett auf den Bart, dass ich mich am liebsten in den eiskalten Dorfweiher gestürzt hätte. Doch weil ich wusste, dass ich mein Glück bis an die Grenzen des Erträglichen ausgereizt hatte, verkniff ich mir sogar die provozierende Geste, mich mit dem Mundtuch abzuwischen, und lächelte tapfer zu meinem großen Gönner hinüber, der meine subtile Demütigung mit Genuss registrierte.

Und wieder stach mir der Geruch verbrannten Fleisches in die Nase und gemahnte mich daran, niemals und wirklich niemals mehr den Bogen zu überspannen.

Ich griff mir die schmierige Hand meiner Nachbarin und küsste galant ihre Fingerspitzen, während ich den Landesvater demonstrativ fixierte. »Nie hat es einen Mann mit größerer Weisheit gegeben – und nie mit besserem Geschmack.« Konnte ich mir bei Franzens Eitelkeit sicher sein, mir mit diesem Spruch das ewige Leben erkauft zu haben?

Der Gestank wurde jetzt so stark, dass ich mir meinen Becher unter die Nase hielt und tief einatmete. Ich hatte Pluspunkte gewonnen, zweifellos. Dennoch wünschte ich mir, ich hätte die Zeit um einiges zurückstellen und mich vorübergehend in die sicheren Gefilde eines benachbarten Fürsten flüchten können. Vielleicht wäre es sogar am besten, auf Dauer in die Dienste eines fremden Herren zu treten. Doch was nützten mir hier und jetzt solche Überlegungen, die durch die grässlichen Schreie des Gefolterten unterbrochen wurden? Um mich abzulenken, ließ ich in Gedanken die Ereignisse der letzten Tage passieren, die zu diesem Todesschauspiel geführt hatten.

Engel und Teufel

Ich stand nackt in der Schlange der armen Seelen, meine Hände und Füße waren so mit Ketten gefesselt, dass ich mich nur zentimeterweise vorwärts bewegen konnte und mir jeder Schritt große Schmerzen bereitete. Aber der Teufel wollte mich nicht lange leiden lassen, jedenfalls nicht auf diese billige Weise. Als er mich in der Reihe bemerkte, verließ er den Platz an seinem Schreibpult und kam an den Sündern vorbei schnurstracks auf mich zu. Dabei wanderte sein Blick beständig zwischen einer Schriftrolle in seinen Händen und mir hin und her.

»Du fragst mich doch hoffentlich nicht, warum du hier bist?« Mit diesen Worten hielt er mir die Rolle vors Gesicht, sein Schmunzeln verstärkte sich. Er sah jetzt aus wie ein professioneller Geldverleiher, ein Jude, den ich in meinem anderen Leben einmal gekannt und der mich wegen meiner zugegebenermaßen nicht unbedeutenden Schulden bis nach Antwerpen hatte verfolgen lassen. Nur ein lukrativer und postwendend vergüteter Auftrag des Fürstbischofs hatte damals in letzter Minute dafür gesorgt, dass mir alle meine Glieder erhalten geblieben waren. Dass es heute wieder so glimpflich ausgehen würde, war reinste Utopie. Schließlich landet man nicht ohne Grund in der Hölle.

Und Gründe für mein Hiersein hatte ich wahrlich genug geliefert. Selbst wenn ich den einen oder anderen vergessen haben sollte, auf der Schriftrolle unter meiner Nase standen sie alle rot auf weiß und lückenlos.

»Tja, mein lieber Frederik, du hast mir einen Haufen Arbeit gemacht mit der Buchführung. Deshalb sollen deine Qualen auch ganz exquisite Formen ...«

Das Wesen, das dem Teufel auf die Schulter tippte, hatte ich zigmal in den unterschiedlichsten Darstellungen gesehen, mir in natura aber nie so durchscheinend und dabei doch so graniten vorgestellt. Die Flügel machten auch einem religiösen Laien klar, dass wir es hier mit einem Engel zu tun hatten.

Der Engel zeigte auf mich. »Er ist erlöst.«

Beim Teufel stellte sich erster Unmut ein. »Er ist verdammt.«

»Er ist erlöst!«

»Er ist verdammt!!«

Mit diesem beschränkten Vokabular plärrten die beiden noch eine Weile wie zwei trotzige Kinder aufeinander ein, bis es dem Engel zu bunt wurde, er mich unter den Armen packte und sich mühelos mit mir in die Luft erhob, auf eine riesige Glocke zu. Kein Grund mich zu früh zu freuen, denn der Teufel hing an meinen Beinen und versuchte mich zurückzuzerren. So sausten wir drei in das Innere der Glocke, einer zog mich nach links, der andere nach rechts, und jedes Mal knallte mein Schädel mit Wucht gegen die Glockenwand. »Das ewig Weibliche zieht uns hinan«, war das Einzige, was mir in dieser Situation in den Sinn kam – ein Spruch, der durchaus Chancen hatte, aus dem Munde eines Dichterfürsten Jahrhunderte später Eingang in jede Zitatensammlung zu finden.

Immer, wenn mein Kopf als menschlicher Klöppel vor die Glocke haute, gab ihr bronzener Körper ein trockenes »Pock« von sich, genau, als würde man mit einem harten Gegenstand auf ein hölzernes Brett schlagen. »Pock« ging es und wieder »pock«, die Abstände wurden immer kürzer.

»Werd endlich wach, du versoffener Kerl! Da ist jemand an der Tür, der nach dir ruft.« Zenobia rüttelte mit Macht an meiner Schulter. Dieses gewaltige Erbeben meines Körpers in Verbindung mit meinem nicht verdauten Albtraum brachten andere nicht verdaute Dinge des gestrigen Abends in Erinnerung, die sich nun, die ganze Nacht über in meinem Magen mariniert in einem fluchwürdigen Bier- und Branntweingemisch, noch einmal der Außenwelt präsentieren wollten. Ich schaffte es gerade noch bis zum Fenster und kotzte in den Hof, ohne genau Ziel zu nehmen. Dabei kam ich mit angeborenem Geschick dem Mann ziemlich nahe, der unermüdlich an die Tür des Seiteneingangs hämmerte, der zu meinen Zimmern führte.

Vielleicht sollte ich mich an dieser Stelle des kurzen Verschnaufens erst einmal vorstellen. Mein Name ist von dem Kerkhof, Frederik von dem Kerkhof. Ich hatte vom Geheimen Waffenmeister meines Herrn und Bischofs, einem Waliser, irgendwann gehört, dass sich die Agenten des englischen Königshauses auf diese Weise vorstellten, und so machte ich mir einen Scherz daraus, es ihnen gleichzutun.

Ob ich wirklich so heiße, weiß ich selber nicht. Aber so haben mich die Mönche genannt, die mich als Säugling mit nichts als einer alten Decke auf dem Leib am Eingang des Friedhofs in der Nähe ihres Klosters gefunden hatten. Das ist nun schon über dreißig Jahre her, und in drei Jahrzehnten gewöhnt man sich an mehr und Schlimmeres als an einen fremden Namen.

Mein Leben zu retten war sicherlich das Beste, was die Mönche je für mich getan hatten. Die Art und Weise, wie sie mich in den folgenden Jahren am Leben erhielten, gefiel mir dagegen weit weniger. Da waren die absolut unchristlichen

Stunden, zu denen man bei Tag und Nacht singen und beten, beten und singen musste. Die mit Haus- und Gartenarbeit ausgefüllten Zwischenzeiten waren auch nicht besser. Und das, was sie mir an Bildung angedeihen ließen, eignete ich mir größtenteils im Stehen an, da sie den Hintern ihres unbotmäßigen Schülers regelmäßig so zerbläut hatten, dass das Sitzen meine Konzentrationsfähigkeit sehr beeinträchtigt hätte. Immerhin erhielt ich umfassende Kenntnisse der lateinischen Sprache und würde mich mit so manchem Kirchenmann fließend verständigen können, hätte ich die Neigung dazu verspürt.

Auch hatte ich im Laufe der Zeit begriffen, wie man den Themen dieser frommen Menschen die ersprießlichen Seiten abgewinnen konnte. Man musste sich einfach nur mit dem genauen Gegenteil befassen. So war zum Beispiel die Beschäftigung mit den Zehn Geboten dann keine allzu schwere Last, wenn man sich ausmalte, was durch sie alles verboten wurde. Es faszinierten mich schließlich die listenreichen Assassinen viel mehr als die tumben Kreuzritter, und es war mir wichtiger zu erfahren, aus welchen Gründen eine Schlacht gewonnen oder verloren wurde, als aus welchem frommen Motiv man in den Krieg gegen die vermeintlich Gottlosen gezogen war. Es war mir gleichgültig, warum der heilige Sebastian an einen Baum gebunden und mit Pfeilen wie ein Hase gespickt war, ich wollte wissen, warum diese menschliche Zielscheibe in ihrem Zustand immer noch atmete.

Gleichwohl, wäre da nicht dieser alte Landsknecht aus den Bauernkriegen gewesen, der mit seiner Entscheidung für den Bundschuh aufs falsche Pferd gesetzt und mit knapper Not im Kloster Asyl gefunden hatte, ich hätte mich mehr als einmal gefragt, ob es nicht besser gewesen wäre, die Betbrüder hätten mich damals gleich an Ort und Stelle liegen gelassen. Dieser Berthold von Wittringen, ein von seiner Sippe verstoßener Adeliger, muss in mir so etwas wie einen Sohn gesehen haben, den er nie gehabt hatte, denn er gab sich alle erdenkliche Mühe, sein Wissen, Können und seine Erfahrung auf mich zu übertragen. Ich muss heute noch schmunzeln, wenn ich daran denke, wie er mich die Abwehr von zudringlichen Fratern gelehrt hat, denen vor lauter Psalmonieren sämtliche Glieder so steif geworden waren, dass sie ihnen auf eine höchst weltliche Art die gewünschte Geschmeidigkeit zurückgeben wollten. Dieser Tritt zwischen die Beine hat mir auch später öfters aus einer brenzligen Lage herausgeholfen.

Wir übten hinter den Ställen mit hölzernen Schwertern den Kampf Mann gegen Mann, was der Prior ebenso geflissentlich übersah wie unsere Ausflüge zu Pferde, wenn Berthold mich in der Reitkunst unterwies. Ich weiß nicht, welche Anlagen in mir steckten, aber nach seinem Lob und ehrlichem Staunen über meine Fortschritte musste ich ein äußerst talentierter Schüler gewesen sein. Natürlich hatte ich keine Vergleichsmöglichkeiten und musste mich insoweit auf sein Wort verlassen. Aber ich glaubte ihm, wenn er mir mit ernster Miene und ohne einen Anflug von Spott versicherte, dass ich im Kriegswesen durchaus mit erprobten Männern mithalten könnte, mit denen er es auf dem Schlachtfeld zu tun gehabt hatte. Damals war ich kaum vierzehn.

Als ich sechzehn war, starb mein Lehrmeister am Englischen Schweiß. Mit seinen letzten Worten teilte er mir mit, dass er dem Prior einen Brief an einen alten Freund übergeben hätte, der in den Diensten des Bischofs von Münster stünde. Ich solle mir keine Sorgen machen. Es vergingen keine zwei Wochen, als mich ein Reiter aus dem Kloster holte, das ich ohne einen Gedanken des Bedauerns verließ und auch bis heute nicht wieder betreten habe.

Im Nachhinein betrachtet glaube ich, dass der Prior bereits von Anfang an seine Hand im Spiel hatte. Mönche mögen gelegentlich zum Wahnsinn neigen, dumm sind sie in den meisten Fällen nicht. Deshalb wird er viel eher als ich selbst erkannt, auf welchem Gebiet meine wahren Talente lagen, und die Verbindung mit Berthold eingefädelt haben. Anders lässt sich nicht erklären, was er mir in all der Zeit an unklösterlichem Verhalten hat durchgehen lassen.

In den folgenden Jahren versuchte man erst gar nicht, irgendeine Frömmigkeit in mich hineinzuzwingen, sondern beschritt den Weg weiter, den Berthold bei mir eingeschlagen hatte. Außerdem unterwies man mich im Taktieren, Deduzieren, Examinieren und vielen Dingen mehr, die dem gemeinen Mann besser auf immer verborgen blieben. So wurde ich endlich das, was ich bin und was mich mit Stolz erfüllt, weil ich es kann und gerne tue: der beste Spion des Fürstbischofs von Münster.

Und glaubt mir, meine Freunde, damit übertreibe ich nicht, habe ich doch in all der Zeit zu Nutz und Frommen meiner wechselnden bischöflichen Herrn mehr Leute umgebracht als der gepanschte Branntwein geldgieriger Schankwirte. Unter dem fetten Franz, der sich vor drei Jahren die Mitra hat aufs Haupt drücken lassen, würde das nicht anders werden. Dabei war meine kirchenfeindliche Einstellung meiner Profession eher förderlich als nachteilig. Als Sonderbeauftragter seiner fürstbischöflichen Eminenz im christlichen Glauben verhaftet zu sein, war in der Tat unvereinbar. Denn jemandem die linke Halsschlagader hinzuhalten, während er einem gerade die rechte durchschnitt, würde meinem Dienstherren keinen Vorteil bringen – und mir selbst erst recht keinen.

Dabei war gerade ich der Mann, der meinem Herrn schon so manchen Bonus gesichert hatte. Erst gestern war ich aus der Gegend von Maastricht zurückgekehrt, wo ich in seinem Auftrag mit den Stadträten eine Übereinkunft zur Bekämpfung des Wiedertäuferunwesens getroffen hatte. Es war nämlich ruchbar geworden, dass von Münster aus Sendboten mit neuen Goldgulden in die südlichen Niederlande geschickt worden waren, um dort Landsknechte für ein Entsatzheer anzuwerben. Ich war ihnen zuvorgekommen und konnte die Repräsentanten der Stadt für unsere Seite gewinnen. Ob sie es für den katholischen Glauben oder für ihr eigenes Säckel taten, war mir egal, lief es doch auf dasselbe hinaus: Sie schlugen den Boten die Köpfe ab und behielten das Gold.

Nach diesem Erfolg hatte ich den gestrigen Abend so ausgiebig gefeiert, dass ich den Mann, den mein Strahl so knapp verfehlt hatte, erst jetzt erkannte. Es war Klaas Hilling, ein Friese, der zusammen mit seinem Bruder Dirk ebenfalls in den Diensten des Bischofs stand. Im Gegensatz zu mir, der ich mir schmeicheln darf, immer mit Aufgaben betraut worden zu sein, deren Erfüllung neben einer gehörigen Portion an Rücksichtslosigkeit auch Geschick, Verstand und Umsicht erforderten, waren diese beiden Burschen eher die Männer fürs Grobe, wenn es darum ging, Kraft, Gewalt und Unnachgiebigkeit zu demonstrieren. Klaas, der etwas ältere und einige Zentimeter größere der beiden, war auf den ersten Blick von seinem Bruder durch eine breite Narbe zu unterscheiden, die sich quer über seine Stirn zog und in Augenblicken höchster Wut flammendrot anschwoll. Dass sie in diesem Moment blass blieb, verriet mir, dass er mir meinen unfreiwilligen Anschlag auf seine Unbeflecktheit nicht übel nahm. Im Gegensatz zu seinem Bruder, von dem es hieß, er könne mit seinem Dolch auf zehn Schritte einen Mann an die Wand nageln, bevorzugte Klaas die Armbrust. Zwei ziemlich kleine, aber durchschlagskräftige Exemplare hielt er in ledernen Futteralen bereit, die ähnlich wie Satteltaschen gearbeitet waren und zu beiden Seiten am Hals seines Pferdes hingen.

Auch wenn die Narbe die meiste Zeit durch ein Barett oder einen Helm verdeckt war, gab es noch ein weiteres unverkennbares, für die Allgemeinheit jedoch sehr viel unangenehmeres Unterscheidungsmerkmal. Klaas ernährte sich überwiegend von einer selbst verfertigten Mahlzeit, deren Hauptbestandteil in Wasser gelöster Trockenfisch war. Ich glaube, den spezifischen Geruch, den er nach jahrelanger Eigenbeköstigung verströmte, brauche ich Euch hier nicht näher zu schildern. Seid allemal versichert, dass ich auf unseren gemeinsamen Reisen immer bestrebt war, nicht in seinem Windschatten zu reiten.

Beide Brüder waren grobschlächtige Kerle und wirkten auf jeden, der ihnen begegnete, als würden sie eher die gewünschten Antworten aus einem Gegner herausprügeln als durch List hervorlocken. Dieses Bild täuschte jedoch umfassend. Sie waren schlau, von rascher Auffassungsgabe und hatten das Gedächtnis eines Geschichtsschreibers. Dass sie obendrein auch alle Eigenschaften besaßen, die man ihnen nach ihrem Äußeren sowieso zutraute, machten sie nur zu um so schätzenswerteren Weggefährten.

»Muss ich dich quer über das Pferd legen, oder kannst du dich selber im Sattel halten? – Der Bischof will dich sehen, und zwar sofort!«

Ich machte eine Geste, die alles Mögliche bedeuten, ihn jedenfalls zum Warten veranlassen sollte, und drehte mich ungeschickterweise so schnell vom Fenster weg, dass mir gleich von neuem schwindelig wurde. Bevor ich meinen Kopf in die Schüssel mit dem Waschwasser tauchen konnte, das noch vom gestrigen Abend dort stand, musste ich mich daher erst wieder kurz auf das Bett setzen, um mich zu sammeln. Es musste wirklich wichtig sein, wenn man mich hier aus meinem Refugium herausholte, das nur den wenigsten Menschen als mein Unterschlupf bekannt war. Es war mir gelungen, mich nördlich von Münster in einem Gutshof einzuquartieren, den ein alter Tuchhändler, der nun endlich seinen ergaunerten Reichtum genießen wollte, einem verarmten Kleinadeligen abgeluchst hatte. Der alte Knabe, Friedbert Bösmüller geheißen, war froh, mich gegen geringes Entgelt aufnehmen zu dürfen, als er davon hörte, dass ich in der geheimen fürstbischöflichen Hierarchie nicht ohne Bedeutung war. Insbesondere gefiel es ihm, nun »einen Mann des Schwertes«, wie er es auszudrücken beliebte, unter seinem Dach zu wissen, versprach er sich davon doch einen verstärkten Schutz seiner Schätze. Dass ich indessen in vielen Nächten ein ganz anderes Schwert benutzte, um ihn seines größten Schatzes zu berauben, vermutete er vielleicht, tat immerhin aber stets so, als würde er nichts bemerken.

Als nämlich vor drei Jahren ein Tross von Vagabunden mit seiner Bühne und allerlei Gaukelzeug, Instrumenten und einem riesigen Bären hier durchzog und gegen ein geschütztes Nachtlager für ihn ein exklusives Gastspiel gab, hatte er sich augenblicklich in das wahre Wunder vernarrt, das diese Truppe zu bieten hatte: Zenobia, eine Schlangentänzerin aus den heißen Wüsteneien Afrikas. Diese glutäugige, schwarzhaarige Schönheit mit nur unwesentlich hellerer Haut, die sich geschmeidiger bewegte als alle ihre Schlangen, kostete ihn sogleich einiges an Verstand und nur wenig später auch einiges an Vermögen, das jedoch nicht an sie, sondern in die Tasche des Anführers der Gaukler floss. So kam es, dass Zenobia zwei Tage nach der Abreise der Truppe aus einem schlafgleichen Zustand erwachte, in den der Anführer sie mit einem harmlosen, aber wirkungsvollen Trunk versetzt hatte. Ohne ihre Freunde und sonstigen Schlangen allein in einem fremden Land und nur mit dem versehen, was sie auf dem Leibe trug, hatte sie gar keine andere Möglichkeit gehabt als zu bleiben.

Ihr, meine mitleidigen Freunde, die Ihr argwöhnen möchtet, dass einer strahlenden Jungfrau nun allzu hart mitgespielt werden könnte, fürchtet nichts! Denn war auch unser dem Frohsinn des Lebens seit jeher nachjagender Friedbert durchaus noch in der Lage, das schöne Wild zu erkennen, so war es ihm nach all den Ausschweifungen seiner Jugend doch nicht mehr vergönnt, es auch zu erlegen, da er sich nun in einem Alter befand, in dem alle seine Glieder mehr und mehr ihre Gelenkigkeit verloren und sich zunehmend versteiften – bis auf das eine. Bei mir hingegen war es gottlob umgekehrt, sodass ich gegen die neue Bereicherung des bösmüllerschen Hausstandes verständlicherweise nichts einzuwenden hatte. Hinzu kam, dass mein kluger Friedbert sehr wohl fähig war, seine Lage treffend einzuschätzen, sodass seine neue Errungenschaft auch aus seiner Sicht eher dazu diente, seinen ehemaligen Geschäftsfreunden zu imponieren, als ihm im Winter auch nur den heißen Stein im Bett zu ersetzen.

Was also soll ich noch lange erklären? Gott, das Schicksal oder die Natur – sucht es Euch aus, meine verständnisvollen Zuhörer – hat es so gewollt, dass sich mit Zenobia und mir zwei verwandte Seelen unter einem Dach gefunden hatten, die sich auch in anderer Hinsicht als der rein geistigen wunderbar ineinander fügten. Kann es ein segenbringenderes Arrangement geben als eines, das alle Beteiligten zufrieden stellt?

Derartig tiefschürfende Betrachtungen beinahe philosophischer Nuanciertheit drückten mich so schwer, dass ich nicht die geringste Lust verspürte, mich aus meiner sitzenden Stellung zu erheben, und ich mich viel lieber wieder hingelegt hätte, als gen Wolbeck zu reiten, wo mein Herr und Meister gegenwärtig Quartier bezogen hatte. Um meinen Unmut zu vergrößern, musste es auch noch ausgerechnet Zenobia sein, die mich mühevoll auf die Beine zog und mich zur Eile antrieb, statt den Störenfried da draußen zu verjagen und sich wieder an meine Seite zu legen. Doch wie so oft hatte auch hier die Frau wieder den schärferen Sinn für die Realität, und so kam es, dass ich mich eine Viertelstunde später in voller Montur zwar schwankend, doch in korrekter Richtung sitzend auf meinem Pferd wiederfand und durch eine regenschwangere Nacht hinter dem Zerstörer meiner Träume herritt.

Der Auftrag

In Wolbeck angekommen, war ich halbwegs ernüchtert. Das Schaukeln des Pferdes, das meinen Magen gezwungen hatte, zweimal für einen außerplanmäßigen Halt zu plädieren, um seine völlige Entleerung zu ermöglichen, und der mir ins Gesicht sprühende Regen hatten ihre Wirkung nicht verfehlt. So war ich immerhin an Körper und Verstand so weit wiederhergestellt, dass ich die Nachricht verstehen konnte, die mir gleich, nachdem man unsere Pferde in den Stall geführt hatte, ein Gehilfe des geheimen fürstbischöflichen Waffenmeisters überbrachte. Ich kannte den Kerl, der mit brandfleckiger Lederschürze und schwarzen Fingern vor mir stand und mich in einer alpenländischen Mundart aufforderte, mich gleich nach meiner Audienz bei seiner Eminenz zu Sir Desmond zu verfügen.

Sir Desmond Llewellyn, der nie zu schlafen schien, war davon besessen, immer ausgefeiltere und wirksamere Waffen zu ersinnen, was seinem Dienstherren nur recht sein konnte. Im Laufe der Zeit hatte er sich mir als treuer Freund erwiesen und unter anderem dafür gesorgt, dass mein Rapier sowie mein Dolch, die in der Art und Weise einer Damaszenerklinge angefertigt worden waren, beste Schmiedekunst repräsentierten. Anselm, der Bote, stammte aus Innsbruck, war gelernter Geschützgießer und tüftelte, soviel ich wusste, mit seinem Meister an einer neuen Legierung für kleinkalibrige, doch besonders durchschlagskräftige Falconette.

Doch zuerst zum fetten Franz, der mir seinen Bischofsstab über den Buckel hauen würde, ließe ich ihn auch nur eine Sekunde länger warten als unbedingt nötig.

Die Wachen kannten mich und wussten, was ich mir selbstbewusst zugute halte, um meine Bedeutung. Daher ließen sie mich wortlos passieren. Auch der eine oder andere Lakai, der mir auf der Treppe und den Gängen entgegenkam, zog lieber den Kopf zwischen die Schultern und tat, als hätte er niemanden gesehen. Nun, ich kannte unseren hohen Herrscher lange genug, um zu wissen, was ein solches Verhalten seiner Bediensteten zu bedeuten hatte. So hörte ich sein wütendes Gegröle denn auch lange, bevor ich mich dem großen Saal näherte. Eine andere Stimme, die in kläglichem Tonfall versuchte, ihm das Widerspiel zu halten, war chancenlos.

»Nein und nochmals nein! Es wird auch weiterhin auf meine Weise und von meinen Männern erledigt. Ich brauche deine so überaus kundigen Leute nicht. Ich verzichte auf deinen idiotischen gepanzerten Kasten, der uns alle Gauner dieses Landes auf den Hals locken würde. – Und jetzt verschwinde und lass mich mit meinem guten Frederik allein, der mehr Verstand hat als alle meine ach so schlauen Ratgeber zusammen.«

Nun, solche Worte hätten sicherlich mein Herz erwärmt, wüsste ich nicht ganz genau, wie schnell die Gunst dieses wankelmütigen Heuchlers umschlagen konnte. Deshalb, meine lernbegierigen Freunde, denkt beständig an den Rat Eures alten Frederik, solltet Ihr es dereinst mit den wirklich Mächtigen zu tun bekommen: Vertraut niemals darauf, dass deren Wohlwollen von Dauer ist, denn ihre Zuneigung versickert schon aus nichtigem Anlass schneller als Wasser im Wüstensand!

Wie viel Weisheit in meinem Rat steckte, bekam jetzt und hier der Herr Cornelis Wullenweber zu spüren, seines Zeichens Berater des Bischofs und Inhaber verschiedener anderer Funktionen, die außer dem fetten Franz und ihm selber niemandem so ganz genau bekannt waren. Während der so Abgekanzelte wie ein geprügelter Hund grußlos an mir vorüberschlich, wurde mir wieder einmal bewusst, wie beschwerlich es ist und welche Mühen es braucht, an die Tafel der Großen geladen zu werden, und wie schnell man mit einem saftigen Arschtritt von dort wieder verjagt werden kann.

Franz, angetan mit einem brokatenen Mantel, unter dem noch der Saum seines Nachthemdes hervorlugte, drückte mich kurz an seine Brust, schob mich auf einen breiten, handgeschnitzten Stuhl und versorgte mich eigenhändig mit einer Karaffe Wein und einer Silberplatte mit kaltem Braten. Hillink war ihm nur ein leichtes Nicken und einen huldvollen Wink wert, mit dem er ihm bedeutete, er möge sich selbst bedienen. Wir waren die einzigen Menschen im Saal. Da konnte ich mir ausmalen, wie wichtig die Angelegenheit war, wegen der man mich aus dem Bett geholt hatte.

»Iss, mein guter Frederik, iss und trink. Und dann rette mich, wie du es gerade wieder so trefflich in Maastricht verstanden hast. – Manchmal glaube ich, du bist der einzige Mensch auf dieser weiten Welt, dem ich noch vertrauen kann.«

Ich kannte diese zwiespältige, larmoyant überschwängliche Stimmung bei ihm. Gebt mir nur eine Minute und ich zähle Euch an die zwanzig Menschen auf, zu denen der dicke Komödiant schon so gesprochen hat. Drei von ihnen leben nicht mehr, weil Franz entsprechende Order gegeben hatte. Und das waren Leuten, denen mein Herr ursprünglich sehr zugetan war.

Doch was hatte ich für eine Wahl? Immerhin tat der Braten meinem leeren Magen wohl und auch ein vorsichtiger Schluck wurde von meinen Innereien bereits wieder dankbar angenommen. Verschwinden konnte ich ohnehin nicht, also machte ich das Beste aus meiner Lage, hielt den Mund und hörte zu. Trotzdem konnte ich nicht verhindern, dass meine Gedanken abschweiften zu den noch ärmeren Kreaturen, die Franz von Anfang an gehasst hatte.

Ich dachte da zum Beispiel an den aufrechten Syndikus Johann von der Wieck, einen immer um den vernünftigen Ausgleich bemühten Mann, den ich zwei- oder dreimal getroffen und der mir jedes Mal ein freundliches Wort gegönnt hatte. Es war sein Fehler, um Verständnis für die Position der Protestanten wie auch der Wiedertäufer zu werben und sich dadurch den Bischof zu seinem Todfeind zu machen. Also ließ er den armen Kerl festnehmen und in Fürstenau unter die Aufsicht seines Drostes Bernhard Moring stellen, der selber dem Syndikus durchaus nicht feindselig gegenüberstand. Im Gegenteil, sie spielten gerade Schach, als eine Delegation Franzens eintraf. Ein Bote mit der Nachricht, dass von der Wieck sofort zu enthaupten sei, ein Henker für die blutige Tat und ein Priester für das übliche Bejammern. Da halfen dem guten Syndikus alle seine Erfahrungen im Disputieren nichts, sein Begehren eines ordentlichen Gerichts, seine Vorwürfe, man würde ihn heimlich töten. Der getreue Moring, mit dem ich um nichts hätte tauschen mögen, musste das Urteil vollstrecken lassen. Doch unter uns, noch um viel weniger hätte ich mit von der Wieck getauscht. Ich bewunderte ihn dafür, dass er die »Hilfe« des Priesters zurückwies. Allein, was nützte es? Seine Leiche wurde vor der Burgmauer verscharrt.

»Dann also, brich so schnell wie möglich nach Crange auf und finde heraus, was es auf sich hat mit der Ermordung meines bemitleidenswerten Boten. Finde den Schweinehund, der das getan hat, und finde auch das Schreiben und das Geld.«

»Den Schweinehund und das ... ja ja, ich werde alles finden.« Die Gedanken an den unglücklichen Syndikus hatten mich so bewegt, dass ich Franz nicht mit der nötigen Aufmerksamkeit gefolgt war. Aber hörte man ihm in einer so bedeutsamen Angelegenheit nur mit halbem Ohr zu, konnte es einen leicht den ganzen Kopf kosten. Deshalb ersparte ich mir jede Nachfrage und war froh, mich so schnell wie möglich aus dem Staub machen zu können, darauf vertrauend, dass mir Hillink unterwegs alles haarklein wiederholen könnte. Dieser ungeschlachte Kerl verfügte neben seinem unangenehmen Geruch nämlich über eine weitere hervorstechende, jedoch ungleich schätzenswertere Eigenschaft. Er konnte sich den Inhalt einer Unterredung merken, als hätte ein königlicher Hofschreiber sie aufgezeichnet.

In meiner Eile stieß ich auf meinem Weg in die Eingangshalle fast mit dem so unwirsch abgefertigten Wullenweber zusammen, der sich mit verkniffener Miene an eine Treppensäule lehnte und auf einen kleinen Mann einredete, der einen Schal in einer Weise um seinen Kopf geschlungen hatte, dass unter seinem breitkrempigen Hut kaum mehr als Augen und Nase zu sehen waren. Als ich mich zwischen beiden durchdrängelte, bemerkte ich eine sternförmige, weiße Narbe unter seinem linken Auge. Ich kannte den Mann nicht, gleichwohl war er mir auf den ersten Blick unsympathisch.

Sehr sympathisch war mir dagegen mein Freund Sir Desmond, dem ich nun, während man in der Küche unter der Aufsicht von Hillink ein wenig Reiseproviant für uns zusammenstellte, den versprochenen Besuch abstattete. Er residierte in einem extra für ihn errichteten, lang gestreckten Gebäude einige hundert Meter hinter dem Schloss, in dem sich nicht nur seine Wohnung, sondern auch Laboratorium, Schmiede und Feinwerkstatt befanden. Das Haus war komplett aus leichtester Bauweise. Die einzige dicke Mauer, die es gab, trennte die Wohnung vom übrigen Bereich. Das Dach bestand aus dünnen Holzplatten, die mit einem besonderen Firnis gegen die Einflüsse der Witterung geschützt waren. Dies müsse aus Vorsicht so sein, hatte er mir letzthin erklärt, um im Falle einer Explosion die Gefahr so gering wie möglich zu halten. Ich hatte gleich den Eindruck, dass seine Begründung nur zum Teil stimmte, weil er sich mit der angedeuteten Dauergefährdung in erster Linie die neugierigen Schranzen aus dem Schloss vom Leibe halten wollte. Als ich ihn damit konfrontierte, bestand seine Antwort nur aus einem kurzen Zwinkern.

Llewellyn kam mir auf dem halben Weg, der durch ein Wäldchen führte, mit einer Fackel entgegen. Er war so begeistert von dem, was er mir vorführen wollte, dass er schon unterwegs damit herausplatzte.

»Ich experimentiere seit einiger Zeit mit einem Gerät, dem ich eine Pulvermischung anvertrauen kann, die gegenwärtig noch jede herkömmliche Muskete oder Pistole sprengen würde. Ich hoffe aber zuversichtlich, dass mir jeden Tag der Durchbruch gelingen kann. Das Gewichtungsverhältnis zwischen Holzkohle und Salpeter und vor allem einer Ingredienz, über die ich so schnell nicht reden werde, ist ein äußerst labiles. Einmal aus der Proportion gebracht, könnte es dem Schützen mehr schaden als dem Ziel. Doch was soll's, mein Provisorium zum Abschuss hält allemal stand. – Komm mit, und ich zeige dir etwas, dass dich zum Staunen bringen wird!«

Als wir auf dem basaltgepflasterten, von mehreren Fackelständern erhellten Hof vor seinem Haus ankamen, fiel mir gleich eine hölzerne Stellage ins Auge, auf der zwei besonders dicke Kürbisse lagen. Dahinter waren drei Schanzkörbe so gegeneinander versetzt platziert, dass keine Kugel zwischen ihnen durchfahren konnte. Ansonsten sah ich einstweilen nichts.

»Schön, du wolltest mir etwas zeigen. Die Kürbisse sehen auch wirklich prächtig aus. Und was für ein Wunder, Kürbisse zu dieser Jahreszeit! Aber soll das etwa bedeuten, dass du mit Waffen nichts mehr im Sinn hast und dich nur noch um deinen Garten kümmern willst?«

»Papperlapapp, ich habe die fetten Burschen mit einer Mischung aus Wachs und Zucker haltbar gemacht.« Desmond grinste wie eine Katze, die den Honigtopf leergeschleckt hat und trotz ihrer verklebten Schnurrhaare von niemandem verdächtigt worden ist. »Nimm deine Pistole und schieß auf den ersten!«

Ich tat wie geheißen. Meine Pistolen waren ein Geschenk des Bischofs, beste Qualität aus Verona. Franz war in manchen Dingen knauserig bis zum Geiz, doch andererseits wusste er sehr wohl, wann Geld gut angelegt war.

Das Radschloss tat seinen Dienst in perfekter Präzision, die Kugel fauchte aus dem Lauf, schlug ein daumendickes Loch in die vordere Kürbiswand, riss ein handtellergroßes Stück aus dem Rückteil und verschwand im Schanzkorb.

Als ich mich mit fragendem Blick zu Sir Desmond umdrehte, stand Anselm neben ihm und hielt ein klobiges Stück

Holz in den Armen, das zwei armdicke Löcher aufwies sowie Metallrohre und hier und da mit Eisenbändern beschlagen war. Je nach dem, aus welchem Winkel man es betrachtete, wirkte es wie ein Teil eines Prangers oder der Versuch eines kindlichen Riesen, sich eine Hakenbüchse zu basteln.

»Jetzt nimm das hier und schieß auf den zweiten Kürbis. – Und gib deine Pistolen Anselm, damit er Maß nehmen kann.« Mit diesen Worten drückte er mir das unförmige Gebilde in die Hände, während er am Luntenschloss den dicken Docht zum Glimmen brachte. »Nein, nicht so! Du musst deinen rechten Arm durch dieses Loch stecken und mit der Linken hier vorne den Griff anfassen.«

Ich entsprach auch diesem Wunsch und fühlte mich, als hätte mir ein volltrunkener Henkersknecht die Halsgeige um die Schulter montiert.

»Gut, gut. Nun erfass das Ziel und drück auf diesen Stift da, das ist der Abzug. – Aber sichere zuerst deinen Stand.«

Angesichts dieses Monstrums schien mir der letzte der beste Rat zu sein. Deshalb wandte ich dem Ziel meine linke Seite zu, stemmte mich breitbeinig in den Boden und zog nach kurzem Anvisieren ab.

Das Ding brüllte los, als wollte es die Welt verschlingen. Trotz seiner Masse hatte es immer noch einen enormen Rückstoß, der mich ohne Desmonds Warnung womöglich von den Beinen geholt hätte. Am beeindruckendsten aber war die Schusswirkung. Der komplette Kürbis zerplatzte in einem Regen aus Matsch und Mus. In meiner Begeisterung feuerte ich den zweiten Lauf auf die Reste des ersten Ziels ab und erreichte die gleiche Wirkung. Die Mäuse würden ein Festessen haben. Beim Absetzen der Waffe kam mir der

Gedanke, ob Mäuse überhaupt Kürbisse mögen, so neuzeitlich sie auch zubereitet sein mochten. Aber was sollte es, ich war kein Sachverständiger für Mäuse, ich war Experte für Mord. Und wegen eben dieser schätzenswerten Qualifikation wusste ich spontan den Wert der soeben gewonnenen Erkenntnisse zu würdigen. Und um so höher stufte ich ihn ein, als ich gewahrte, dass auch das Weidengeflecht der Schanzkörbe auf einer Fläche von etwa einem Meter im Quadrat vollständig zerfetzt, größtenteils gar nicht mehr vorhanden war.

So könnt Ihr Euch unschwer vorstellen, meine klugen Freunde, dass eine solche Waffe ganz in meinem Sinne war. Meine oberste Maxime war es stets, einen Waffengang so schnell und effizient wie möglich zu beenden, wobei das Verletzungsrisiko auf meiner Seite minimiert werden musste. Welch eine Aussicht eröffnete mir Desmond in dieser Hinsicht mit seiner Pistole! Beim Kampf mit mehreren Gegnern in einer Schenke, bei dem eine Schusswaffe sonst kaum von Vorteil ist, konnte ich auf einen Schlag bestimmt drei Angreifer erledigen. Feuerte ich noch ein weiteres Rohr ab, würde ich damit das halbe Gasthaus und alle in ihm befindlichen Gäste zerlegen. Herrliche Aussichten für einen Mann, der seine Gesundheit fast so fanatisch liebte wie die Mehrung seines Vermögens.

Dergestalt beschwingt, machte ich mich mit Hillink unverzüglich auf die Reise, nachdem ich meine Waffen zurückerhalten hatte. Während wir die Pferde einen leichten Galopp anschlagen ließen, rekapitulierte mein Begleiter den Auftrag des Bischofs für mich, wobei er nicht mit seiner eigenen Sicht der Dinge hinter dem Berg hielt und seinen Vortrag mit Vermutungen würzte, über die sich unser gemeinsamer

Herr sicher nicht gefreut hätte. Was er mir berichtete, ließ sich in etwa wie folgt zusammenfassen:

Die zur Zeit überwiegend schlechte Laune des fetten Franz war verständlich, denn er sah sich nicht nur der Notwendigkeit ausgesetzt, seine eigene Stadt zu belagern, er war obendrein bis über die Grenzen des Erträglichen verschuldet. Seit Jan van Leyden ihn aus Münster vertrieben und sich selbst mit seinem Wiedertäuferpack dort festgesetzt hatte, war es mit der Herrlichkeit der ehemaligen Perle des Münsterlandes, dieser einst so reichen Hansestadt, nicht mehr weit her. Der Handel lag danieder und die Belagerung verschlang Unsummen. Die Herren Söldner verlangten ihren Lohn, für den Franz von Waldeck nicht nur längst sein eigenes Vermögen aufgebraucht hatte, auch die von seinen Amtsbrüdern aus Köln und anderen Bistümern zusammengebettelten Gelder drohten zu zerschmelzen wie Schnee in der Hölle. Da musste ihn die Sache mit dem Kurier doppelt hart treffen.

Dem Dicken war es gelungen, dem Kölner Erzbischof ein weiteres Darlehen von fünfzehntausend Gulden abzuschwatzen, auf das sofort eine Anzahlung von zweitausend gezahlt werden sollte. Diese wollte Franz für den noch wankelmütigen Teil seiner Landsknechte als zusätzliche Prämie so schnell wie möglich heranschaffen lassen. Deshalb verzichtete er auf eine große Bedeckung und schickte nur einen einzelnen, vertrauenswürdigen Mann, Conrad Harteveldt, in der Hoffnung, niemand würde bei einem einsamen Reiter einen derartigen Schatz vermuten. Die Idee war gut, aber Conrad kam von Köln nur bis Crange, einem Dörfchen an der Emscher, das für seinen Pferdemarkt bekannt war. Weil Conrads Pferd lahmte, wollte er sich dort Ersatz beschaffen, und da wegen der verlorenen Zeit der Weg in Richtung Münster nicht mehr zu machen war, entschloss er sich, in der sicheren Burg am Ort zu übernachten. Auch diese Überlegung war grundsätzlich nicht schlecht, doch sollte sich bald zeigen, dass alle klugen Gedanken hier nur zu seinem Tod führten.

Als Conrad nämlich am nächsten Morgen nicht zur Morgentafel erschien und der Graf von Crange eine Dienerin in seine Kammer schickte, um ihn aufzuwecken, fand diese den armen Kurier nackt und tot in seinem Bett. Woran er gestorben war, ließ sich nicht erkennen.

Das waren die Tatsachen, die man Franz gemeldet hatte. Von irgendwelchen Gulden, Papieren oder sonstigen Sachen wusste der Bote nichts zu berichten.

So war es nur logisch, dass ich ins Spiel kam, der beste Agent seiner fürstbischöflichen Majestät.

»Das alles hat Franz in der kurzen Zeit erzählt?« Von der Wieck und sein Schicksal mussten mich mehr abgelenkt haben, als mir aufgegangen war.

Hillink, den das Reiten so wenig anstrengte, dass er dabei noch hätte essen, trinken und pinkeln können – was er auch gelegentlich tat –, musste grinsen. »Er hatte mir das Wesentliche bereits mit auf den Weg gegeben, als er nach dir schickte. Dann kam ihm plötzlich in den Sinn, dass er dich doch noch persönlich instruieren wollte.«

Egal, wir hatten einen weiten Ritt vor uns und mir blieb ausreichend Gelegenheit, die Sache zu erwägen. Dabei wurde mir relativ schnell klar, dass ich ohne genauere Kenntnis von den Umständen von Conrads Tod, von dem, was er zuvor getan hatte, und vom Zustand seiner Leiche nur müßige Gedanken anstellen würde. Aber schon jetzt beunruhigte mich eine Idee, die zu nebulös war, als dass ich sie in eine Frage hätte kleiden können.

Erst, als gegen Mittag die Dächer von Haus Crange in der Ferne über den Baumwipfeln erschienen, wusste ich, was es war, das mir die ganze Zeit durch den Kopf schwirrte, ohne dass ich es fassen konnte. Eine Unstimmigkeit in den Worten des Bischofs, die ich mehr spürte als kannte. Jetzt plötzlich kam mir die Erleuchtung. Wenn Franz nicht wusste, auf welche Weise Conrad gestorben war, wie konnte er bereits jetzt so sicher sein, dass man ihn ermordet hatte?

Tod in Crange

Ich hatte schon imposantere Wehranlagen gesehen, trotzdem überragte die Burg die umliegenden Hütten und Gehöfte bei weitem. Als wir auf der hölzernen Brücke die Emscher überquerten und mein Begleiter in der Vorfreude auf ein warmes Bad endlich mit seinem Gezeter über den miesen Zustand der Wege und die nasse Kälte nachließ, lief uns ein Mädchen über die matschige Wiese, in der sich erste Spuren von frischem Grün zeigten, entgegen. Die Kleine mochte vielleicht zehn Jahre alt sein und war mit ihrem blonden Haar und den strahlend blauen Augen eine sonnige Erscheinung in diesen trüben Zeiten. Ich lächelte das Kind an, dessen Gesicht jedoch merkwürdig ernst blieb.

»Seid Ihr die Abgesandten des Bischofs? Die Leute haben davon gesprochen, dass Ihr wegen des toten Mannes kommt. Könnt Ihr seinen Tod aufklären?«

Mein Lächeln verstärkte sich. »Wir werden sehen.«

»Könnt Ihr dann auch herausfinden, wer mein Horn kaputt gemacht hat?«

Wir hatten unsere Pferde in langsamen Schritt fallen lassen und das zutrauliche Mädchen ging neben uns her.

»Was meinst du damit? Hat jemand dein Instrument zerstört?«

»Kein Instrument, mein echtes Horn. Und jetzt verdorren die Blumen.«

Mein echtes Horn, verdorrte Blumen? Die Kleine schien nicht ganz richtig im Kopf zu sein. Schade, dabei hatte sie ein so kluges Gesicht. Ich wollte sie nicht verletzen und sagte deshalb: »Ich werde versuchen, mich darum ebenfalls zu kümmern.«

Jetzt lächelte auch sie. »Das ist schön. Dann werden wir uns ja sehen, wenn Ihr zu uns kommt und den toten Mann besucht. Der ist nämlich bei uns.«

Sie tätschelte kurz mein Pferd und lief dann winkend zu einem winzigen Schuppen hinüber, der dicht neben einer Wassermühle stand und aus dieser Entfernung aussah, als wären seine Wände mit bunten Farbklecksen überzogen.

Der tote Mann ist bei uns? – Schade, wirklich schade. Das Kind schien tatsächlich auf eine harmlose Art dieser Welt entrückt.

Unsere Ankunft musste sehnlichst erwartet worden sein, denn als wir uns der Burg auf hundert Schritte genähert hatten, wurde die Zugbrücke heruntergelassen, ohne dass wir ein Zeichen geben mussten. Das machte mir Zuversicht, die Sache hier in den Griff zu kriegen. Offensichtlich wollte der Herr von Crange dem Bischof dienlich sein und hatte deshalb den Ort des Geschehens so gesichert, dass niemand hinein oder hinaus konnte.

Mein Eindruck wurde bestätigt, als der Hausherr die Wachen beiseite treten ließ und uns noch unter dem Torbogen selbst in Empfang nahm. Er mochte etwa fünfzehn Jahre älter sein als ich und war von kräftiger, gedrungener Statur. Seine Haare waren ebenso kurz geschnitten wie sein von grauen Strähnen durchzogener Bart, seine Kleider zweckmäßig und ohne jeden Zierrat. Eher ein Mann der Tat als ein Verwalter von Ländereien. Ich war von Anfang an der Überzeugung, mich auf ihn verlassen zu können.

Während wir zum Haupthaus hinübergingen, begleiteten uns drei riesige irische Wolfshunde, die ihrem Herrn nicht von der Seite wichen. Auf mein offenkundiges Interesse hin wurde mir erklärt: »Liebe Tiere. Schon mein Vater hat diese Art gehalten. Und bei der Jagd habe ich noch keinen Hund erlebt, der Blut besser gewittert hätte.«

Wir hielten uns beide nicht mit langen Floskeln auf. Der Burgherr folgte ohne Umschweife meiner Bitte, mich möglichst umfassend über die Umstände des Todes von Conrad Harteveldt in Kenntnis zu setzen. Er war nicht untätig geblieben und hatte selbst schon versucht, Licht in die Sache zu bringen, und dabei Folgendes erfahren:

Die Gegend nördlich von Köln wurde in letzter Zeit von kleinen Banden unsicher gemacht, sodass viele Reisende noch stärker als sonst bestrebt waren, sich zum Schutz auf ihren Wegen zu Gruppen zusammenzuschließen. Conrad hatte sich deshalb der Familie eines Händlers angeschlossen, die mit ihren Gehilfen in zwei Wagen unterwegs war. Ein Waffenschmied aus Italien und sein Lehrling, die ebenfalls in Richtung Norden ziehen wollten, hatten sich dazugesellt. Ebenso zwei Landsknechte, die im Münsterschen ihre Dienste anbieten wollten. Gemeinsam war man bis nach Crange gekommen, wo Conrad sich ein frisches Pferd besorgen wollte, man hatte um Aufnahme und Obdach für die Nacht gebeten und beides erhalten.

Die Reisegefährten waren nun schon eine Weile beisammen und man war sich entsprechend näher gekommen. Zwar hatten sich der Waffenschmied und sein Lehrling, wahrscheinlich aufgrund sprachlicher Probleme, etwas abseits gehalten, aber auch sie machten keinen unfreundlichen Eindruck, sodass die abendliche Tafelrunde einen geselligen Verlauf genommen hatte. Mehr oder minder bezecht war man zu Bett gegangen und am nächsten Morgen war Conrad aus unerfindlichem Grunde tot.

An diesem Punkt zuckte mein Gastgeber mit den Schultern, als wolle er sich dafür entschuldigen, dass so etwas ausgerechnet in seinem Hause passierte.

»Und wisst Ihr etwas davon, dass er Geld bei sich hatte, und was daraus geworden ist? Er sollte nämlich eine stattliche Summe zu Franz von Waldeck bringen.«

Er machte wieder dieselbe Bewegung. »Ich weiß. Das ging aus den Dokumenten hervor, die er bei sich trug. Deshalb haben wir ja auch die Nachricht nach Münster geschickt. Aber Geld oder Gold hat er keines bei sich gehabt, nur ein paar Taler für unterwegs. – Als ich von dem Tod erfuhr, habe ich sofort einen Boten zu seiner Exzellenz geschickt und dann die Burg schließen lassen. Ich werde alles tun, dabei zu helfen, diesen Schatten von meinem Haus zu nehmen.«

»Ich danke Euch im Namen meines Herrn und bin sicher, dass er Euch das nicht vergessen wird.«

Das würde er bestimmt nicht, denn der Dicke steckte wirklich bis zum Hals im Dreck. Für Franz stand nichts weniger als alles auf dem Spiel. Er war so hoch verschuldet, dass es für ihn kein Zurück mehr gab, nicht einmal die Aushandlung eines ehrenhaften Friedens. Nur die bedingungslose Kapitulation der Wiedertäufer konnte ihn darauf hoffen lassen, eine ähnliche Macht- und Finanzposition zu erlangen, wie er sie in der Zeit vor der Vertreibung der Domherren innehatte. Und war diese Hoffnung angesichts der Tatsache, dass Münster schon bald als ausgelaugte Stadt gelten musste, dürftig genug, so war sie immer noch die erfreulichste Variante seiner Zukunftsperspektiven. Denn wehe ihm, die Wiedertäufer würden die Stadt noch länger halten können und allein damit sein höchst unzufriedenes Heer zum Zerfall bringen. Dann würde eine Flutwelle über diesen Teil des Reiches peitschen, die den Bischof samt Katholizismus über Jahrhunderte hinwegspülen würde, und nach ihrem Abebben wäre der religiöse Boden nicht wieder von Mönchen zu beackern, sondern das Anabaptistentum neben dem Protestantismus als dritte Kraft etabliert.

»Dann will auch ich keine Zeit verlieren und bitte Euch, seid jetzt so gut und zeigt mir die Kammer des Toten. Lasst inzwischen die übrigen Reisenden versammeln. Mit denen will ich anschließend sprechen. – Wenn Ihr obendrein die Güte hättet, meinem Begleiter unsere Unterkunft zuweisen zu lassen und den Platz für die Pferde ...«

Der Graf machte mit einem Nicken und einem Wink in Richtung Haupthaus deutlich, dass er dies alles schon bedacht habe, und im selben Moment stand ein junger Bursche neben uns, der nach einer Verbeugung Klaas zu den Ställen führte. Mich selbst geleitete der Herr durch die große Halle zu den Treppen.

»Die Zimmer für die Gäste befinden sich dort im linken Flügel des zweiten Stocks. Das von Conrad liegt am äußersten Ende. Ich hatte es für vernünftig gehalten, die Kammern so zu verteilen, dass die der Treppe zum Abtritt am nächsten gelegenen die meisten Gäste aufnahmen. So werden mögliche nächtliche Störungen auf ein Mindestmaß beschränkt.«

Wahrlich ein umsichtiger Mann, mein Gastgeber, auf allen Gebieten. Anscheinend hatten vergangene Festivitäten ausreichend Erfahrung mit vom Wein zu Schlafwandlern gemachten Gästen gebracht.

Wir stiegen die Treppe hinauf und gingen den Gang hinunter. Ich bemerkte, dass sich keine der Türen zu den Gästezimmern abschließen ließen. Mein Begleiter gewahrte meine kritische Miene und beeilte sich zu versichern: »Das habe ich bewusst so gehalten. Es ist in der Vergangenheit mehrfach vorgekommen, dass einige hilflose Zecher nicht einmal mehr in der Lage waren, die Tür von innen wieder aufzuschließen oder zu entriegeln. Ich will nicht, dass meine Gäste Schaden nehmen, und sei es durch eigene Schuld.« Mit kaum hörbarer Stimme fügte er hinzu: »Und nun das!«

Wir traten ein und ließen die Hunde vor der Tür. Conrads Zimmer war eher spartanisch denn verschwenderisch ausgestattet. Immerhin verfügte es über einen schmalen Schrank sowie ein Waschgeschirr und einen Kamin, der groß genug war, ein Schwein darin zu rösten. Die Nächte waren bisweilen kühl, sodass es von Vorteil sein konnte, ein Feuer brennen zu lassen. Das Bett war einfach, jedoch mit Leinen bezogen. Und es war leer!

Ich blieb abrupt stehen. »Verdammt, wohin ist die Leiche verschwunden?«

»Beruhigt Euch, Herr Frederik, sie ist nicht verschwunden. Da ich nicht wusste, wann ein Bevollmächtigter des Bischofs eintreffen würde, habe ich sie zur Vorsicht in den Keller des Mühlhauses bringen lassen, dort an der Emscher. Ihr seid daran vorbeigekommen und habt mit der Tochter des Müllers gesprochen. Ich habe es vom Turm aus gesehen. Ihr müsst wissen, dort ist es durch das Wasser kälter als in der Burg. – Hat Euch die Ilse denn nichts gesagt?«

»Doch, doch.« Was war mit meiner Menschenkenntnis los? Begriff ich im fortschreitenden Alter die Kinder nicht mehr und suchte dafür die Schuld bei ihnen statt bei mir selber? Ich entschuldigte mich innerlich bei dem Mädchen.

»Keine angenehme Aufgabe, die Leiche zu transportieren. Ich war froh, als sich die beiden Afrikaner, das sind die

Gehilfen des Kaufmanns Burmann, erboten haben, diesen Dienst zu übernehmen. Sie hatten sich während der Reise mit Conrad angefreundet und es als eine letzte Pflicht angesehen. Die Familie hat sie aus Pietät begleitet. – Und, bevor Ihr fragt, sowohl davor als auch danach ist die Burg sicher verschlossen geblieben, niemand konnte passieren.«

»Schon gut. Ich habe keinen Zweifel an Eurer Umsicht. Ich hatte Euch nur falsch verstanden.«

»Ansonsten ist alles so geblieben, wie wir es vorgefunden haben. Nicht einmal das Bett ist neu gemacht worden. Natürlich haben wir auch das Zimmer durchsucht. Es mochte ja sein, dass der arme Mensch an einer Krankheit litt und eine entsprechende Arznei im Gepäck hatte. Als wir dann die Schreiben fanden, suchten wir auch nach dem Geld; aber vergeblich, wie Ihr wisst.«

Das Bett hatte keinen Baldachin und war fast eine Lagerstatt für Knechte. Bezogen war es mit Leinen, zwar an manchen Stellen fadenscheinig und eingerissen, aber sauber. Die Laken wirkten nicht so, als wäre ein Mann zwischen ihnen gestorben. Trotzdem sah ich mir alles näher an.

Unteres Laken und Zudecke waren ohne aussagekräftige Spuren. Lediglich auf dem Kopfkissen befanden sich neben einigen Rissen im Leinen mehrere kleine, braune Flecken. Als ich mit dem Finger darüber rieb, lösten sich winzige Krümel ab. Getrocknetes Blut. Bevor ich irgendwelche Mutmaßungen anstellte, würde ich die Leiche auf Verletzungen, vornehmlich am Kopf, untersuchen lassen.

»Habt Ihr eine Wunde am Toten bemerkt, sei sie auch noch so klein?«

»Nichts. Allerdings habe ich auch nicht in aller Sorgfalt danach gesucht. Als der sichere Tod festgestellt war, habe ich in dieser Richtung nichts mehr unternommen, sondern alles für Euch gelassen.«

»Das war sehr vernünftig. Ich danke Euch nochmals. – Könnt Ihr Euch noch daran erinnern, in welcher Haltung Ihr ihn vorgefunden habt.«

»Nun, er lag da, ganz gewöhnlich, will mir scheinen. Er lag auf dem Rücken, die Arme frei auf der Zudecke. Deshalb hat sich die arme Magd ja so erschreckt, weil sie ihn im festen Schlafe wähnte. – Oh ja, sein Gesicht war grauenhaft verzerrt, aber sie hat angenommen, das läge an einem Albtraum.«

Die Durchsuchung des restlichen Zimmers war schnell erledigt. Es fand sich nichts, was Argwohn hätte erregen können. Und natürlich fanden sich auch nicht die zweitausend Gulden.

»Nun, jetzt sollte ich wohl am besten mit den übrigen Gästen sprechen. Danach sollte dann ein Arzt den Ermordeten untersuchen – Ihr habt doch einen auf Eurer Burg?«

»Ermordet?« Der Herr von Crange hatte einen gleichermaßen überraschten wie skeptischen Gesichtsausdruck. »Wie könnt Ihr das behaupten? Wie könnt Ihr so sicher sein, dass er ermordet wurde und nicht eines natürlichen Todes gestorben ist, zum Beispiel am Schlagfluss?«

»Rechnet nicht damit, dass der Diener eines Bischofs zwangsläufig auch an etwas glaubt. Schon gar nicht glaube ich aber an den Zufall. Offenkundig sind hier zwei Dinge in einer Nacht geschehen: Conrad ist gestorben und das Gold ist weg. Haltet Ihr es angesichts dieser Koinzidenz ernstlich für wahrscheinlich, dass der Bote eines natürlichen Todes gestorben ist und ihn kurz danach jemand zufällig findet, der aber niemanden zur Hilfe ruft. Stattdessen macht er sich heimlich auf die Suche nach dem Gold, von dem er gar nichts wissen kann, und schafft es beiseite. Und am nächsten Morgen merkt man ihm nicht das Geringste an. – Nein, nein, einen solchen Zufall gibt es weder im Himmel noch in der Hölle. Der Bote des Bischofs wurde ermordet.«

Der Herr von Crange, ein bedächtiger Mann, wiegte in letzten Zweifeln den Kopf. »Und wenn nun Euer Conrad das Gold zuvor selbst an sich gebracht hat? Vielleicht hat er während der Reise ein Versteck gefunden, um den Schatz später wieder an sich zu nehmen.«

Mein Ausruf geriet lauter als gewollt. »Ha, und dann mit leeren Händen vor den Bischof treten? Da kennt Ihr aber den fetten Franz schlecht! Was nutzt alles Gold dieser Welt einem Menschen, dem man die Haut abgezogen hat?«

Das überzeugte ihn vollends. Ich wusste, dass er nun rückhaltlos alles tun würde zu helfen, ein Verbrechen aufzuklären, das unter seinem Dach geschehen war. Auf meinen Wunsch hin wies er mir den Weg zu seinen übrigen Gästen.

»Ich werde auch nach dem Medicus schicken lassen. Das heißt, ein richtiger Arzt ist er nicht, nur ein Bader und früherer Feldscher. Aber er hat hier in der Gegend so manchen Knochenbruch geheilt, eitrige Zähne gerissen und Glieder wieder eingerenkt. Auch hat er sich bei Fällen von heißem Fieber und unmäßigem Auswurf als durchaus sachkundig erwiesen. Wir alle hier haben Zutrauen zu seiner Kunst.«

»Dann muss er auch mir genügen, zumal kein besserer zur Verfügung steht. – Aber jetzt zu Euren Gästen!«

Der erste Eindruck kann entscheidend sein. Daher hatte ich vor, bei den Reisegefährten Conrads keinen Zweifel daran aufkommen zu lassen, wer hier Macht und Einfluss repräsentierte. Also legte ich den Umhang ab, unter dem ich so gerne mein Rapier und den langen, schlanken Dolch verbarg, und steckte zusätzlich aus den Satteltaschen meine beiden Radschlosspistolen in den Gürtel.

Als wir die Halle betraten, in der üblicherweise gemeinsam gespeist wurde, blickte die um den langen Tisch versammelte Gesellschaft neugierig zu uns auf. Der Hausherr übernahm die Vorstellung. »Dieser Herr ist ein Waffenschmiedemeister aus Padua mit seinem Lehrling.«

Der dunkelhaarige Italiener mochte etwa in meinem Alter sein. Er war modisch und teuer gekleidet. Zur Begrüßung reichte er mir eine weiche Hand, die zwar einige weißliche Flecken aufwies, die auf mich wie Brandmarken wirkten, jedoch ohne Schwielen war. Verwunderlich bei einem Schwertfeger. Schien mir ein fauler Kerl zu sein, der die Arbeit von seinen Gesellen verrichten ließ.

»Mein Name ist Pietro DellaCroce.«

Meinetwegen, nur fromme Männer hatten mich noch weniger beeindruckt als fromme Namen. Sein Gehilfe, der daneben saß und sich bloß wortlos verbeugte, war ein stummes, namen- und gesichtsloses Bürschchen, von dem man kaum mehr als sein bartloses Kinn sah, da er seinen Kopf tief in die Kapuze zurückgezogen und die verschränkten Arme in die Ärmel seines weiten Gewandes gesteckt hatte.

»Und jener Herr dort ist der Kaufmann Hinrich Burmann mit seiner Familie und seinen Gehilfen.«

Alle fünf entboten mir unter mehr oder weniger tiefen Verbeugungen einen Gruß. Burmann war um die fünfzig und von wuchtiger Statur. Seine kaum jüngere Frau Isolde war ebenfalls eine stattliche Erscheinung. Welche Launen die Natur bisweilen hat, erwies sich an ihrem Sohn, einem kaum vierzehnjährigen, blonden Mickerling mit blasser

Haut und dünnen Löckchen. Das brokatene Wams des Kaufmanns und das dunkelrote Samtkleid seiner Frau mussten einmal viel Geld gekostet haben, machten aber einen verfleckten und abgetragenen Eindruck, sodass mir schien, die Familie hätte früher bessere Zeiten gesehen.

Nach der Bezeichnung als Afrikaner hatte ich erwartet, dass es sich beim Gesinde um Mohren handeln würde. Die beiden jungen Kerle, die sich bis aufs Haar glichen, hatten jedoch eine entschieden hellere Hautfarbe und scharf gekrümmte Nasen. Burmann bemerkte meinen Blick und erklärte: »Meine Gehilfen heißen Raschid und Jazir. Sie sind Brüder und stammen aus dem Land, das die Bibel als Zweistromland kennt. Sie sprechen unsere Sprache nicht.«

Das kannte ich schon aus meinen alten Tagen im Kloster, als Bettler aus fernen Ländern in Scharen an unsere Pforte pochten. Wenn sie Geld, Essen, Kleidung, bisweilen auch Asyl von uns wollten, konnten sie sich sehr wohl verständlich machen. Aber wenn ausnahmsweise einmal wir ein Anliegen an sie hatten, dann war unsere Sprache plötzlich die fremdeste aller fremden. Ich bezweifelte, dass sich daran jemals etwas ändern würde.

»Und diese beiden Herren dort sind die Landsknechte Remmensnyder und Wendler, die auf dem Weg sind, Eurem Bischof ihre Dienste anzubieten.«

Die so Angesprochenen murmelten einen kurzen Gruß und nickten mir zu. Sie waren etwa in meinem Alter und verkörperten in ihrer bunten Tracht genau den Typ Söldner, der überall da anzutreffen ist, wo Lohn und Beute erwartet werden. Männer, die für jeden Herrn kämpfen, wenn er nur in der Lage ist, sie zu bezahlen. Sie schienen ihr Handwerk zu verstehen, denn Kleidung und Waffen waren von guter

Qualität, und sichtbare Verletzungen hatten sie keine davongetragen.

Meine Freunde, ich will Euch nicht langweilen mit der Rekapitulation dessen, was mir diese Gesellschaft als Antworten auf meine Fragen zu Conrads Tod gab. Es lässt sich so zusammenfassen, dass niemand die geringste Ahnung hatte, warum und woran Conrad gestorben war, und von irgendwelchen Gulden wussten sie schon gar nichts. Um mir dies in aller Ausführlichkeit zu berichten, brauchten sie allerdings fast eine ganze Stunde. Burmann redete mit der Routine eines Marktschreiers, der mit schlechtem Rotwein versetzten Essig als besten Malväser an den Mann bringen will, und bot bereitwilligst an, ihr Gepäck und die Wagen durchsuchen zu lassen, man würde keine Beute finden. Aus seiner Frau plätscherten die Beteuerungen ihrer Ahnungslosigkeit wie ein Wasserfall, immer nur kurz unterbrochen vom Luftschnappen und dem Wegschubsen der Wolfshunde, die an ihr herumschnüffelten. Der Sohn Matthias schüttelte so lange und heftig seinen Kopf, dass ich befürchtete, dieser würde ihm abfallen, und erschöpfte sich in der ständigen Wiederholung des einen Satzes: »Ich habe keine Ahnung.« Der Italiener sagte dasselbe, jedoch sehr viel blumiger und auf Latein. Sein Lehrling und die Fremdlinge blieben stumm und reichten mit ihrem Köpfeschütteln nicht an die Meisterschaft des Händlersohns heran.

Am wenigsten hatten die Landsknechte mit Conrad zu tun gehabt. Der vorsichtige Burmann hatte die günstige Gelegenheit genutzt und die beiden Reisegefährten gegen guten Lohn angeheuert, nachts das Lager zu bewachen, was sie geschickterweise so angingen, dass sie sich ein wenig abseits im Gebüsch aufhielten und von dort die Umgebung observierten. Entsprechend ermüdet verdösten sie die meiste Zeit des Tages im Sattel.

Schließlich war ich froh, ihnen allen entrinnen und mich der schweigsamen Gesellschaft des Toten widmen zu können. Zu meinem Gastgeber gewandt sagte ich: »Wenn Ihr nun freundlichst den Medicus holen lassen würdet. Es ist Zeit, die Leiche zu examinieren.«

Der Bader, der uns unten in der Halle erwartete, wurde von allen nur Wilken gerufen. Eine rundgesichtige, bartlose, unauffällige Erscheinung unbestimmbaren Alters, die gleichermaßen Vertrauenswürdigkeit wie Sachkunde ausstrahlte.

Wilken und ich legten den Weg zur Mühle zu Fuß zurück. Wir mussten dabei an dem kleinen Holzverschlag vorbei, der mir schon bei unserer Ankunft aufgefallen war. Die bunten Flecken entpuppten sich aus der Nähe als jeweils paarweise an die Außenwände gehängte Kuhhörner, in die man bunte Blumen gepflanzt hatte. Zwar war es noch früh im Jahr, doch war es dem Mädchen gelungen, etliche Pflanzen aufzutreiben, die auch zu dieser Zeit in kräftigem Rot und Gelb, vereinzelt sogar in Blau erstrahlten. An einer Stelle sah ich ein einzelnes Horn. Sein Gegenstück lag darunter auf dem Boden. Jetzt verstand ich auch endlich, was die kleine Ilse gemeint hatte.

Als hätte es meine Gedanken lesen können, kam das Mädchen aus der Hütte heraus und fragte nach der Begrüßung: »Seid Ihr wegen des toten Mannes oder wegen meines Horns gekommen?«

»Wegen des toten Mannes.« Und weil mir mein schlechtes Gewissen keine Ruhe ließ, fügte ich hinzu: »Aber ich verspreche dir, ich werde mich auch noch um dein Horn kümmern, wenn ich alles andere erledigt habe. – So, jetzt komm und zeig uns den Weg.«

An der Tür der Mühle erwartete uns bereits Ilses Vater, der uns auf meine Bitte hin direkt in den Keller zu Conrads Leiche führte. Er war so vorausschauend gewesen, zwei Leuchter aufzustellen, die er nun eilig entzündete, sodass ihr flackerndes Licht unsere verzerrten Schatten als fremde Wesen über die Mauern tanzen ließ. Die Wände waren nass vom Sickerwasser und die in den Ecken wuchernden Moosplatten schienen wie augenlose, pelzige Tiere, die aus ihren schleimigen Höhlen krochen. Es herrschte eine klamme Kälte, die gleichermaßen den Leib wie das Gemüt umfing.

Der Tote war auf drei Planken aufgebahrt, die man über hölzerne Böcke gelegt hatte. Er war vollständig in Tücher gehüllt. Als der Müller auf meine Aufforderung hin gegangen war, machte sich Wilken an die Arbeit. Ich nahm mir die Freiheit, mich ein wenig abseits zu halten. Zwar hatte ich selbst genug Menschen zu dem Schicksal verholfen, das nun der arme Conrad mit ihnen teilte, und hatte längst ein anderes Verhältnis zum Tod, als man es mich im Kloster gelehrt hatte. Doch waren das stets, wenn Ihr mir den Ausdruck verzeihen wollt, »frische« Tote.

Wilken schlug die Tücher auseinander und schnitt angewidert eine Grimasse. »Seht Euch dieses Gesicht an! So viel Grauen, so viel Entsetzen. Als wäre in seinen letzten Sekunden der leibhaftige Teufel in ihn hineingefahren.«

Ein kurzer Blick überzeugte mich davon, dass er Recht hatte. Später sollten wir uns noch alle wundern, wie Recht.

»Tja, andererseits habe ich auch schon die entrückt lächelnden Leichen von Leuten gesehen, die, wie ich selber weiß, eines besonders grausamen Todes gestorben sind. Ich glaube nicht, dass uns dies allein weiterhelfen wird. – Ich habe auf seinem Kopfkissen getrocknetes Blut entdeckt. Am besten, du untersuchst zuerst seinen Kopf.«

Die Kälte hier unten hatte die beginnende Verwesung der Leiche verzögert, aber nicht gänzlich aufgehoben. Ganz allmählich mischte sich der Hauch eines süßlich-fauligen Geruchs mit der Moderluft des Gewölbes. Ich nahm meinen Platz in der Ecke wieder ein und gab meinem Medicus ein Zeichen fortzufahren.

Wilken betrachtete zunächst den Kopf des Toten aus nächster Nähe, ohne ihn anzurühren. Im Schein der Kerzen hatte die Haut einen stumpfen, rötlichen Ton. Dann betastete er ihn, um auch etwaige Verletzungen unter den Haaren zu erfühlen, fand jedoch nichts Ungewöhnliches. Schließlich fuhr er mit einem hölzernen Spatel in die Öffnungen der Nase und des Mundes. Dort machte er eine Entdeckung, die ihn veranlasste, die Kiefer weiter auseinander zu biegen.

»Blut. Er hat den Mund voller verklumptem Blut.« Dann zog er etwas mit einer Pinzette hervor. »Und diese Stoffreste hier.«

Ich überwand meinen Widerwillen und trat näher heran. »Meinst du, er wurde geknebelt?«

Er antwortete, ohne den Blick von dem Toten zu nehmen. »Nein, das halte ich für ausgeschlossen. Dafür sind die Fetzen zu winzig und jede Druckstelle fehlt.«

Er stocherte noch ein wenig in dem offenen Rachen herum und holte geronnenes Blut heraus. »Hm, ich bin mir sicher, dass dieses Blut daher stammt, dass er sich selbst die Zunge durchgebissen hat. Durch einen Krampf, durch zu große Schmerzen, wer weiß? – Vergiftet worden ist er jedenfalls nicht.«

»Hat er auch Blut an seinem Hinterkopf?«

»Wenn Ihr es genau wissen wollt, sollten wir ihn besser herumdrehen.«

Ich riss mich nicht darum, dabei behilflich zu sein. »Beende lieber erst die Untersuchung der Vorderseite.«

Damit verschaffte ich mir nur eine kurze Galgenfrist, denn nach wenigen Minuten sagte Wilken: »Da ist absolut nichts Ungewöhnliches festzustellen. Keine Merkmale, die für eine Fesselung, Knebelung oder sonstige Gewalteinwirkung sprechen. Keine Blutergüsse, keine Beule am Kopf. Und, wie ich schon sagte, kein Gift. – Also, wenn ich Euch darum bitten darf, fasst mit an!«

Wohl oder übel musste ich ihm helfen, war dabei aber stets darauf bedacht, immer das Laken zwischen der Haut des Toten und meiner zu haben. Dann zog ich mich fröstelnd wieder in meine Ecke zurück.

Der Bader nahm die Rückseite der Leiche mit der gleichen Sorgfalt in Augenschein wie die Vorderseite. Dann schien er auf etwas Merkwürdiges gestoßen zu sein und die Runzeln auf seiner Stirn, reliefartig hervorgehoben durch den unsteten Schein der Leuchter, wurden unübersehbar. »Hm, seid so gut, tretet ein wenig näher und seht selbst!« Dabei spreizte er die Gesäßhälften mit Daumen und Zeigefinger der linken Hand, während er mit der rechten auf den After des Toten wies. »Hier gibt es etliche Narben von Wunden, die geblutet haben müssen. Aber die sind alle alt, mindestens viele Monate.«

Mein Gedanke an den fetten Franz und seine Reaktion auf mein mögliches Versagen ließen mich meine Abscheu überwinden und nähertreten. Was Wilken meinte, waren kleine vernarbte Risse, die sternförmig von der Körperöffnung ausgingen.

Ihr mögt es mir vielleicht nicht abnehmen, meine skeptischen Freunde, aber auch ich besitze in meinem Innersten eine Grundhaltung, die der Schönheit und Eleganz zugewandt ist. Mag sein, dass dieser Teil meines Charakters nicht der ausgeprägteste ist, aber es gibt ihn. Daher habe ich mich zeitlebens nie mit dieser Körperregion meiner Mitmenschen näher befasst und auch meine nach Kräften vor der Allgemeinheit verborgen gehalten. Doch hat, namentlich auf diesem Gebiet, mich das Aufwachsen in einem Kloster gelehrt, dass man ein Faktum nicht dadurch aus der Welt schaffen kann, dass man es totschweigt oder verleugnet.

So wusste ich gleich, wie es zu Lebzeiten um Conrad bestellt war. In diesen frommen Diener des Bischofs war im Laufe der Jahre mehr hineingefahren als nur der Heilige Geist. Auf den Teufel war ja schon Wilken verfallen und mir fielen noch ein paar andere Varianten ein. »Verstehst du nicht, was diese alten Vernarbungen bedeuten, mein kluger, lebenserfahrener Medicus? Unser Freund hier war ein Sodomiter.«

Wilken zuckte zurück, als hätte er ein glühendes Eisen angefasst. »Gott sei seiner Seele gnädig, das kann nicht Euer Ernst sein! Wäre es bekannt geworden, man hätte ihn bei lebendigem Leibe verbrannt. Ein Diener des Bischof ein Sodomiter? Das kann nicht sein!«

»Ach, du Tagträumer, was glaubst du wohl, wie viele hohe Kirchenmänner, die so gerne die Scheiterhaufen entfachen, selber Sodomiter sind? Was glaubst du, wie viele fratres hinter den Klostermauern diesem Laster frönen, wenn sie gerade mal nicht beten oder singen. Ich habe es mit eigenen Ohren des Nachts gehört, wie die Brüder nicht nur aus Frömmigkeit jubiliert haben. – Die Sache hier ist eindeutig.

Nur, was bringt es uns? – Wenn du soweit bist, lass uns hier verschwinden.«

Ich war der Überzeugung, dass Conrad etwas vor uns verbarg, dessen Aufdeckung mir hier und jetzt nicht gelingen würde. Wilken war ein aufrechter Kerl, der alles tat, was in seiner Macht stand und seinem Können entsprang, um mir dienlich zu sein. Aber es lag auf der Hand, dass er nicht in der Lage sein würde, der Leiche ihr Geheimnis zu entreißen.

Auf dem Weg zurück zur Burg überlegte ich mir, wie ich weiter vorgehen wollte. Ich war mir gleich sicher, dass der Mörder Conrads unter seinen Weggefährten zu suchen war. Doch je mehr Tatsachen ich herausfand, desto weniger hatte ich in Händen, um daraus einen stichhaltigen Beweis formen zu können. Es langte nicht einmal für einen erhärteten Verdacht. Und um die Leiche das berichten zu lassen, was auch noch ein toter Körper zu erzählen vermag, dazu brauchte es eines Arztes von einem ganz anderen Kaliber. Dazu musste mein alter Freund, Medicus und Apotheker, Alchimist und Chirurg Johannes Ossenstert her – und der saß beim Bischof.

Ich konnte die Sache drehen und wenden, wie ich wollte, mir würde jetzt und hier nichts anderes als der Versuch bleiben, den Täter mit einer List hervorzulocken und in Zugzwang zu bringen. Dabei kam mir sehr zustatten, dass der weitsichtige Hausherr seine Burg sofort hatte abriegeln lassen. Bisher hatte ich mein Augenmerk verstärkt auf den Mord gerichtet. Nun würde ich es mit der Beute probieren.

Wieder in der Burg angekommen, hatte mein Plan eine fest umrissene Gestalt angenommen. Ich bat unseren Gastgeber darum, die Gesellschaft vollständig zum abendlichen Mahl zu versammeln, mir vorher aber noch eine Kammer für die Nacht zuzuweisen.

»Wo wollt Ihr schlafen? Die fünf Gästekammern sind alle belegt, bis auf die von Conrad natürlich, aber ...«

»Macht Euch keine Umstände. Die ist genau richtig für mich, geradezu prädestiniert, könnte man sagen.«

Mordnacht

Mein Rapier hatte ich aus der Scheide gezogen und neben mich unter die Decke gelegt. Den Rest meiner Waffen hatte ich deutlich sichtbar an einen Haken in der Zimmerecke gehängt, dass ich jedem Gegner als arg- und wehrlos erscheinen musste. Die Falle war gestellt. Jetzt musste das Wild nur noch hineintappen.

Eine Kerze brennen zu lassen wäre zu auffällig gewesen. Dafür hatte ich die Läden vor den Fenstern offengelassen, sodass der Mond wenigstens einen Teil der Szenerie beleuchten konnte. Ich probierte noch einmal, ob die Tür sich ohne großen Lärm würde öffnen lassen, dann legte ich mich ins Bett und wartete.

Während sich meine offenen Augen allmählich an das düstere Zwielicht gewöhnten, ließ ich mein Vorgehen erneut vor meinem geistigen Auge passieren. Es versteht sich von selbst, dass ich niemanden darüber aufgeklärt hatte, dass ich mit leeren Händen dastand. Stattdessen erging ich mich vor den erwartungsvoll auf mich gerichteten Augen der Gäste in vernebelnden Ausführungen, vagen Andeutungen, aber der festen Beharrlichkeit, dass ich den Mörder seiner gerechten Strafe zuführen würde. Am kommenden Tag würde es meine hervorstechende Aufgabe sein, alle Kammern zu durchsuchen und ein jedwedes Gepäckstück von innen nach außen zu kehren, um den verschwundenen Schatz aufzuspüren. Ich missachtete die Einwendungen des Italieners, die darin kulminierten, als wohlbeleumundeter Meister eines fremden Landes, der sich nichts hätte zu Schulden kommen lassen, müsste er sich eine solche Behandlung nicht gefallen lassen. Ich nahm die Tirade des Kaufmanns zur Kenntnis, als freier Bürger einer freien Stadt hätte er es nicht nötig, sich in einen Topf mit Gesindel und Halunken werfen zu lassen, doch geböte es schon sein reines Gewissen, das Gepäck seiner Familie und seines Gefolges samt Karren freiwillig einer Examination zur Verfügung zu stellen. Und ich erlaubte mir sogar, die skeptischen Blicke meines Gastgebers zu ignorieren, der eine solche Vorgehensweise gegenüber den Menschen, die bei ihm um Schutz und Obdach nachgesucht hatten, offensichtlich degoutierte. Einzig die Landsknechte wiesen mit einer lakonischen Handbewegung in Richtung ihrer Kammer und bemerkten, die Überprüfung ihrer zwei ledernen Gepäcksäcke würde mich wohl nicht viel Mühe kosten.

Was einzig zählte, war mein Plan, den Mörder aus seinem Loch zu kitzeln, indem ich ihm das unweigerliche Auffinden der Beute und damit seine Überführung in Aussicht stellte. Niemand hatte die Burg verlassen können. Des Nachts war ohnehin die Brücke hochgezogen und nach dem Auffinden der Leiche war dieser Zustand auch untertags beibehalten worden. Außerdem, so hatte mir der Hausherr versichert, ließe er immer, wenn sich Fremde in der Burg befänden, nachts die Hunde im Hof laufen. Zweitausend Goldgulden mussten sich also noch innerhalb dieser Mauern befinden, und ich hatte angekündigt, sie am nächsten Tage aufspüren.

Wer auch immer sie in Besitz hatte, heute Nacht müsste er mich töten. In dieser beruhigenden Gewissheit hoffte ich darauf, wach bleiben zu können.

Es dauerte nach meiner Schätzung etwa eine Stunde, bis alle Geräusche in der Burg verstummt waren – bis auf jene, die von ihr selbst stammten. Wenn der böige Wind sie nicht überdeckte, konnte man es knacken und knarzen hören und manchmal vernahm man einen Laut, als würde das alte Gemäuer aufstöhnen über das in ihm begangene Verbrechen.

Ich hätte liebend gern eine vollkommene Stille gehabt, um den erwarteten Eindringling so früh wie möglich hören zu können. So musste ich alle meine Sinne anspannen, um nicht am Ende Opfer meines eigenen Plans zu werden.

Hin und wieder war der Ruf einer Eule aus dem nahen Emscherbruch zu vernehmen und mehrmals flatterten Nachttiere an meinem Fenster vorbei. Nach meiner Schätzung befand ich mich in der Mitte zwischen dem Einbruch der Dunkelheit und dem Morgengrauen.

Und dann passierte mir das, was nie und nimmer hätte geschehen dürfen. Ich schlief ein. Ich will hier gar nicht erst versuchen, die Schuld für mein Versagen auf den anstrengenden und viel zu langen Ritt, den fehlenden Schlaf aus der Nacht zuvor oder gar auf den quengelnden Hillink abzuwälzen, der sich unaufhörlich über den miserablen Zustand des Weges beschwert hatte. Es gibt keine Entschuldigung für eine solch tödliche Dummheit. Frederik von dem Kerkhof, des Bischofs bester Mann, hatte sein Leben als Köder angeboten und war dabei eingeschlafen!

Was mich aus den Träumen riss, kann ich im Nachhinein nicht mehr angeben. Vielleicht war es ein ungewöhnlich lautes Knarren der Diele, vielleicht ein in den Jahren verschärftes Gespür für die Gefahr, vielleicht ein siebenter Sinn, möglicherweise eine Mischung aus allem. Ich sah aus den kaum geöffneten Augen einen Schatten auf mein Gesicht herabstoßen und schaffte es gerade noch, meinen Kopf zur Seite zu drehen. Deshalb zuckte die Klinge eines kurzen Messers mit doppelter Schneide um weniger als eine Fingerbreite an meinem Hals vorbei und schlitzte statt meiner Kehle das Kopfkissen auf. Das Rapier unter der Decke hervorzuziehen war keine Zeit. Außerdem wäre diese Waffe bei einem Kampf aus nächster Nähe eher hinderlich.

Lange Überlegungen konnte ich ohnehin nicht anstellen, denn schon wieder schoss der scharfe Stahl aus dem Dunkel auf mein Gesicht zu. Reflexartig griff ich in den Schatten und bekam den Arm knapp unterhalb der Hand zu fassen. Obwohl die vermummte Gestalt alle Anstrengungen unternahm, die Klinge auf mich herunterzudrücken, kam sie mir kein Stück näher. Ich merkte sofort, dass ich dem Attentäter an Kraft weit überlegen war. Das half mir im Moment jedoch nicht viel, weil ich meine andere Hand benötigte, meine Augen zu schützen, auf die er mit klauenartigen Nägeln niederfuhr. Endlich gelang es mir, auch diese Hand zu packen, doch konnte ich nicht viel ausrichten, da das Messer immer noch bedrohlich über mir schwebte.

Obwohl ein ungläubiger Thomas, habe ich später noch oft ein Dankgebet zu meinem alten Lehrmeister Berthold geschickt. Er hatte mich so gedrillt, dass verschiedene Verteidigungen, die ich längst vergessen wähnte, im Falle höchster Not wieder präsent waren. So wandte ich auch jetzt, als ich in dem Handgemenge schließlich die hinderliche Decke von mir heruntergestrampelt hatte, die Technik an, die wir den Mönchstritt genannt hatten. Ich trat meinem Angreifer kunstgerecht zwischen die Beine.

Die Wucht hob den leichtgewichtigen Burschen ein ganzes Stück in die Höhe, brachte ihn jedoch nicht dazu, seine verkrallte Hand zu lockern oder den Dolch freizugeben, entlockte ihm nicht einmal einen Schmerzensschrei.

Entweder hatte der Bursche ein Gemächte aus Stahl oder er war ein Eunuch.

Ich probierte den Tritt erneut, legte diesmal aber mein Ziel mehr auf das Hochschleudern der Gestalt als auf eine Schmerz erzeugende Wirkung. Gleichzeitig warf ich mich nach rechts und stieß den Vermummten mit Macht zur linken Seite. Er flog in hohem Bogen durch die Luft und landete mit schwerem Aufschlag auf seinem Rücken. Die Zeit, in der er nach Atem rang, nutzte ich, um aus dem Bett zu springen, mein Rapier zu ergreifen und es gegen den noch immer halb benommen am Boden Liegenden zu schwingen.

In diesem Augenblick wurde mein Waffenarm von hinten ergriffen und eine Stimme flehte auf lateinisch in mein Ohr: »Bitte nicht, mein Herr, habt Erbarmen! Sie hat es doch nur aus Liebe getan, um mich zu schützen.«

Es war der Italiener, dessen Gesicht dem meinen so nahe war, dass ich die Tränen in seinen Augen sehen konnte. »Gott sei dank ist Euch nichts passiert. Herr im Himmel, sie hat mir nichts von ihrem Plan gesagt, weil sie wusste, dass ich es nie zulassen würde. Aber ich habe es geahnt und bin trotzdem eingeschlafen, sodass sie sich fortschleichen konnte. Verzeiht mir, dass ich versagt habe.«

Wenn ich mir selbst mein Einschlafen schon verziehen hatte, konnte ich ihm wohl kaum einen Vorwurf machen. Doch schlau wurde ich aus seinem Verhalten nicht.

DellaCroce ließ meinen Arm los und hockte sich neben seinen kleinen Gehilfen, der mit Mühe wieder zu Atem kam. Ihm war die Kapuze vom Kopf gerutscht, und als ich eine Kerze entzündet und näher zu den beiden getreten war, bemerkte ich die lange, schwarze Lockenpracht, die sich auf den Dielen ringelte.

Mein Angreifer war eine junge Frau.

DellaCroce hatte sie angehoben und in den Arm genommen, während er in seiner Muttersprache beruhigend auf sie einredete. Ich war froh, auf diese Weise etwas Zeit zu gewinnen, um meine Gedanken ordnen zu können, und nahm statt des Rapiers eine meiner Pistolen zur Hand. Als sich die Frau so weit erholt hatte, dass sie sich aus eigener Kraft aufrichten konnte, bedeutete ich den beiden mit einem Wink meiner Waffe, sich auf das Bett zu setzen, was auch widerspruchslos geschah.

»Und nun erzählt!«

Das blutjunge Weib hatte sich an DellaCroce geklammert und starrte schweigend vor sich hin. Der Italiener musste sich ein paar Mal räuspern, bis er seine Worte fand. »Beatrice ist meine Frau. Sie wollte verhindern, dass Ihr unser Gepäck durchsucht, die Beweise finden und uns dann töten würdet.«

So hatte ich es ja auch geplant. Allerdings wollte ich das mit dem Töten dem Bischof überlassen.

Ich setzte mein gemeinstes Grinsen auf. »Brav, brav! Ein schönes, knappes Geständnis. Jetzt muss ich nur noch wissen, auf welche Weise ihr zwei den Boten ermordet habt.«

DellaCroce hob den Kopf und sah mir direkt in die Augen. »Wir haben ihn nicht ermordet. Wir wissen überhaupt nichts davon.«

Ich hielt ihm die Pistole dicht vor die Brust. »Wir waren doch gerade so wunderbar bei der Wahrheit. Ihr Schurken reist in Verkleidung durch das Land, deine Frau versucht mich meuchlings umzubringen, weil sie befürchtet, dass ich das gestohlene Gold finden würde, und du willst plötzlich ...«

»Nicht das Gold – das Glas!«

Das musste ich dem Kerl lassen, er war wieder für eine Überraschung gut. »Jetzt versteh ich gar nichts mehr. Zum Teufel, was für ein Glas? – Am besten, du erzählst von Anfang an. Und eines sage ich dir, spar dir jede Lüge! Der Herr von Crange wird über die geeigneten Mittel verfügen, die Wahrheit aus dir herauszuholen.«

Er musste sich wieder räuspern. »Nun gut, auch wenn es meinen Tod bedeutet. Aber verschont meine Frau. Sie kann nichts verraten, sie kennt die Geheimnisse nicht.«

Was er da faselte, war allenfalls dazu angetan, meine Verwirrung noch zu vergrößern. Es war hohe Zeit, das ich alles erfuhr. Also winkte ich aufmunternd mit der Pistole. »Mach endlich, und mach es kurz!«

»Ich bin kein Schwertfeger. Ich bin in Wirklichkeit ein Glasmeister aus Murano und sollte die Tochter eines Zunftbruders heiraten. Ich liebte aber lange schon Beatrice und ich will keine andere als sie. Ich kenne sie schon, seit sie auf der Welt ist. Sie ist ...«

Vom vielen Winken mit der Waffe bekam ich langsam ein steifes Handgelenk. »Kurz, habe ich gesagt!«

»Nun ja, wir heirateten heimlich und flohen gleich danach aus Italien. Wir wollten weiter bis ganz in den Norden, um unsere Spur zu verwischen, und dann zurück nach Gouda, um dort zu arbeiten.«

Mein armes Handgelenk. »Du willst mir doch nicht erzählen, dass du aus Angst vor der Rache eines enttäuschten Schwiegervaters, der keiner geworden ist, nach ...«

»Nein, nein, kein Schwiegervater, die Gilde mit Billigung des Dogen von Venedig. Die venezianische Glasbläserkunst ist weltberühmt und wir aus Murano sind die besten. Die

Geheimnisse unserer Kunstfertigkeit müssen um jeden Preis gewahrt bleiben, kein Glasmeister darf sich anderswo ansiedeln. Wir stellen mit unserem Handwerk einen großen Anteil des Reichtums von Venedig sicher, haben eine Monopolstellung in diesem Teil der Welt. Sie lassen keinen weg, lieber töten sie ihn.«

»Und wie kommst du darauf, dass ausgerechnet ich ein Mordbube Venedigs bin?«

Er zeigte auf die Pistole, mit der ich ihm unter der Nase herumfuchtelte, und ihren Zwilling an der Wand. »Die Pistolen, einwandfrei italienisches Fabrikat. So etwas hat hier niemand. Wir dachten, Ihr seid uns auf den Fersen. Und obendrein wolltet Ihr morgen unser Gepäck durchsuchen. Dann hättet Ihr gewusst, dass Ihr die Richtigen gefunden habt.«

»Wieso?«

»Ich zeige es Euch.« Er führte mich in das Nachbarzimmer und öffnete dort eine eisenbeschlagene Truhe, die zu seinem Gepäck gehörte. Vorsichtig griff er hinein und holte verschiedene, dick in Lappen gebettete Gegenstände heraus. Als er den Schutz abwickelte, erschienen irisierende Becher, Schalen und Teller, die wie ein gläserner Regenbogen im Licht der Kerze funkelten. Auch kleine Tiere waren dabei, der Natur täuschend nachgebildet, doch aus milchigem, spiegelblankem Glas. »Proben meiner Arbeit aus Murano. Ich will sie den Geschäftsleuten in Gouda vorweisen.«

Oh je, dieser arme Tropf hatte nichts begriffen, alles falsch gedeutet und mich für einen gedungenen Mörder gehalten. Und die Frau, das wie so oft zielstrebigere Wesen, wollte mich als Bedrohung ihrer Liebe aus der Welt schaffen. Nicht genug damit, der Überfall mit seinem ganzen Gepolter hatte jeden anderen möglichen Angreifer nachhaltig verschreckt. – Ein Gutes hatte die Sache zumindest, ich würde mich endlich, endlich ausschlafen können.

Ein letzter Wink mit der Pistole. »Verschwindet!«

Beide sahen mich ungläubig an. »Wie, Ihr wollt uns ... Heißt das, dass wir gehen können? Dass aus dieser ...?«

Ich war zu müde, die Waffe noch einmal zu heben, was meine Lautstärke jedoch nicht beeinträchtigte. »Verschwindet!!«

Dann schob ich rein vorsorglich das Bett von innen gegen die Tür und war eher in den Schlaf gesunken als auf die Lagerstatt.

Als ich erfrischt, wenngleich viel zu spät erwachte, ging es bereits gegen Mittag. Ich stieg hinunter und war im Saal der Einzige, der noch zu Essen begehrte. Bei Brot, Käse, kaltem Braten und einem leichten Weißen musste ich mir eingestehen, dass meine Falle zwar zugeschnappt war, dabei aber bloß um Haaresbreite den Köder erschlagen hätte. Dem Kern des Rätsels war ich um keinen Deut näher gekommen.

Was blieb, war, die angekündigte Durchsuchung vorzunehmen, obwohl ich insgeheim und aller Logik zum Trotz nicht damit rechnete, etwas Wichtiges zu finden. Der Graf war freundlich genug, nicht nur als Zeuge zu fungieren, sondern half mir auch bei der akribischen Sichtung des gesamten Gepäcks seiner Gäste. Wie erwartet, förderten wir nichts von Belang zutage.

Was nun? Fest stand für mich nach wie vor, dass Conrad ermordet worden war und sich der Täter unter der Reisegesellschaft befand. Fest stand genauso, dass ich vor Ort ohne fremde Hilfe mit meinem Latein am Ende war. Also mussten alle hier festgehalten werden, bis ich mit einem Mann zurückkam, der in der Lage war, die genaue Todesursache zu diagnostizieren.

Der Herr von Crange erklärte sich ohne Zögern bereit, mein Vorhaben zu unterstützen, notfalls mit Gewalt. Die Einwendungen der so zu unfreiwilligen Dauergästen gemachten Reisenden erstickte ich im Keim mit meinem Abschiedsspruch: »Ihr solltet keine Sekunde vergessen, dass ich nicht nur einen Dieb suche. Ich bin auf der Jagd nach einem Mörder.«

Hinterhalt

Ich weiß nicht, wie es Euch geht, meine zurückhaltenden Freunde, aber auch unter Euch wird bestimmt keiner sein, der sich darum reißt, seinem Herrn eine Niederlage oder das Scheitern einer Mission eingestehen zu müssen. Und die Aufgabe wird bestimmt nicht einfacher, wenn es sich um so einen launischen Kerl ist wie den fetten Franz handelt.

Deshalb könnt Ihr Euch leicht vorstellen, dass ich auf dem Rückweg nicht eben bester Laune war und wegen der fehlenden Lust, Franz gegenüberzutreten, auch nicht das forscheste Tempo anschlug. Hillink, der sich gegen die Kälte ausgiebig mit dem Branntwein unseres Gastgebers gewappnet hatte, verspürte ebenfalls keinen Drang zur Eile und schaukelte schläfrig im Sattel mal neben, mal hinter mir. So kam es, dass die Abenddämmerung hereinbrach, als wir noch ein ganzes Stück von Wolbeck entfernt waren. Ich wusste aus Erfahrung, dass es hier in der Nähe einen Bauernhof gab, dessen Bewohner sich ein Zubrot damit verdienten, Reisende zu beköstigen, ein Nachtlager bereitzuhalten, sowie gelegentlich auch frische Pferde zu verkaufen. Also machte ich Klaas den Vorschlag, die Nacht besser hier als mit einem Ritt durch unsicheres Gelände zu verbringen.

Mochte es die unerfreuliche Aussicht auf die Standpauke des fetten Franz oder die Vorfreude auf die willkommene Reiseunterbrechung sein, jedenfalls achteten wir beide nun nicht mehr mit einer solchen Sorgfalt auf unseren Weg, wie es nötig und vom besten Spion des Fürstbischofs zu erwarten war. Heute versuche ich zwar gerne, eine Entschuldigung darin zu finden, dass ein stetiger Regen niederging, der die Geräusche in unserer Umgebung überdeckte. Doch, ehrlich gesagt, war es nichts anderes als unverzeihliche Nachlässigkeit, die uns in den Hinterhalt stolpern ließ.

Ich, der ich auf diesem engen, von Strauchwerk eingefassten Abschnitt voranritt, bemerkte im trügerischen Dämmerlicht die Angreifer erst, als ich die Glut keine dreißig Schritte vor uns im Schatten aufleuchten sah. Mitten auf dem Weg hatten sich drei Kerle vor uns aufgebaut, von denen der eine auf dem Boden kauerte und die Gabeln für zwei Hakenbüchsen hielt, während die anderen die Läufe auf meine Brust ausrichteten. Wie Klaas mir später versicherte, war es mein Ausruf des Erstaunens, der ihn instinktiv richtig reagieren ließ. Während ich das Falscheste tat, was in einer solchen Lage möglich ist, nämlich mein Pferd zügelte, galoppierte er ohne einen Moment des Zauderns an mir vorbei direkt auf die Wegelagerer zu. Trotzdem hätte es sicherlich auch ihn erwischt, hätte uns nicht der Regen, der uns eben noch in diese Falle geführt hatte, nun das Leben gerettet. Das zischende »Pitsch«, mit dem bei dem linken Schützen die Lunte auf der nassen Pfanne verlosch, werde ich noch mein Lebtag in den Ohren behalten. Der rechte hatte anscheinend größere Schwierigkeiten damit, die Glut bei seiner Waffe überhaupt anzublasen.

Das brachte uns, eben noch in der Rolle der wehrlosen Opfer, einen unschätzbaren Vorteil. Den Schurken blieb keine Zeit, ihre kurzen Schwerter zu ziehen oder nach einer Pistole zu greifen, als der Friese unter sie fuhr wie der Wolf in die Herde Schafe. Während links der Kerl mit der Muskete seinen nutzlosen Schießprügel fallen ließ und sich mit einem Satz in das Gebüsch mit größter Not aus der Gefahrenzone brachte, wurde der mit der Gabel noch in der Hocke vom Huf des heranstürmenden Tieres an der Stirn getroffen. Man konnte trotz der herabklatschenden Tropfen deutlich hören, wie der Schädelknochen brach. Der Angreifer wurde durch die Wucht des Tritts rücklings in den Matsch geschleudert. Sein verrenkter Körper zuckte noch einmal, dann gab es einen Gauner weniger auf dieser Welt. Mit der gleichen Vorwärtsbewegung wirbelte das Pferd den Schützen rechts durch die Luft.

Hillink riss sein Pferd mit einer Hand in den Stand, während er in der anderen schon eine Armbrust hielt, sich im Sattel umdrehte und dem Kerl, kaum dass dieser sich hochgerappelt hatte, einen Bolzen durch das Jochbein schoss. Der Mordbube taumelte noch mit in das Gesicht gekrallten Händen auf der Schwelle des Todes, als sich Hillink schon wieder im Galopp befand.

Damit war die Gefahr jedoch keinesfalls beseitigt, denn wie sich nun herausstellte, waren die drei bloß die Vorhut einer ganzen Bande gewesen, die sich weiter oben zu beiden Seiten des Weges für den Fall im Gesträuch bereit gehalten hatte, dass ihre Kumpane nicht ganze Arbeit leisteten. Doch Euer Freund wäre nicht Frederik von dem Kerkhof, wenn er seine erste Verblüffung nicht längst überwunden hätte und hinter Klaas hergestürmt wäre. Mein Rapier um mich herum schwingend, ließ ich es auf jeden Schatten, in jede Bewegung schnellen, die ich in meiner Nähe wahrnahm. Was ich alles traf und wo, ließ sich in der Hektik des Scharmützels, dem Regen und dem Zwielicht nicht ausmachen, doch verrieten mir mehrere laute Schmerzensschreie, dass ich erfolgreich war.

Hätte ich nur weniger Begeisterung in das Austeilen gelegt, ich wäre ungeschoren davongekommen. So aber traf mich unvermittelt der Hieb mit einem eisenbeschlagenen Dreschflegel. Der Schuft, der sich in einer kleinen Wacholderhecke verborgen hatte und danach trachtete, mir den Schädel einzuschlagen, war zwar auf meinen Kopf aus, doch hatte mein reflexartiges Zerren am Zügel dazu geführt, dass mein Pferd mit einem leichten Ausweichen zur Seite just den Abstand zwischen uns brachte, der dafür sorgte, dass der Schwengel nur gegen meine Brust krachte. Gleichwohl war die Wirkung im wahrsten Sinne des Wortes atemberaubend. Verstärkt durch die Vorwärtsbewegung des Tieres besaß der Schlag eine solche Wucht, dass mir die Luft aus den Lungen gepresst und mein ganzer Körper augenblicklich versteinert wurde. Nur die Steigbügel und meine um die Zügel gekrallte Hand hielten meinen Körper noch einige Momente im Sattel, aber das war nicht mehr ich, der da ritt, sondern eine handlungsunfähige Puppe mit meinem Aussehen.

Vielleicht zweihundert Meter weiter wurde meine Benommenheit so groß, dass ich aus dem Sattel rutschte. Der Aufprall tat ein Übriges, mir den allerletzten Rest von Atem aus dem Körper zu treiben, und mir schwanden die Sinne, während mein Reittier in der Dunkelheit verschwand, die zuvor auch meinen einzigen Beistand, Hillink, verschluckt hatte.

Als ich aus der Bewusstlosigkeit erwachte, war mein erster Gedanke reine Verwunderung darüber, dass ich noch am Leben war. Meine Ohnmacht konnte folglich nicht lange angehalten haben, denn die Schurken, denen ihr Treffer nicht verborgen geblieben sein konnte, würden sich bestimmt auf die Suche nach mir machen. Wollte ich also Leben und den Rest meiner Gesundheit behalten, musste ich mich hier schleunigst aus dem Staube machen.

Das allerdings war leichter gedacht als getan. Allein bei dem Versuch, meinen Oberkörper aufzurichten, durchflutete mich eine solche Welle von heißem Schmerz, dass ich mich fühlte, als hätte mich ein sadistischer Henker gleich zweifach gerädert. Mit einem Stöhnen sank ich wieder zurück, wobei mir der feuchte Matsch, in dem ich mich wiederfand, weicher und angenehmer erschien als das dickste Daunenlager.

Mein nächster Versuch, auf die Beine zu kommen, scheiterte genauso kläglich, nur dass mein Ächzen jetzt noch lauter war. Wie dumm ich mich damit verhielt, wurde mir erst vollends bewusst, als ich ein Geräusch in meiner Nähe hörte, das nicht vom Regen stammen konnte. Meine Verfolger waren mir auf der Spur.

Ich biss die Zähne zusammen und robbte zu meinem Rapier hinüber, das mir beim Sturz aus der Hand gefallen war und mir im letzten Lichtschimmer des schwindenden Tages in einigen Schritten Entfernung entgegenblinkte. Meinen Pistolen würde ich erst wieder vertrauen können, nachdem ich sie von Dreck und Nässe befreit hätte. Mit der Waffe in der Hand schleppte ich mich auf Knien unter den nächsten Strauch, der jedoch zu wenig ausladend war, um mich gänzlich zu verdecken.

Zeit, mich besser zu verstecken, blieb aber nicht, da das vorsichtige Aufsetzen der Füße meines Verfolgers schon zu nahe an meinen Ohren war. Ich tat das, was mir das einzig Mögliche erschien und von den verschiedenartigen Bewohnern des Waldes ihn ähnlicher Situation höchst erfolgreich praktiziert wird: Ich rollte mich auf den Rücken und stellte mich tot.

Nur Sekunden vergingen und das Schleichen erstarb. Weitere Sekunden und jemand trat erst vorsichtig, dann immer fester gegen meine Füße, die unter den zu kurzen Zweigen meines Busches hervorragten. Schließlich begann mein Verfolger damit, das Strauchwerk auseinander zu biegen, um nachzuschauen, wen er da erlegt hatte.

Wenn ich Euch an dieser Stelle den Rat gebe, meine überlebenslustigen Freunde, einem vermeintlich wehrlosen oder toten Gegner ins Bein oder sonst wo hin zu stechen oder zu schießen, so tut dies nicht als die fixe Idee eines übervorsichtigen Klugschwätzers ab, der überall Gespenster sieht. Nehmt ihn als weise Empfehlung eines erfahrenen Kämpfers, der durch diese Umsicht mehr als einmal sein Leben bewahrt hat.

Mein Verfolger war nicht so schlau, sondern ließ meine hervorlugenden Körperteile ungeschoren. Im Hochgefühl seiner bereits eingefahrenen Ernte knickte und riss er an den Zweigen über mir, bis er schließlich in mein Gesicht sah. Mein Lächeln konnte er in der Düsternis sicher nicht erkennen. Dafür spürte er um so sicherer meinen Stahl in seinem Bauch.

Ich hatte die Klinge auf gut Glück in den dunklen Schattenriss über mir gestoßen. Dass ich den Schuft an einer so empfindlichen Stelle erwischt hatte, freute mich gleich doppelt.

Bevor er mit einem Schrei zurücktaumeln und unter würgendem Gejammer im Unterholz verschwinden konnte, war es mir gelungen, einen Blick unter seinen Hut zu erhaschen. Viel war nicht zu sehen gewesen, weil der größte Teil seines Gesichts von einem Schal verdeckt wurde. Wohl aber die Augenpartie mit einer sternförmigen, weißen Narbe. Ich wusste, wo mir der Schweinehund schon einmal begegnet war. Mit dieser Erkenntnis schleppte ich mich weiter in den Wald hinein – in die Richtung, in der ich das Bauernhaus vermutete.

Rosenkranz und Güldenstern

Wie weit und wie lange ich mich durch Brombeerranken, Kieferngehölz, Wacholdergebüsche, Rinnsale und moorige Wasserlöcher gearbeitet hatte, kann ich im Nachhinein nicht mehr angeben. Jedenfalls hatte der Regen aufgehört, die Wolkendecke war aufgerissen und ein milchiger Mond tat sein Bestes, mir bei der Orientierung behilflich zu sein. Eine erste und oberflächliche Examination meiner selbst hatte ergeben, dass nichts gebrochen war, und meine von einer Unzahl von Prellungen verursachten Schmerzen hatten gottlob nachgelassen. Trotzdem war ich heilfroh, als sich endlich die Umrisse meines Ziels am Rande einer weitläufigen Heidefläche abzeichneten.

Gewitzigt durch den vorausgegangenen Hinterhalt, verharrte ich eine ganze Weile in der Sicherheit des Waldrandes, lauschte und beobachtete, bis ich mich endlich aus dem schützenden Dunkel auf die helle Sandfläche wagte. Wie angebracht meine Vorsicht war, bestätigte mir das, was ich wenige Schritte entfernt hinter einem Ginsterbusch fand. Es war mein Verfolger von vorhin, der dort mit einer Luntenpistole in der Hand auf mich lauerte. Der Platz war gut gewählt, von dort aus hätte er mich leicht mit einem Schuss erledigen können. Aber er feuerte nicht. Er hatte sich auch nicht durch eine unbedachte Bewegung oder ein Geräusch verraten. Und schon gar nicht hatte ihm das Gewissen geschlagen und ihn zur reumütigen Umkehr bewogen. Er war einfach tot, innerlich verblutet an meinem ungezielten Stich.

Dennoch nahm ich ihm vorsichtshalber die Waffe ab und schleuderte sie in die Büsche, bevor ich ihm den Schal herunterwickelte. Der Anblick seines bartstoppeligen Gesichts mit dem leicht geöffneten Mund und den wenigen, schadhaften Zähnen machte mich auch nicht schlauer. Ich durchsuchte seine Kleidung, wendete seinen Umhang und zog ihm sogar die langschäftigen Stiefel von den Beinen, ohne etwas von Bedeutung zu finden. Also setzte ich schließlich meinen Weg fort.

Was mich Augenblicke später in den Schatten einer niedrigwüchsigen Eiche springen ließ, war ein lang gezogener, unmenschlicher Wehlaut, der so gotterbärmlich klang, als quelle er aus den Tiefen der Hölle hervor. Ich ließ mich auf alle viere nieder und kroch, meine sich wieder bemerkbar machenden Schmerzen missachtend, unter Ausnutzung jeder sich bietenden Deckung bis an die Hauswand heran. Langsam und so leise wie möglich schob ich mich unter das einzige Fenster, aus dessen hölzernem Laden durch einen Spalt ein Lichtschimmer fiel. Mit der Vorsicht einer ausgehungerten Maus, die über eine schlafende Katze klettern muss, um an den rettenden Käse zu gelangen, richtete ich mich so weit auf, dass ich durch den Schlitz spähen konnte. Gleichzeitig ertönte wieder dieses durch Mark und Bein dringende Geheul.

Mein beengtes Gesichtsfeld gestattete mir nicht, den nur von einer Feuerstelle und einem Kerzenleuchter erhellten Raum bis in die Ecken zu überblicken. Doch das einzig Wichtige, das sich dort abspielte, breitete sich in seinem ganzen Schrecken vor mir aus.

An einen Stuhl gefesselt und die Front mir zugekehrt, saß mit heruntergerissenen Kleidern der fürstbischöfliche Berater Cornelis Wullenweber, um dessen Schädel der Rosenkranz der Schmerzen gezurrt war. Dabei handelt es sich, meine zartbesaiteten Zuhörer, um eine kaum fingerdicke

Schnur, die so kunstvoll geknüpft wird, dass sich dicke Knoten dicht neben die Augäpfel des Opfers legen. Wie bei einer Garrotte wird hinten ein Stab durchgesteckt und daran gedreht. Je nachdem, wie weit man das Spiel treibt, werden dem Delinquenten die Augen aus den Höhlen gedrückt oder der gesamte Schädel zerquetscht.

Wullenweber besaß noch seine Augen, wenngleich sie wie bei einem Frosch schon unnatürlich weit hervorstanden.

Mein erster Impuls war, hineinzustürmen und ihn aus der Gewalt seiner Folterer zu befreien. Aber war nicht der Narbige, der mich vorhin hatte umbringen wollen, ein Handlanger eben dieses Wullenweber? Ich wusste nicht, was ich denken sollte, und in einer solchen Lage ist es immer am besten, meine heißspornigen und hoffentlich belehrbaren Zuhörer, mehr Informationen zu sammeln. Also blieb ich, wo ich war, und beschränkte mich zunächst auf die Rolle des Beobachters. Und die fiel mir hier wahrlich schwer genug. Denn hatten auch mehr Männer im Kampf durch mich diese Welt verlassen müssen, als ein jeder von Euch Finger an der Hand hat, so ist es doch etwas gänzlich anderes, dabei zuzusehen, wie ein hilfloses Wesen langsam zu Tode gequält wird. So aber wurde mir wieder der Hals eng und ein saurer Geschmack stieg darin auf, mein Herz klopfte lauter als sonst und es pochte in meinen Schläfen. In solchen Situationen musste ich regelmäßig härter mit mir ringen als mit so manchem Gegner, um die nötige Aufmerksamkeit für das Gelingen meines Auftrags zu erlangen und meine übliche Kaltblütigkeit wiederzugewinnen.

Ich hörte ein Gemurmel, das ich nicht verstehen konnte, und der lange Kerl, der das Marterinstrument bediente und mir merkwürdig bekannt vorkam, lockerte die Spannung des

Stricks ein wenig. Allerdings ziemlich widerwillig, wie mir schien. Dann trat der Mann ins Bild, der hier die Befehle gab.

Zuerst sah ich ihn nur von hinten. Er trug das bunte und federnbesetzte Gewand eines Spielmanns. Passend dazu hing ihm eine Laute über die Schulter und in seinem Gürtel steckten verschieden große Flöten. Doch als ich seine gichtknotigen Hände gewahrte, beschlichen mich arge Zweifel, ob er damit seine Instrumente überhaupt würde bedienen können. Er redete zwar so leise, dass ich nichts verstehen konnte, aber so energisch auf seinen Kumpan ein, dass sein Kopf dabei ruckte und die Schellen an seiner vielzipfligen Kappe zu tanzen begannen. Doch, oh Wunder, sie klangen nicht, blieben stumm wie die Fische. Auch wenn er sich selbst bewegte, war dies mehr ein Gleiten als ein Auftreten.

Fürwahr ein seltsames Exemplar von einem fahrenden Musikanten, bei dem alles darauf angelegt war, jeden Laut zu vermeiden. Dieser Mann war sicherlich nicht der, als der er erscheinen wollte.

Zum Glück wurde die Befragung nun in einem etwas lauteren Ton geführt, sodass ich einige Gesprächsfetzen auffangen konnte.

»... von Köln ... wahrhaft enorme Summe ... den Bischof betrügen und das Geld selber ... nicht meine Entscheidung mit der Familie ...«

Endlich trat auch der Bunte hinter Wullenweber und gestattete mir so, einen Blick auf sein Gesicht zu werfen. Es war alt, sehr alt sogar, die Haut so straff über seinen Schädel gespannt, wie man es sonst nur von einer Moorleiche kennt. Und dennoch brannte in seinen Augen ein Feuer, das keinen Zweifel daran ließ, dass man es hier mit einem von seiner Mission Beseelten, einem erfahrenen und klugen Kämpfer zu tun hatte. Freiwillig hätte ich mir diesen unheimlichen Kerl nicht als Gegner aussuchen mögen.

Er flüsterte etwas in das Ohr des Gemarterten, der sehr zu meinem Ärger in derselben Lautstärke erwiderte und heftig den Kopf zu schütteln versuchte, woraufhin der Lange mit dem Knebelstock eine weitere Umdrehung vollführte. Der Laut, den Wullenweber nun von sich gab, übertraf seine vorherigen Schreie an Unmenschlichkeit und Qual bei weitem. Dann sackte er in seiner Fesselung zusammen und sein Kopf fiel auf den Tisch.

Das anschließende Gemurmel und die Zeichen des Spielmanns deutete ich so, dass man eine Pause einlegen und essen wollte, während man darauf wartete, dass das Opfer wieder zu sich kam. Jedenfalls holte der Lange auf einen Wink zwei Löffel von einem Regal und einen kleinen Kessel, der unter einem Rauchfang auf kleiner Flamme vor sich hin geköchelt hatte, auf den Tisch. Als sie ihn ohne jede Gemütsregung neben Wullenwebers vornüber gebeugten Körper gestellt und sich daraus bedient hatten, roch ich Erbsen, Speck und Fisch.

Dann roch ich mein eigenes Blut und die feuchte Erde, denn mir wurde so fürchterlich über den Schädel gehauen, dass ich mit dem Gesicht zuerst gegen die Hauswand und sodann zu Boden geschleudert wurde. Ich hatte keine Zeit mehr, meine mangelnde Vorsicht zu beklagen oder um Hilfe zu rufen, geschweige denn mich zur Wehr zu setzen. Ich konnte gerade noch durch den Matsch in meinem Gesicht verinnerlichen, dass sich mein Körper noch auf der Welt befand, die wir Erde nennen. Mein Geist aber verließ sie in diesem Moment auf unbestimmte Zeit.

Ich betrat ein unwirkliches Universum, in dem es kein Oben und Unten, kein Links und Rechts gab. Alles drehte sich, alles wirbelte durcheinander. Feuer loderten hier und da auf, Wullenweber grimassierte, schrie und wand sich, von konturenlosen Schemen gepeinigt, blutige Zeichen wurden ins Nichts geschrieben. Ein zuckendes Messer, Schreie und Klagelaute. Ich selbst war unfähig mich zu rühren, meine Gliedmaßen schienen mit Blei ausgegossen zu sein. Vor der sich ausbreitenden Schwärze ein strudelndes Chaos aus Lärm, Blitzen und güldenen Sternen, dann nur noch Dunkelheit und Stille.

Als ich wieder erwachte, lag ich auf dem Boden eben jenes Zimmers, das ich vor meinem Abtreten durch das Fenster beobachtet hatte. Mein Mantel war zusammengerollt und unter meinen Nacken geschoben, um meinen Kopf ein kühlendes, nasses Tuch gewickelt. Weil mir das geronnene Blut meine angeschwollene Nase verstopfte, hatte ich die ganze Zeit durch den Mund geatmet, sodass mein Hals ausgedörrt war wie nach der Durchquerung einer Wüstenei. Ich brauchte eine Weile, bis ich meine tränenden Augen so weit freigeblinzelt hatte, dass ich wieder einigermaßen sehen konnte.

Die Läden waren aufgeschlagen, die Fenster geöffnet und die Morgensonne durchflutete den Raum. Hillink saß am Tisch, verzehrte Brot mit geräuchertem Speck und zwinkerte mir aufmunternd zu, als er meine Versuche bemerkte, mich in die Wirklichkeit zurückzutasten. Er wies einladend auf den Platz neben sich, wo er bereits meine Portion zurechtgestellt hatte.

Wären da nicht mein dröhnender Schädel mitsamt einer ansehnlichen Beule gewesen, das elende Gefühl in Nase und Hals, man hätte die vergangene Nacht für das Trugbild strafender Albträume halten können, geboren aus einer Paarung von unmäßiger Völlerei und zügellosem Suff.

Und wäre da nicht auch Cornelis Wullenweber gewesen, nur eine Armlänge neben mir und so tot, wie ich ihn nicht in Erinnerung hatte.

»Was ist passiert?« Meine Stimme war mehr das Krächzen eines Raben als die eines Menschen.

Hillink beugte sich mit einem Becher zu mir herunter, den er mir an die Lippen setzte. »Ich kann dir wohl erzählen, was ich selber erlebt habe. Den Rest kann ich nur vermuten.«

Ich trank das kühle Brunnenwasser in kleinen Schlucken, die meinem trockenen Schlund wohl taten und mir halfen, meine Sprache wiederzufinden. »Lass dich nur nicht aufhalten.«

Mein Gefährte tat wie geheißen. Zuvor hatte er mir noch auf die Beine geholfen, was besser ging als erwartet, und nachdem ich draußen am Brunnen meine Atemwege befreit hatte und mich über mein Essen hermachte, lauschte ich Hillinks Bericht. Es war nicht allzu kalt, und obwohl ich in meinem Leben schon genug Tote aus nächster Nähe gesehen hatte, wollte es mir trotzdem hier an der frischen Luft besser schmecken als in Gesellschaft des unfreiwillig verblichenen Beraters. Außerdem hing drinnen ein ziemlicher Brandgeruch in der Luft, den ich erst jetzt mit sauberer Nase wahrnehmen konnte.

»... und als wir an den Schurken vorbei waren und ich dein Pferd hinter mir hörte, dachte ich, es ist alles in Ordnung. Erkennen konnte ich bei dem Licht sowieso nicht viel. Bloß weg von der Stelle, man wusste ja nicht, wo noch welche Kerle lauerten. Als ich endlich anhalten und auf dich warten konnte und das Pferd sah, so ganz alleine, war natürlich schon alles zu spät. Ich weiß, wie dein Verstand arbeitet. Also, falls du es geschafft hattest, würdest du dich zum Bauern durchschlagen. Deshalb bin ich auch hierher. Ich kannte den Hof aber nur von deinen Erzählungen und hab mich verirrt. Es muss verdammt lange gedauert haben, bis ich hier ankam. Und da sah es wahrhaftig nicht so aus, als wäre alles in Butter. Du lagst auf dem Fußboden, ich konnte nicht erkennen, ob lebendig oder tot. Ein paar Kerle marterten Wullenweber. Und wie viele insgesamt von denen vorhanden waren, konnte ich nicht einmal ahnen. Was sollte ich tun? Ich hatte keine bessere Idee, als mir aus der Scheune Stroh zu besorgen, es anzuzünden und um das Haus herum zu verteilen. Als ich damit fertig war, schlug ich einen Fensterladen ein, warf den Rest Stroh hindurch, schoss beide Pfeile in den Raum, und macht so viel Lärm, dass alle glauben mussten, eine Armee wäre im Anmarsch. Das hoffte ich jedenfalls. Und anscheinend nicht zu Unrecht, denn die Burschen verzogen sich in dem Qualm zur Hintertür raus.«

Ich ließ meinen Blick an dem Gebäude entlang schweifen und entdeckte einige Stellen, an denen die Wände angekokelt waren. Hillink war mir mit den Augen gefolgt und sagte wie zu seiner Entschuldigung: »Du siehst selber, dass ich mich zuerst um das Löschen kümmern musste. Mit einer Feuersbrunst, die alles verschlungen hätte, was noch im Hause war, wäre bestimmt keinem gedient gewesen. Selbstverständlich hab ich dann gleich nach dir gesehen, und du hattest wohl nicht so viel abgekriegt. Als sich der Rauch verzogen hatte, wollte ich Wullenweber losschneiden, aber der war gar nicht mehr gefesselt und lag da schon auf dem Boden, so, wie er immer noch da liegt. Ich kann nur vermuten, dass sie ihn mitnehmen wollten. Dann muss er sich mit letzter Kraft dagegen gewehrt haben und sie haben ihn erstochen.«

Hillink zuckte dabei mit den Schultern, als wäre ihm selbst seine Theorie nicht ganz geheuer. Ich hielt sie jedoch für durchaus realistisch und plausibel, was ich ihm mit meinem Nicken auch zu verstehen gab. Das und mein guter Appetit ermunterten ihn sichtlich, mit seinem Vorschlag herauszurücken.

»Falls dein Kopf nun wieder so aufnahmefähig ist wie dein Magen, solltest du dir vielleicht Wullenweber mal näher ansehen. Es scheint, als hätte er uns noch eine Botschaft hinterlassen.«

Ich wusste nicht, ob auf meinen Verstand schon wieder Verlass war, denn da gab es einige Dinge, die ich nicht unter einen Hut zu bringen vermochte. Der Berater des Bischofs in dieser Umgebung, obendrein ermordet. Sein Vertrauter als Wegelagerer, der uns nach dem Leben trachtete. Eine – ja, wo waren sie eigentlich abgeblieben, ein Ehepaar und seine drei Kinder? – verschwundene Bauersfamilie. Stattdessen andere, kuriose Gestalten, die ebenfalls vor äußerster Brutalität nicht zurückschreckten. Oh oh, mein Kopf würde sicherlich noch eine ganze Weile brauchen, um äußerlich und innerlich zu alter Form zurückzufinden.

Was mich natürlich nicht davon abhalten konnte, Hillinks Aufforderung Folge zu leisten. Also warf ich das letzte Stück Speck, ohnehin nicht mein Leibgericht, in Richtung Waldrand und folgte meinem Samariter in die Stube.

Die Leiche lag, leicht nach links gedreht, auf dem Bauch, beide Arme weit nach vorn gereckt. Auf der linken Seite in Höhe des Beckens hatte sich eine kleine Lache von Blut gebildet, das aus einer Einstichstelle im Rücken geflossen war. Obwohl in der Nähe des Herzens, konnte sie nicht gleich tödlich gewesen sein. Vielmehr musste der geschundene Wullenweber trotz allem noch die Kraft gehabt haben, einen Hinweis auf seinen Mörder zu hinterlassen. Seine blutigen Fingerspitzen lagen auf einem rotbraunen Gekrakel, dass ich nicht ohne weiteres identifizieren konnte. Nachdem ich mich vergewissert hatte, dass die Schufte bei der Folter nicht dazu übergegangen waren, ihrem Opfer die Fingernägel auszureißen, musste es so gewesen sein, dass Wullenweber die Finger in das Blut aus seiner Wunde getaucht hatte, um eine Spur zu den Tätern zu legen.

Ich winkte Hillink heran, der jedoch in einiger Entfernung stehen blieb. »Ich hab mir das Gekritzel schon angesehen, als du noch im Reich der Träume weiltest. Ich hab auch bereits eine Meinung dazu. Aber ich will dich damit nicht irritieren. Sag du mir erst, was du darin erkennst.«

Es war kein Wort, sondern eine Zeichnung, etwa eine Spanne lang. Ich nahm Wullenwebers rechte Hand beiseite und stellte mich zu Füßen der Leiche. Aus dieser Richtung war unschwer zu erkennen, dass es sich, grob dargestellt, um einen kurzen Stiefel handeln sollte. Ich muss zugeben, dass ich äußerst verblüfft war. »Der Bundschuh, wenn ich es nicht besser wüsste.«

Trotz des Toten zwischen uns konnte sich Hillink ein Schmunzeln nicht verkneifen. »Wieso ›besser wüsste‹? Meinst du, weil sie mit Geißmaier den letzten großen Bauernführer vor knapp zehn Jahren getötet haben, gäbe es keinen Willen zum Aufstand mehr unter den Bauern? Glaubst du ernsthaft, nachdem die Saat der Neuerung erst einmal gesät worden ist, hätten sie die Fürstenheere für alle Zeiten abgemäht? Denk an die gleiche Entwicklung bei den

Wiedertäufern. Vielleicht kann der Bischof sie schlagen, aber werden sie auch im ganzen Reich ausgerottet sein? – Hier wurde ein hochgestellter Mann getötet, von der Bande dieses Alten, der wie ein Spielmann ausstaffiert war. Hast du Joss Fritz schon vergessen?«

Da hatte er mir einiges zu denken gegeben, mein kluger Begleiter. Ich hatte jedoch nicht die Zeit, das hier und jetzt zu erledigen. Der fette Franz würde unserer Ankunft entgegenfiebern. Deshalb stand meine Entscheidung fest. »Wir brechen nach Wolbeck auf und erstatten Bericht. Hier lassen wir alles so, wie es ist. Franz mag andere Leute schicken, die sich ihren Reim darauf machen können. Wir müssen uns beeilen und dann so schnell wie möglich mit Ossenstert zurück nach Crange. Aber vorher suchen wir noch den Hof nach Südmersen und seiner Familie ab.«

Ich will es kurz machen, meine Freunde, wir fanden nichts. Kein Mitglied der Familie, keinen Hinweis auf ihren Verbleib. Nicht auf dem Dachboden, auf den eine schmale Stiege führte, nicht in der Scheune, nicht im Stall. Und nicht ein Stück Vieh konnten wir entdecken, was mir das Rätselhafteste an der Sache war. Nach einer halben Stunde machten wir Schluss mit unserem unergiebigen Tun.

Hillink ritt voran, ohne dass es eines Wortes von mir bedurfte hätte. Er hatte mir den Köder hingeworfen und ich hatte begierig danach geschnappt. Joss Fritz und der Bundschuh. Das sollte mir so viel Stoff zum Sinnieren geben, dass ich kaum auf den Weg und einen möglichen neuen Hinterhalt achten würde. Also übernahm der umsichtige Friese ungefragt die Spitze.

Natürlich hatte ich Joss Fritz nie kennen gelernt, diesen legendären Denker der Bauernaufstände, dem nur deshalb kein Erfolg beschieden war, weil seine Pläne schon im Vorfeld aufgrund von Verrat nicht umgesetzt werden konnten. Er war auch nie so weit im Norden des Reichs erschienen und außerdem lag seine wirklich große Zeit schon mehrere Jahrzehnte zurück. Doch über seinen Tod war nichts bekannt. Er war ein Mann der tausend Masken, der bei Bedarf sowohl als Edelmann wie auch als Bettler durchgehen konnte. Aber seine bevorzugte Verkleidung war die eines Mitglieds des fahrenden Volkes, des Gauklers, des Spielmanns. Er war der Bunte Mann. War es denkbar, dass er in der Not wie ein Geist wiedererstanden war, um sich um die Belange seines Volkes, um die Interessen der Bauern zu kümmern? Ein absurder Gedanke – oder doch nicht?

Und der lange Gehilfe, der so inbrünstig folterte und der mir so ... Ich fuhr mir unwillkürlich über die Stirn, strich über meine Haare und drückte meine Schläfen. Wo hatte ich dieses Gesicht schon gesehen? Ich hatte es nirgendwo gesehen, aber ein sehr ähnliches. Ein wenig breitflächiger, ein bisschen jünger, doch so sah der Bauer aus, Südmersen, dem der Hof gehörte. Der Kerl musste sein Bruder sein!

Je länger ich darüber nachdachte, desto sicherer wurde ich mir. Nahm ich dann noch den Bunten Mann hinzu und was sie mit Wullenweber angestellt hatten, lag der Schluss nahe, dass sie Wullenweber als einen Feind der Bauern betrachteten. Oder nur eines einzelnen Bauern, nämlich des Bewirtschafters des Hofs? – Wo war der überhaupt mit seiner Familie abgeblieben?

Uns erschienen die Türme von Wolbeck über den fernen Baumwipfeln. Vor unserer Ankunft hätte ich noch gerne einige Fragen mit Hillink diskutiert, doch der hielt sich im Sattel nur noch mühsam aufrecht. Als ich zu ihm aufschloss, hatte er die Augen zu schmalen Schlitzen zusammengekniffen und gab ein kaum hörbares Stöhnen von sich. Und noch ehe er mir einen Grund für die so augenfällige Beeinträchtigung seines Wohlbefindens nennen konnte, rutschte er aus den Steigbügeln und wäre zu Boden gestürzt, hätte ich ihn nicht mit kräftigem Griff gehalten.

Die Pferde anhalten und meinen Begleiter aus dem Sattel auf den farngepolsterten Boden gleiten lassen war eins. Dort drehte er sich zur Seite und würgte Schaum und ein Stück Fleisch aus seinem Mund. Ich war entsetzt, nicht vorher etwas vom schlimmen Zustand meines Gefährten bemerkt zu haben.

»Was ist, hast du dich vergiftet?«

Er versuchte ein Kopfschütteln, das aber kaum gelang. Seine Stimme klang so leise, dass seine Worte nicht dazu angetan waren, meine Sorgen zu mindern. »Nein, oh nein. Ich bin nur das Opfer meiner kindischen Eitelkeit, die mir verboten hat, dir davon zu erzählen, dass ich bei dem Galopp aus dem Hinterhalt wie ein Idiot mit dem Schädel vor einen niedrigen Ast geknallt bin. Jetzt habe ich ein Trommeln in meinem Hirn und ein Pfeifen in meinen Ohren, während die ganze Welt um mich kreist.« Dabei presste er die Handflächen gegen seine Ohren, sichtlich um Fassung bemüht.

Ich wollte nicht riskieren, dass sich sein Zustand durch einen möglichen Sturz verschlimmerte. Deshalb hiefte ich ihn zwar in den Sattel, verzichtete jedoch darauf selber aufzusitzen. Es war besser, das eigene Pferd am Zügel zu führen und neben dem Kameraden herzugehen, um ihm jederzeit beispringen zu können. Glücklicherweise waren wir Wolbeck inzwischen so nahe gekommen, dass wir das Ziel trotz unseres Schneckentempos eine Viertelstunde später erreichten.

Hillink wurde sofort in die Behandlung des bischöflichen Leibarztes gegeben, der nach eingehender Untersuchung und dem Bemerken seines Patienten, so hätte er sich früher schon einige Male gefühlt, wenn man ihm im Laufe einer Auseinandersetzung über den Schädel gehauen hatte, eine Gehirnerschütterung diagnostizierte und strengste Bettruhe verordnete. Bei diesem durchaus vernünftigen Rat ließ es der Quacksalber aber nicht bewenden. Außerdem verordnete er meinem Gefährten die Einnahme einiger Mixturen, deren Ingredienzen ich nur erahnen konnte, was genügte, dass mir augenblicklich beinahe so schlecht wurde wie Hillink. Ich wartete einen unbeobachteten Moment ab, um mich von ihm mit dem freundschaftlichen Rat zu verabschieden, das ganze Zeug besser den Abtritt hinunterzuspülen. Außerdem schärfte ich ihm ein, zunächst besser nichts vom Bundschuh und dem Verschwinden der Bauersfamilie samt ihrem Vieh verlauten zu lassen. Sollten irgendwelche diesbezüglichen Fragen kommen, müsste es allemal ausreichend sein, mit einem gedämpften Ächzen und einem plötzlichen Schwindelanfall zu antworten, bis ich aus Crange zurück wäre und hoffentlich Licht in die Sache gebracht hätte.

Dann musste ich mich wohl oder übel dem weitaus unangenehmsten Teil meiner Arbeit widmen: dem Rapport bei seiner fürstbischöflichen Exzellenz.

Ein mühsam um Fassung ringender Herrscher erwartete mich, die mit Glück so lange anhielt, bis ich die knapp und von allen Vermutungen freigehaltene Darstellung meiner

Reise losgeworden war. Danach brach es aus ihm hervor wie aus einem geborstenen Fass. Glaubt mir, meine mitfühlenden Zuhörer, selbst ein frohgestimmter Franz ist schon schwer zu ertragen, aber gegen einen übellaunigen erscheint das Fegefeuer wie der Garten Eden. Deshalb erspart mir freundlichst nähere Einzelheiten des Verlaufs unserer Unterredung, die ein solches Ausmaß an Flüchen, Schmähungen, Verwünschungen und – von einem Bischof nicht anders zu erwarten – Gotteslästerungen enthielt, die, wollte ich sie alle wortgetreu wiedergeben, das Anlegen eines zusätzlichen Manuskriptes erforderte. Nur so viel sei gesagt, dass der Plan Wullenwebers, das Geld des Bischofs von Köln in einer gepanzerten Truhe unter dem Schutz einer von ihm zusammengestellten kleinen Truppe transportieren zu lassen, von Franz verworfen worden war, weil der kein Aufsehen erregen wollte. Allerdings war Franzens Idee, einen einzigen Mann als Überbringer einzusetzen, genauso in die Hose gegangen, was ihn unvorstellbar wütend machte.

Es versteht sich von selbst, dass ich meine Vermutung für mich behielt, was Wullenwebers Bande wohl mit dem Geld angestellt hätte, und dass er seinen honorigen Berater danach wohl nie mehr zu Gesicht bekommen hätte. So übte ich mich weiter in Schweigen und ließ das Toben wie eine Naturkatastrophe über mich ergehen – verheerend, doch unvermeidlich.

Da ich Franz seit langem kannte, wusste ich, dass auch sein größter Zorn einmal verrauchen musste. Indessen, heute wollte und wollte es mit dem Gezeter kein Ende nehmen, sodass ich mich zu der Frage erkühnte, ob es opportun wäre, wegen eines solchen Vorfalls den plötzlichen Stillstand des Herzens oder den Schlagfluss zu riskieren. Gewiss, zweitausend Gulden wären auch für einen steinreichen Mann kein Fliegenschiss, aber für einen Herrscher seines Kalibers ...

»Zweitausend Gulden! Zweitausend Gulden! Glaubst du hirnloser ...« Und so weiter und so weiter. »... würde ich mich so aufregen?« Dazu japste er mit hochrotem Kopf nach Luft und klappte das Maul auf und zu wie ein Karpfen auf dem Trocknen. »*Fünfzehn*tausend! Es sind fünfzehntausend Gulden, die verschwunden sind!«

Das hätte allerdings auch mich von den Beinen geholt, hätte ich mir in Erwartung des Vulkanausbruchs nicht gleich zu Beginn seiner Tirade einen Sessel herangezogen. Fünfzehntausend, das machte Sinn. Das hätte für Wullenweber und seine ganze Bande genügt.

Natürlich, so musste es gewesen sein: Wullenweber macht Franz den Vorschlag, das Geld unter Bedeckung und Verschluss herholen zu lassen, stellt die Sache aber in einem Atemzug so dar, dass diese Aktion sämtliche Schurken und Marodeure des Münsterlandes anlocken würde. Gleichzeitig legt er Franz unterschwellig in den Mund, lieber versteckt vorzugehen und nur einen einzigen, unverdächtigen Mann zu schicken. Franz fällt darauf herein. Wullenweber weiß, dass der Bote sich wahrscheinlich einer Reisegruppe anschließen wird, und er mit seiner Last, die annähernd einen Zentner ausmacht, sowieso nur langsam vorankommen kann. Dazu schärft er Conrad ein, nicht nachts zu reisen, sondern jeweils sicheren Unterschlupf zu suchen. Dafür bietet sich als letzte Station vor Wolbeck der Hof von Südmersen an. Dort wird er sich auf irgendeine Weise des Geldes bemächtigen. Wullenwebers Bande ist allemal stark genug, einen kleinen Treck niederzumachen. Er kann es sogar alleine schaffen, indem er Conrad dort erwartet, ihn mit einer phantasievollen Geschichte zum Weiterreiten in Begleitung des fürstbischöflichen Ratgebers ermuntert, und ihn unterwegs ermordet.

Dann kommt die Nachricht von Conrads Tod in Crange, Hillink und ich werden losgeschickt und der falsche Hund muss umdisponieren. Jetzt hat er es mit erfahrenen Kämpfern zu tun. Er legt den Hinterhalt und wartet selber abseits im Bauernhaus auf die Vollzugsmeldung. Was dort mit ihm passiert, ist noch nicht eindeutig einzuordnen, hat aber vermutlich mit Wullenwebers Verrat nicht direkt zu tun.

Diese überaus klugen Erwägungen behielt ich natürlich für mich, da ich mit der Proklamation von Wullenwerbers Verrat nicht noch Öl ins Feuer gießen wollte. Franz war mittlerweile gottlob auch so weit, dass die Erschöpfung die Wut verdrängte, und ich hatte endlich Gelegenheit, den in dieser Situation wohl besten Vorschlag zu machen, nämlich nach Ossenstert zu schicken, um mit ihm und seiner Sachkunde die Untersuchung in Crange fortzusetzen.

Ich hatte den Eindruck, dass Franz heilfroh war, die unerquickliche Debatte, die überwiegend aus seinem Monolog bestand, beenden und sich dem Trank des Vergessens ergeben zu können. Seine Antwort bestand aus »Dann hol ihn Dir!« und einem Winken zur Tür hin, mit dem er gleichzeitig sein Einverständnis mit meiner Vorgehensweise als auch den Schluss der Audienz erklärte. Ich beeilte mich auf den Flur zu kommen und weg von meinem Gebieter, ehe er den zweiten Wind bekam und seine Laune wieder umschlug.

»Naaa, jammerst du nach Bernhard Ossenstert, deinem heiß geliebten Freund?«

Die Stimme, die mich das fragte, stammte von einem Molch, der durch eine unerfindliche Fügung des Geschicks außerhalb seines Tümpels leben konnte und zu einem zweibeinigen Wesen geworden war. So, wie dieser Schleimbeutel seine Worte wählte und betonte, könnte man meinen, Ossenstert und ich wären in einem sodomitischen Verhältnis verbunden. Entsprechend freundschaftlich waren meine Gefühle für den Sprecher.

»Pankratius, du mieser Lauscher, du an den Strand geschwemmte, verfaulte Muschel, was geht dich diese Sache an?«

Das bleichgesichtige, spitznasige Skelett mit den trockenen Lippen und den tiefen, an braunschwarze Murmeln erinnernden Augen trat in seiner dunklen Robe aus dem Schatten einer Säule zu mir auf den Absatz zwischen den Treppen. Ich hatte den Sekretär des Bischofs schon seit unserer ersten Begegnung nicht leiden können. Das hatte sich aber im Laufe der Zeit grundlegend geändert; denn mittlerweile hasste ich ihn. Er war ganz der Typ, dem man sofort wünschte, von einer Giftnatter gebissen zu werden, doch wenn man ihn länger kannte, wusste man genau, wie das ausgehen musste: Das arme Reptil würde an einer Blutvergiftung verenden.

»Oh, nichts, nichts, rein gar nichts geht mich das an.« Dabei machte er eine wedelnde Handbewegung wie eine gelangweilte Vettel, die eine lästige Fliege von ihrem süßen Kuchen fernhalten will. »Ich mache mir nur Sorgen um dein Wohlergehen, schließlich bist du doch für unseren Herrn *der* unverzichtbare Mann.«

Ich wusste sehr wohl, dass er insgeheim von der Richtigkeit seiner Feststellung überzeugt war. Und genau das war der Stachel, der bei ihm so tief saß. Genau das wäre nämlich die Rolle gewesen, die er so gerne gespielt hätte und die er als die große Nummer seines Lebens ansah. Genau deshalb ging mir dieser dünnblütige Neidhammel vom ersten Moment an quer den Hals herunter.

Weil ich nicht antwortete, nahm er von selbst den Faden wieder auf. »Ja weißt du denn gar nicht, dass dein herzallerliebster Freund noch in Münster weilt? Der Gute konnte sich einfach nicht von seinen famosen Tinkturen und Salben trennen, in die er so viel Zeit und Herzblut gesteckt hatte. Solche Herrlichkeiten überlässt man doch nicht einfach dieser Teufelsbrut von Anabaptisten! Und so blieb der Beschützer seiner Sammlung zweckmäßigerweise in Münster und überließ sich selbst gleich mit. – Viel Spaß bei dem Versuch, ihn herauszuholen! Vielleicht hast du ja gerade noch genug Zeit, dich mit einem seiner Pülverchen zu vergiften, bevor sie dich schnappen und dir auf dem Domplatz den Kopf abschlagen. Eventuell verfügt dein wunderwirkender Freund ja sogar über eine Mixtur, die kugelfest macht oder Flügel verleiht. Egal, viel Spaß, viel Spaß!«

Damit wollte sich diese sardonisch lächelnde Kröte an mir vorbei die Treppe hinaufdrücken. Als er auf gleicher Höhe war und den rechten Fuß schon für die nächste Stufe gehoben hatte, zog ich an seiner Robe und trat zugleich gegen seinen linken Knöchel. Das Geräusch, mit dem er auf dem Podest aufschlug, erheiterte mich noch, als ich mich auf dem Weg nach Münster befand.

Dieses Hochgefühl sollte mich jedoch nicht dazu verleiten, leichtsinnig zu werden. Auch wenn Münster noch nicht vollständig abgeriegelt war, bedeutete ein Aufenthalt innerhalb der Stadtmauern für einen Diener des Bischofs höchste Gefahr. Deshalb hätte ich auf einen Besuch liebend gern verzichtet, wäre Ossenstert nicht selber unverzichtbar. Er war nicht nur der Fachmann, den ich brauchte, er war auch der einzige Arzt, mit dem ich befreundet war. Ärzte! Ihr wisst, meine lebensklugen Freunde, was das in meinen Augen bedeutet. Scharlatane, die Fledermausdreck und zerstoßene Gänseknochen in Hundeschmalz als Mittel gegen Gliederreißen verkaufen. Quacksalber, die einem den Sud aus Froschlaich und geriebenen Walnussschalen gegen das Drücken auf der Lunge einflößen. Und Pfuscher, die es weitaus besser verstehen, den Geldbeutel ihrer Patienten zu schneiden als deren Abszesse. Ich habe einmal einen uralten Mann, der stets reichlich gegessen und noch reichlicher getrunken hatte, nach dem Geheimnis seiner Gesundheit und seines langen Lebens gefragt. Er hat mir ohne zu zögern geantwortet, dies sei darin zu suchen, dass er einen Medicus nie näher als zehn Schritte an sich herangelassen habe, und er würde lieber den Arsch einer Ziege küssen, als einem solchen Aderlasser auch nur die Hand zu schütteln. Glaubt mir, einen Mann von größerer Weisheit habe ich bis heute nicht kennen gelernt.

Doch mein Freund Ossenstert hatte mit dieser Bande nichts gemein. Er war ein Mann von höchster Gelehrsamkeit, der über ein erstaunliches Maß an Wissen und Können verfügte. Besser als jeder Arzt, der mir je über den Weg gelaufen, umfassender ausgestattet als jeder Apotheker, der mir begegnet war, ließ er seinen ungezügelten Forschergeist nicht einmal durch geltende Gesetze oder die Bedrohung mit Feuer und Tod einschränken. Doch nicht nur auf dem Gebiet der Heilkunde war er ein unübertrefflicher Fachmann, er konnte es sich erlauben, mehr über unnatürliche Todesarten, Gifte und dergleichen zu vergessen, als ein anderer vice versa in hundert Jahren lernen würde.

Dabei entsprach sein Äußeres so gar nicht den Erwartungen, die man an die Erscheinung eines derart gelehrten Mannes knüpfte. Er war von mittlerer Größe, zudem ziemlich rundlich und ließ die deutliche Neigung erkennen, seine Leibesfülle noch auszuweiten. Obwohl ihm der Aufenthalt unter freiem Himmel nicht im Mindesten behagte, hatte sein pausbäckiges Gesicht die rötliche Frische eines Landmannes, für den er mit seinen kräftigen Händen und den kurzen, dicken Fingern unschwer durchgehen konnte. Einzig seine klaren, blauen Augen, die immer ein wenig fragend zu blicken schienen, ließen erahnen, welch hohe Intelligenz in seinem von struppigen Haaren überwucherten Schädel wohnte.

Er wäre der perfekte Spion und Giftmörder, würde er nicht jede Form von Unredlichkeit und Gewalt verabscheuen. – Ich schätzte mich glücklich, ihn zum Freund zu haben.

In Münster

Meine eigenen Waffen hatte ich in Wolbeck zurückgelassen. Rapier und Dolch, um mich durch deren herausragende Qualität nicht verdächtig zu machen, die Pistolen, damit Sir Desmond den Umbau vornehmen konnte. Ich hatte mich wie ein Landsknecht ausstaffiert, mit buntfedrigem Hut, geschlitztem Beinkleid samt voluminösem Hosenlatz, und, damit man mich auch ja willkommen hieß, mit einer Muskete, denn eine derartige Waffe war teuer und daher selten unter den Soldaten. Ein kurzes, wenig wertvolles Schwert komplettierte meine Bewaffnung.

So schlich ich mich in der früh hereinbrechenden Abenddämmerung an den Söldnerlagern vorbei – ich wollte vermeiden, dass meine Mission durch einen zufälligen Bekannten zu vielen offenbart wurde und größere Kreise zog – und durch das Niemandsland vor der Stadt, die außer durch ihre Mauer noch durch zwei Wassergräben und einen Wall geschützt war. Während ich mich auf der Straße zum Aegiditor gut sichtbar hielt, um bei den Besatzern keinen Argwohn zu erregen, wunderte ich mich über die Einfalt der Soldaten aus dem Meißnischen Lager, die da hatten verlauten lassen, dass der Bischof viel Aufwand treibe für so ein kleines Dorf. Schließlich wäre es leichter, mit Münster fertig zu werden als mit einer warmen Brotsuppe.

Die Wachmannschaft beäugte mich misstrauisch, als ich auf die Zugbrücke des äußeren Grabens trat, weil allgemein bekannt war, dass der Bischof jeden kampffähigen Mann mit schweren Strafen bedroht hatte, der seine Dienste dem Feind anbot. Doch war die Belagerung gegenwärtig noch nicht mehr als ein grobmaschiges Netz, das um die Stadt gelegt war, sodass ständig Söldner durchkamen. Außerdem zerstreute mein schon beim Annähern gerufenes »Ich habe gehört, dass ihr mehr zahlt als der Bischof, und dass bei euch die Weiber auch viel schöner sind, und vor allem, kostenlos« schnell ihre Bedenken. Obendrein hatte mich mein Marsch durch den Morast so mit Matsch und Schlimmerem bespritzt, dass ich aussah, als wäre ich in einen Schweinekoben gefallen. Dabei hatte ich peinlich darauf geachtet, dass die Schusswaffe unbefleckt blieb. Echter konnte kein Landsknecht wirken.

Auf meine Frage, an wen sich »ein wahrer Kunstschütze, der mehr wert ist als zwanzig Armbruster« wenden müsse, um eine angemessenen Entlohnung auszuhandeln, wurde ich gleich an drei verschiedene Leute verwiesen. Ich machte mich in der nun herrschenden Dunkelheit unauffällig davon, während die Kerle immer noch diskutierten.

Da der Himmel wolkenverhangen war, lag die Stadt größtenteils in totaler Finsternis. Nur hier und da glomm hinter einem Fenster ein schwacher Schein, zu dürftig, um bis auf die Straße herabzufallen. Ich hatte Mühe, Ossensterts Apotheke, ein schmales Haus mit einer eisenbeschlagenen Pforte, in dem Gassengewirr bei St. Mauritz wiederzufinden.

Während ich klopfte, bemerkte ich trotz der auch hier herrschenden Schwärze eine Bewegung schräg gegenüber auf der anderen Straßenseite. Doch als ich mich blitzschnell umwandte, war nichts mehr zu sehen. Ich klopfte erneut, aber erst beim dritten Mal wurde die Tür einen Spalt breit geöffnet.

Das unbekannte Gesicht eines älteren Mannes sah mir argwöhnisch entgegen. »Ja?«

»Ich bin ein Freund des Medicus Ossenstert und will ihm meine Aufwartung machen, wo ich jetzt einmal in Münster bin.«

»Er ist nicht da und außerdem hat er keinen Freund, der ein Landsknecht ist.« Damit wollte er die Tür zuschlagen, doch ich hatte bereits meinen Stiefel dazwischengeklemmt.

»Was erlaubst du dir, du alter Trottel, so mit einem ...«

»... Spion des Bischofs zu reden? – Da habt Ihr vollkommen Recht, mein hoher Herr, wenn Ihr bemängelt, dass Euch hier nicht der nötige Respekt entgegengebracht wird. Also bitte, tretet ein!«

Der Mann, der aus der Tür des Nachbarhauses getreten war und dessen spöttische Worte von dem breitesten Lächeln begleitet wurden, das seine Anatomie zuließ, winkte mit der linken Hand ins Wohnungsinnere. Seine Rechte hielt ein Schwert, das seiner fröhlichen Erscheinung zum Trotz starr auf meinen Hals gerichtet war.

Nun habe ich mich in meinem Leben des Öfteren Gegnern gegenüber gesehen, die mir bedrohlicher und schwieriger zu überwinden erschienen. Dieser heitere Bursche wurde jedoch von zwei Männern flankiert, die aus einer Entfernung von weniger als drei Schritten mit jeweils einer schweren Armbrust auf meine Leibesmitte zielten. Weitere Männer, bewaffnet mit Hellebarden und kurzen Spießen, tauchten wie aus dem Nichts aus den Schatten gegenüber auf und schlossen einen dichten Halbkreis um mich. Angesichts dieser Meute war es für mich leicht, als der Klügere nachzugeben.

Als Ossensterts Eingangstür weiter aufgestoßen wurde, sah ich, dass sich auch im Flur Bewaffnete aufhielten. Frederik von dem Kerkhof, der gewiefteste Agent des Bischofs, war wie ein Idiot in die Falle getappt.

Indem ich mich umwandte, um dem so höflich bemäntelten Befehl Folge zu leisten, traf mich der Schlag von hinten. Mein letzter Gedanke war die Frage, ob es alle Schurken dieser Welt darauf abgesehen hatten, mich an derselben Stelle meines ohnehin genug geschundenen Körpers zu treffen. Zu einer Antwort kam es nicht mehr.

Stutenbernd

»Du scheinst ja einen wahren Eisenschädel zu haben. Wir dachten schon, du machst die Augen nie mehr auf.«

Das Erste, was ich sah, war das breite, bartumrandete Gesicht eines mir unbekannten Mannes. Das Erste, was ich fühlte, war eine riesige Beule auf meinem Hinterkopf. Vielleicht war sie mit Schuld an meiner intelligenten Frage. »Wer bist du und wo bin ich hier?«

»Ich heiße Alexander ten Brink und bin Landsknecht wie du. Ursprünglich war ich im protestantischen Lager, aber dann habe ich davon gehört, dass uns die Anabaptisten mit purem Gold und pünktlich bezahlen würden. Also bin ich hierher und habe mich sogar taufen lassen. Doch dann musste ich feststellen, dass die Bezahlung viel schlechter ist als die des Bischofs. Sie wollen nämlich eigenes Geld prägen, das sonst nirgendwo etwas wert sein wird. Und sie wollen unser freies Leben reglementieren. Selbst das Trinken wollen sie einschränken, diese eifernden Spatzenhirne. Da wollt ich ins Lager zurück. Aber das wollten die nicht, die quatschten sofort von Abtrünnigkeit und Verrat am einzig wahren Glauben, weil ich doch wiedergetauft bin. Und obendrein bin ich in ihren Augen ein Spion, wie wir alle hier. – Und morgen wollen sie uns erschießen.«

Er sagte das so gleichgültig, als wäre er in seinem bisherigen Söldnerleben mindestens einmal die Woche erschossen worden. Während seiner Rede hatte ich mich umgesehen und erkennen müssen, dass ich mich zusammen mit acht anderen Männern in einem verliesähnlichen Raum befand, in den nur spärliches Licht durch zwei hoch oben in der

Mauer befindliche, winzige Fensteröffnungen fallen konnte. Der raue Steinboden war mit matschigem, schimmelndem Stroh bedeckt und ein von Scheiße überlaufender Kübel in der Ecke verpestete die Luft. Die Männer um mich herum machten den Eindruck, als würden sie dies alles gar nicht mehr wahrnehmen.

Nur einer von ihnen, ein mickriges Kerlchen mit dem ängstlich-zänkischen Blick eines in die Falle geratenen Marders, das mir aus einer anderen Umgebung geläufig schien, schob sich in unsere Nähe und lamentierte: »Ich bin kein Spion, das wisst ihr alle ganz genau. Ich bin nur kurz in die Stadt zurückgekommen, um noch etwas aus unserem Haus zu retten. Ich bin kein Verräter, nur weil ich ein Schreiber des Bischofs bin, ich will nichts als mein Eigentum.«

Die anderen, die die Geschichte wohl ein ums andere Mal gehört hatten, beachteten ihn nicht. Für mich war die Erwähnung des Bischofs Anlass genug, den Mann näher zu betrachten. Sein gekrümmter Rücken und seine immer noch tintenfleckigen Finger belegten, dass er die Wahrheit sagte. Ich erinnerte mich daran, ihn in der Kanzlei gesehen zu haben. Im selben Moment musste er auch mich erkannt haben, denn er zog die Augenbrauen hoch und öffnete weit den Mund, ehe es aus ihm herausbrach. »Jetzt erkenne ich dich. Du stehst im Dienst des Bischofs, aber anders als ich. *Du* bist ein Spion, du, nicht ich!«

Er wackelte mit dem Kopf hin und her, als müsse er seine Gedanken erst in die richtige Reihenfolge schütteln. Dann wieselte er plötzlich zur mächtigen Holztür und brüllte durch ein vergittertes Loch, bevor ich reagieren und ihm das Maul stopfen konnte: »Schnell, Wache, holt mich hier raus und bringt mich zu Euren Anführer! Ich habe ihm etwas

Wichtiges mitzuteilen.« Und während sich unter Schlüsselgeklirr Schritte auf der anderen Seite der Tür näherten, feixte er zu mir herüber, wobei er mehrmals in die Hände klatschte und kleine Luftsprünge vollführte: »Das ist der Beweis, das ist der Beweis. Jetzt werden sie mich frei geben und ich werde auch mein Eigentum zurückerhalten.«

Ich überlegte noch, ob ich ihn trotz allem mit einem schnellen Satz erreichen und seinen Schädel an der Mauer zerschmettern sollte. Doch da wurde die Tür bereits geöffnet und zwei Männer zogen den feigen Wurm mit einem solchen Ruck heraus, dass er zu fliegen schien. Man hörte sein fröhliches Gelächter noch eine Weile im Gang nachhallen.

Hätte ich mich vorher der Hoffnung hingeben können, mit einer guten Geschichte meinen Hals zu retten, war sie nun endgültig dahin. Dieser verfluchte Scheißer würde seine neuen Freunde über meine Profession aufklären und damit war die für morgen vorgesehene Hinrichtungszeremonie um einen weiteren Hauptdarsteller bereichert. Diese Erkenntnis traf mich mit solcher Wucht, dass ich mich auf das Stroh fallen ließ ohne Rücksicht darauf, dass es in einem Kuhstall reinlicher gewesen wäre. Mit einem Male fing es auch in meiner Beule wieder an zu pochen und der Kerker taumelte vor meinen Augen. War es Mattigkeit, war es der Schrecken, war es der nicht verdaute Hieb auf meinen Kopf? Ich weiß es nicht. Jedenfalls versank ich in eine Dunkelheit, die der Ohnmacht näher war als dem Schlaf.

Geweckt wurde ich durch erneutes Schlüsselgeklirre und das enervierende Quietschen der Verliestür in ihren rostigen Angeln. Durch die schmale Öffnung wurde ohne ein Wort ein Packen hereingeworfen, den ich zunächst für ein Bündel Lumpen hielt. Erst die erstaunten Ausrufe meiner Mitgefangenen, die das rasche Zudröhnen der Tür begleiteten, veranlassten mich, ihm größere Aufmerksamkeit zu schenken. Das, was da so verdreht auf dem Boden lag und mit aufgerissenen Augen ins Nichts starrte, war der ehemals fürstbischöfliche Schreiber. Man hatte ihm das Genick gebrochen.

Etwa eine Stunde später stellte die Wache mit dem Bemerken, das sei die rechte Henkersmahlzeit für eine Bande von Spionen und Abtrünnigen, einen Eimer mit Wasser und einen Korb mit zwei Laiben Brot herein, die ich unberührt ließ.

Den Rest der Nacht verbrachte ich in einem Schwebezustand aus schmerzdurchsetztem Dämmern, der keine Erholung brachte und mich im Morgengrauen erschöpfter sein ließ als tags zuvor.

Gegen Mittag kamen die Wachen und holten uns ab.

* * *

Es war ein kalter Tag, obwohl die Sonne hoch am Himmel stand. Vor lauter Blinzeln traten mir Tränen in die Augen, die einige Zeit brauchten, bis sie sich wieder an das Tageslicht gewöhnt hatten. Als ich einigermaßen klar sehen konnte, war der Kerker schon aus meinem Blickfeld verschwunden und ich wurde zusammen mit den anderen Gefangenen die Straßen hinunter durch dichtgedrängte Menschenmassen gestoßen, bis wir schließlich auf dem Domplatz ankamen. Man hatte ihn in Erwartung des Osterfestes mit Fahnen und bunten Bändern geschmückt, die in die Bäume gehängt worden waren, und auch eine niedrige Empore errichtet, auf der mehrere Männer saßen. In ihrer Mitte, auf einem etwas höheren Stuhl, thronte ein Mann mittleren Alters, dessen wirrer Blick ständig über die Menge wanderte.

»Jan Mathijs, der Verrückte«, wie Alexander mir zuraunte.

Die Wachen hinter uns drückten uns die Schäfte ihrer Hellebarden ins Kreuz und schoben uns vor unsere Richter, von denen ich sicher war, dass das Urteil bei ihnen längst feststand.

Ich weiß nicht, meine Freunde, was Euch andere Erzähler berichtet haben über die Momente, die dem eigenen Tod so nahe vorangehen. Mir hat mal jemand weismachen wollen, das ganze vergangene Leben laufe in Sekundenschnelle noch einmal vor einem ab. Ein anderer hat mir berichtet, man würde von einem kaum bezähmbaren Zorn erfüllt und der Körper nie gekannte Kräfte freisetzen. Ich kann Euch nur gestehen, wie es in diesem Augenblick bei mir war, und da war – nichts. Ich war unfähig zu denken oder zu handeln und stand da, als wäre ich von oben bis unten mit einer dünnen Eisschicht überzogen. Was gesprochen wurde, wehte an mir vorbei wie Wind an den Zinnen einer Burg.

Ich war erst wieder ich selbst, als ein vierschrötiger Kerl in farbenfroher Tracht einen meiner Schicksalsgenossen aus unserer Mitte holte und ein paar Meter weiter an einen dicken Baum band, wobei er dessen Kopf durch einen eisernen Reifen steckte, der dort von einem Ast herabhing. Etwa zehn Schritte davon entfernt hatten andere Landsknechte eine Hakenbüchse so in Stellung gebracht, dass sie auf diesen ehernen Ring zielte. Während sich einer dieser verlogenen Prädikanten in die Nähe des Delinquenten gesellte und leise auf ihn einsprach, geriet die sensationslüsterne Meute allmählich in Verzückung und machte ihrer Erregung mit lauten Jubelschreien wie »Heilig, heilig ist der Herr!« und »Gott wird sein auserwähltes Volk nicht vergessen!« oder »Der Herr segne das neue Israel!« Luft. Die scheinheiligen, verblödeten Scheißer vergaßen dabei nicht, ihre Frömmigkeit dadurch zu bestärken, dass sie die Weinbecher ausgiebig kreisen ließen.

Als die Menge genug getobt hatte, gab der große Verführer ein Zeichen, auf das sofort Ruhe einkehrte. Einige Augenblicke später wurde die Arkebuse abgefeuert. Der Schütze war ein geübter Söldner und verfehlte natürlich aus dieser kurzen Distanz sein Ziel nicht. Der Schädel des Opfers zerplatzte so vehement, dass es mich unwillkürlich an die Demonstration erinnerte, die mir Sir Desmond mit dem Kürbis geboten hatte. Knochensplitter, Hautfetzen und Gehirnmasse spritzen herum, dass der unvorsichtige Prädikant damit beschmiert war, bevor er sich durch einige ungelenke Hüpfer in Sicherheit bringen konnte. Das Volk goutierte dieses Schauspiel anscheinend über die Maßen, denn es lachte und klatschte wie wild in die Hände.

Danach kam Alexander an die Reihe, der sich gelassen mit einem stummen Blick von mir verabschiedete. Glaubt mir, meine Freunde, man mag über die Landsknechte denken, wie man will, und es gibt sicherlich hinterhältige und gewissenlose Hunde in ihren Reihen. Aber ich habe andererseits nie eine Gruppe erlebt, in der es tapferere und härtere Burschen gegeben hätte als unter ihnen.

Sein Tod verzögerte sich, weil sich plötzlich ein Tumult erhob, dessen Grund nicht etwa darin bestand, dass mitleidige Menschen einen Einhalt der Hinrichtung forderten, sondern weil es einige der braven Bürger gelüstete, nun selbst das Amt des Henkers zu übernehmen und ihre Schießkünste unter Beweis zu stellen. Welch wohligen Schauer muss es doch einem verfetteten Kaufmann verursachen, einen kampferprobten Soldaten ohne Gefahr für das eigene Leben umbringen zu dürfen.

Als das Gerangel um den Platz an der Arkebuse schließlich ein Ende hatte, stand dort so ein feister Pfeffersack mit vor Aufregung gerötetem Gesicht, der sich bemühte, fachmännisch zu erscheinen und theatralisch Ziel nahm. Vor lauter Affektiertheit vergaß er dabei die wichtigsten Regeln, atmete unkontrolliert und redete dabei sogar noch mit seinen umstehenden Freunden, sodass mein Wunsch, Alexander möge zumindest einen schnellen Tod erleiden, nicht in Erfüllung ging. Der mehr zufällig ausgelöste Schuss traf ihn in die Schulter, die vom schweren Geschoss fast ganz weggerissen wurde. Da die Fesselung nur lose war, sackte sein Körper nach vorne und wurde überwiegend durch den Ring gehalten, in dem sein Kopf steckte.

Die Henkerstruppe zeigte kein Mitleid und gönnte Alexander keinen Gnadenstoß, sondern man lud die Büchse umständlich neu und sparte auch nicht mit guten Ratschlägen an das Kaufmannsschwein, wie es besser zu machen wäre. Der Lauf der Büchse wurde mit einer zusätzlichen Gabel fixiert und der zweite Schuss, der Alexanders Brust zerschmetterte, erlöste endlich den Delinquenten. Während man die Leiche losband, sonnte sich der nervöse, aber stolze Gelegenheitsmörder im Jubel und Beifall der Meute.

Einer nach dem anderen von uns kam an die Reihe, der Ablauf nur kurz durch eine Prügelei darum gestört, wer von den honorablen Bürgern den nächsten Schuss abfeuern durfte. Die beiden Kontrahenten einigten sich jedoch schnell auf je einen Kandidaten, denn Nummer sieben wurde gerade angebunden, und der achte und damit letzte war ich.

Die Menge stand so dicht, dass die Wachen sie zu uns nicht auf Distanz halten konnten. So bereitete es einer alten Vettel keine Schwierigkeiten, sich an mich heranzudrängen, lustvoll über meinen Körper zu streichen und unter zahnlosem Gekicher zu balzen: »Welche Verschwendung, so ein schöner, starker Mann! Wenn man doch nur auch hier an dem guten Brauch festhielte, dass dem das Leben geschenkt wird, den sich eine Frau vom Schafott weg zum Ehemann erwählt. Aber leider, leider, mein Prinz, kann ich nichts für dich tun.« Dabei schob das geile Miststück seine Hand unter meinen Hosenlatz, bis es mein Gemächt gepackt hatte, und kniff herzhaft hinein.

Mein Aufschrei ging in dem Gejohle der um sie gescharten Weiber unter. Bevor ich dazu kam, ihr als letzte Genugtuung in meinem irdischen Dasein einen Kopfstoß zu verpassen und so zu verdeutlichen, dass ich einem ehrenhaften Erschießen vor einem langen Dahinsiechen an der Seite eines hässlichen Drachen den Vorzug gäbe, war sie in der Menge untergetaucht.

Dann kam dieser furchtbare Juckreiz. In dem Maße, wie der Druckschmerz zwischen meinen Beinen abflaute, gewann ein gemeines Stechen und Brennen die Oberhand, als hätte man mich mit Brennnesseln gepeitscht. Je mehr ich mich wendete und verrenkte, desto intensiver wurde das Gefühl, bis zur Hüfte in einem Ameisenhaufen zu stecken. Mit jedem Atemzug, den ich tat, wurde das Zwicken und Zwacken unerträglicher, bis es meine Sinne so weit verwirrte, dass ich mich auf dem Boden wälzte und versuchte, mir mit den gefesselten Händen die Kleider vom Leib zu reißen, um mich überall kratzen zu können.

Mochten die Zuschauer dies zunächst mit Hohngelächter als den albernen Versuch eines Feiglings, seinen Tod hinauszuzögern, abtun wollen, erkannten sie jedoch schnell an meinen verdrehten Augen und dem gepeinigten Gesichtsausdruck, dass hier ein besessener Mensch von unbekannten Mächten heimgesucht wurde. Deshalb sprangen nun die üblichen Großtuer und Possenreißer hinzu, die eine sensationslüsterne Meute überall auf dieser Welt hervorbringt, und zerrten so lange an meinen Kleider, bis ich endlich splitternackt auf der Erde lag. Dass ich dabei von Jung und Alt angeglotzt wurde wie ein Kalb mit zwei Köpfen, störte mich allerdings sehr viel weniger als der Umstand, dass sich nun in der frischen Luft das Jucken aller meiner Glieder derartig steigerte, dass es mich zu einem wahren Veitstanz hinriss. Es trieb mich auf die Beine, stach mich zu eckigen Hopsern und warf mich wieder zu Boden, bis es wieder von vorne begann. Es war entwürdigend, schmerzhaft, unerträglich – und rettete mir das Leben.

Denn plötzlich stand eine Gestalt neben mir, die beide Arme zum Himmel reckte und mit volltönender Stimme rief: »Sehet, sehet, der Herr hat uns ein Zeichen gegeben! Der Geist des wahren Glaubens ist in diesen Verdammten gefahren, um ihn von seinen Sünden zu erlösen. Denkt an unsere Brüder und Schwestern in Amsterdam, die genauso erleuchtet wurden. Unser neuer Bruder wird die Taufe empfangen und ein Teil des neuen Volkes Israel werden.«

Wie es weiterging, ist mir nur noch schemenhaft in Erinnerung. Unfähig zu gehen, legte man mich auf einen Karren, der von zwei Männern gezogen und einer Horde Weiber umringt wurde, darunter auch die beständig grinsende Vettel, die mir dieses Teufelszeug in die Hose gesteckt hatte. Man warf ein paar Decken über mich, die mir die Sicht nahmen, und als man mich immer noch Zappelnden darunter hervorholte, waren wir am Hause Ossensterts angelangt. Schnell ging es hinein und in ein Fass mit warmem Wasser, das dort bereits auf mich wartete. Beim Eintauchen überflutete mich eine neue Schmerzwelle, die aber schnell wieder abebbte, und nachdem mir jemand einen Becher mit gewürztem Wein in die Hand gedrückt und mich dann allein gelassen hatte, fühlte ich mich bald entschieden besser. Die leicht verfärbte Brühe in meinem Zuber musste einige Beigaben enthalten, die ein probates Gegenmittel zu diesem höllischen Juckpulver darstellten und ihre Wirkung nicht verfehlten.

* * *

Nach einigen Minuten war die Reizung verschwunden und ich mit dem Wein im Bauch und dem wärmenden Nass um mich herum so weit entspannt, dass ich vor lauter Wohlbefinden fast ins Wasser geschissen hätte, als sich die Tür öffnete und der Mann eintrat, der mich mit seiner visionären Rede, bei der er mir nur schattenhaft erschienen war, vor dem Sterben gerettet hatte. Es war Bernhard Rothmann, ein Prädikant von großer Beredsamkeit und starker persönlicher Präsenz, der als Kaplan des Mauritzstifts schon früher durch seine Neuerungsideen auf sich aufmerksam gemacht hatte, als Franz noch gar nicht im Amt war. Er war der Mann, der ganz entscheidend in Münster den Boden für das Täufertum aufbereitet hatte und damit ein bevorzugter Feind des Bischofs.

Während er sich selbst einen Schemel heranzog, musterte er mich aus spöttisch zusammengekniffenen Augen. »Nun, Sonderbeauftragter seiner fürstbischöflichen Exzellenz, ist der Heilige Geist wieder aus dir hinausgefahren und hat das Jucken nachgelassen?« Mein erstauntes Gesicht nötigte ihm ein Lächeln und eine Erklärung ab. »Ich habe mir gedacht, dass ich dich am besten aus deiner misslichen Lage befreien kann, wenn ich dich zu einem Gegenstück der Amsterdamer Nacktläufer mache – und es hat ja offensichtlich auch geklappt. Da ich auf eine plötzliche göttliche Erleuchtung deinerseits verständlicherweise nicht vertrauen konnte, musste Hilla ein wenig nachhelfen mit einem Pulver, das dein Freund Ossenstert zur Verfügung gestellt hat. – Nun, sein Gegenmittel ist anscheinend genauso wirksam.«

Er wurde durch ein Klopfen an der Tür unterbrochen. Die alte Hilla trat breit grinsend herein und legte ein Bündel Kleidung sowie ein Trockentuch auf den Tisch. Nachdem sie mir etwas von meinem Badewasser ins Gesicht geschnipst und mit schelmischem Blick ihr »Na, mein schöner Prinz, ist alles wieder beieinander?« losgeworden war, ließ sie uns wieder allein und Rothmann konnte fortfahren.

»Du fragst dich bestimmt, warum du Bischofsknecht hier so munter im Wasser planschst und nicht längst tot bist, nicht wahr? Ich will es dir verraten: Weil ich dich brauche. – Mir ist schon lange klar, dass der Bischof auf dieses Genie der Heilkunst und Forschung nicht ewig würde verzichten können. Deshalb habe ich Ossensterts Haus seit Wochen heimlich beobachten lassen, denn irgendwann musste einer von deinesgleichen kommen.«

Das also war die Bewegung im Dunkeln gewesen, die ich bei meiner Ankunft aus dem Augenwinkel bemerkt hatte. Geholfen hatte es mir allerdings nicht.

Rothmann schien meine Gedanken lesen zu können. »Oh doch, es hat dir genützt, dass mein Mann da war. Jan Mathijs und seine Verehrer sind nicht dumm, sie haben genau dieselben Überlegungen angestellt wie ich und ließen deshalb jeden verfolgen, der sich als Landsknecht ausgab oder sonst wie ins Bild passte, sich aber nicht sofort nach seiner Ankunft auf dem Rathaus meldete. Zusätzlich hatten sie einen weiteren Trupp in der Apotheke stationiert, der jeden Ankömmling so lange festhalten sollte, bis die Verstärkung eintraf. Aber bei dir war ja alles so sonnenklar, da brauchte man erst gar nicht lange zu warten, um dir eins über den Schädel zu geben. – Doch kurz und gut, ich brauche deine Hilfe, deshalb dieser ganze faule Zauber.«

»Meine Hilfe? Wobei?«

»Dabei, diesen wahnsinnigen Mathijs und seine holländische Anhängerschaft loszuwerden.«

Wenn Rothmann es darauf anlegte, mich zu verblüffen, so gelang ihm das wirklich ausgezeichnet. »Wieso dieser plötzliche Sinneswandel? Du warst doch die treibende Kraft bei allem. Bevor die holländische Brut sich hier breit machte, hast du doch die Festung für sie sturmreif geschossen. Ich bin überzeugt davon, dass es ohne dich und deine flammenden Reden, mit denen du das Volk schon seit langem aufgewiegelt hast, nie so weit gekommen wäre.«

Unter kaum merklichem Wiegen des Kopfes stülpte er die zusammengepressten Lippen nach vorn, ehe er sich zu einer Antwort bequemte. »Ich bin nach wie vor davon überzeugt, dass eine Reformation der Kirche notwendig ist. Sind es nicht gerade ihre Repräsentanten, die sich wieder und wieder gegen die Gebote des Herrn versündigen? Ist es nicht immer nur der gemeine Mann, der alle Lasten tragen muss, für den man die biblischen Worte so verdreht, dass er wie tumbes Schlachtvieh dahinvegetieren muss, damit es den adeligen Blutsaugern noch besser geht? Und alles mit Billigung und dem Segen der heiligen Mutter Kirche! Nein, eine grundlegende Änderung muss kommen, mag sie lutherisch, müntzerisch oder auch anabaptistisch sein. – Doch was nützt jede Änderung zum Guten, wenn ich sie nicht mehr erlebe? Du hast den Nagel auf den Kopf getroffen, wenn du von der holländischen Brut redest. Dieser Jan Mathijs ist ein schrecklicher Wirrkopf, der jedes Maß verloren hat. Wie sollen wir die Menschen zu unserer Überzeugung bekehren, wenn wir sie wie unsere Feinde behandeln und verjagen? Ich habe ihn erlebt, den Irren, wie er bei Knipperdollink durch das Haus tobte und ihm immer wieder zugerufen hat: ›Töte! Erschlage sie alle! Töte!‹ Nicht einmal Bockelson konnte ihn im Zaum halten. Er war selbst so bestürzt, dass er kurz davor stand, alle Priester und Mönche zu warnen. – Und erinnere dich an diesen Tag im Februar, als wir alle Wankelmütigen vertrieben. Ein schrecklicher Nordwind mit Schnee und eisigem Regen. Mathijs schreit die Vertriebenen an, dass ihnen die Elemente Feind sind, und sieht nicht, dass sie uns genauso treffen. – Dieser Wahnsinnige pervertiert unsere Ideen. Er wird uns alle ins Verderben stürzen. Denn wenn es zu solchen Morden kommt, dann wird der Bischof keine Gnade kennen.«

Der Bischof wird keine Gnade kennen? Ich konnte mir ein Schmunzeln nicht verkneifen. »So, so, keine Gnade also. Was hat dir denn diese Weitsicht eingegeben? Bisher liegt nicht einmal ein fester Ring um die Stadt. Und du prophezeihst schon ein blutiges Ende? Und außerdem, ihr komischen Orakler seit doch so fest davon überzeugt, dass der Herr vom Himmel herabsteigen und hier ein neues Jerusalem errichten wird. Für euch gibt es doch nichts Geringeres als den Sieg über die ganze Welt. Und ausgerechnet du, der du die Lawine losgetreten hast, ausgerechnet du glaubst an eure Niederlage, schon jetzt, bevor ein erster Schuss gefallen ist?«

»Du kennst diesen Mathijs nicht. Alles an ihm ist darauf angelegt, ein Meer von Blut heraufzubeschwören, das alles unter sich ersticken wird. Mit ihm gibt es keine vernünftige Lösung, er ist kein Mann der Verhandlungen. – Du magst mich für einen Schwarmgeist halten, aber ich vermag die Gesetzmäßigkeiten dieser Welt durchaus zu erkennen. Das ganze Reich steht gegen die Wiedertäufer und in Holland hat man die Führer bereits hingerichtet. In Den Haag, in Haarlem haben sie furchtbare Exempel statuiert. Das einfache Volk ist leicht durch die flammende Rede und die überschäumende Begeisterung auf unsere Seite zu ziehen, aber soll etwas von Dauer geschaffen werden, kann das nur auf der Grundlage von Verhandlungen und Verträgen geschehen. Genau dies aber wird Mathijs verhindern – und sei es wider besseres Wissen.«

Er sah mein skeptisches Gesicht und beantwortete meine Frage, bevor ich sie gestellt hatte. »Ich weiß, ich weiß, ich habe auch nicht immer so gedacht. Aber ich sehe die Entwicklung voraus, denn sie wird keinen anderen Verlauf nehmen als in den Niederlanden. Deshalb werden wir alle sterben, wenn wir nicht alsbald auf den Weg der Verständigung einschwenken.«

»Wie schön, das von einem Menschen zu hören, der immer vom herrlichen Leben nach dem Tode predigt und selber mehr am Diesseits klebt als Kuhscheiße an den Stiefeln. Nun denn, wenn dies deine ehrliche Meinung ist und es dir nur noch darum geht, dein eigenes Leben zu retten, dann komm mit uns, und zwar noch heute. – Und, danke für dein Einschreiten und die Kleidung.« Ich war inzwischen der Wanne entstiegen, hatte mich abgetrocknet und die Kleidung angelegt, die mir leidlich passte.

So trübe, wie er mich bei seiner Antwort anblickte, war mir klar, dass er die reine Wahrheit sprach: »Wie gerne. Doch ich würde es keine Woche überleben.«

Wieder sah er meine Entgegnung voraus und hob abwehrend die Hand, um alle Einwendungen im Keim zu ersticken. »Nicht meine Glaubensbrüder, oh nein. Der Herzog von Kleve!«

Das war eine Eröffnung, die mich fürs Erste mundtot machte und mir einiges an Nachdenken abverlangte. »Der Herzog von Kleve.« Ohne dass es mir besonders bewusst geworden war, hatte ich mich gesetzt und begonnen, mit den Fingern auf den Tisch zu trommeln. »Der Herzog von Kleve. – Das musst du mir näher erläutern. Ein Verbündeter des Bischofs, der nichts lieber täte, als die Anabaptisten zu zertreten. Ein Fürst, der die neue Weltordnung hassen muss und mit Franz am gleichen Strick zieht, um sie zu verhindern. Und dieser Mann soll dich dafür töten wollen, dass du die Wiedertäufer verrätst und dich auf unsere Seite stellst? Das musst du mir wirklich erklären.«

Und Bernd Rothmann, dem man den Beinamen Stutenbernd gegeben hatte, erklärte es mir. Er berichtete mir von seinem Treffen mit einem geheimnisvollen Fremden, der für ihn so geheimnisvoll gar nicht war. Er schilderte mir beinahe wortgetreu die Ränke, die Absichten und das Endziel des Herzogs von Kleve, dessen Vorhaben so bedeutungsschwer war, dass dieser hohe Herr die Durchführung seiner Pläne keinem anderen überließ, sondern höchstpersönlich erschienen war.

Als er geendet hatte, war klar, mit welch infamem Spiel dieser saubere Fürstenbruder Franz um die Perle des Münsterlands betrügen wollte. Falls Rothmann die Wahrheit sagte, hatte der Bischof einen weiteren, gewaltigen Feind auf der Rechnung – falls.

»Und diesen Unsinn soll ich dir glauben?«

»Glaub ihn oder glaub ihn nicht. Ich werde jedenfalls hier bleiben, weil alles andere meinen sicheren Tod bedeutet. So habe ich noch eine Chance. – Aber du wirst glauben müssen, nein, du wirst wissen, wenn du dies gelesen hast.«

Das Papier, das er mir vorlegte, war eine von ihm handschriftlich verfertigte Schilderung des eben wiedergegebenen Treffens zwischen ihm und dem Herzog von Kleve an einem bestimmten Tage vor zwei Jahren in einer einsamen Schenke namens *Schwarzer Kapaun*, zu dem der Herzog ihn mit Rücksicht auf seine prädestinierte Stellung ausgewählt und dazu bestimmt hatte, in Münster die Erwachsenentaufe zu predigen und das Volk gegen den Bischof aufzuwiegeln. Rothmann hatte seine eigenen Vermutungen angefügt, die darin gipfelten, dass der Herzog darauf hoffte, der Bischof und die Wiedertäufer würden sich gegenseitig zerfleischen, sodass es ihm eine Leichtes wäre, sich Münster nach den Kämpfen ohne große Gegenwehr einzuverleiben. Nach Datum und Unterschrift von Rothmann fand sich der Satz: »Heute haben sich bei mir der Herzog von Kleve und ein Mann getroffen, der sich Bernhard Rothmann nannte.« Es folgte wieder dasselbe Datum sowie ein ungelenker Namenszug, den ich als Jasper Hespel entzifferte. Rothmanns Hinweis: »Der Wirt der Schenke«, war nicht mehr nötig.

»Schön, schön, ein Fetzen Papier mit der Unterschrift – wenn man sie überhaupt so bezeichnen will – eines Wirtes, der eventuell schon gar nicht mehr existiert, und mit deiner, also der eines Mannes, der nichts unversucht lässt, seinen

Kopf aus der Schlinge zu ziehen. Aber gut, ich glaube dir. Nur, was willst du mit dieser *Urkunde* erreichen?«

»Ich werde sie, wenn die Situation es erforderlich machen sollte, Franz im Tausch gegen mein Leben anbieten. Stellt mir einen Geleitbrief aus, und Ihr könnt gehen.«

»Hahaha«, prustete es aus mir heraus.

Seid versichert, meine in dem Ränkespiel der Mächtigen nicht so bewanderten Freunde, an dieser Stelle musste ich lauthals und von Herzen lachen. Ich kriegte mich erst wieder ein, als mir die Tränen das Gesicht herunterliefen und eine Wache ins Zimmer stürmte, um nach dem Rechten zu sehen. Dieser Mann, der ein Löwe war, wenn es darum ging, durch das Wort und seine persönliche Überzeugungskraft Tausende hinzureißen, dieser Mann war eine Maus, wenn es sich um Politik handelte. Der arme Tor, der sonst so schlau war, hatte leider nicht kapiert, dass Politik nichts mit Intelligenz, sondern mit Macht zu tun hat und sich im Übrigen an den Realitäten und nicht an Wunschvorstellungen orientiert.

»Oh, du naiver Waisenknabe, was für Vorstellungen hast du von der Welt? Bist du allen Ernstes der Überzeugung, du würdest jemals bis zum Bischof vordringen können, um ihm von der Urkunde auch nur zu erzählen? Sie würden dich in Stücke hacken und sich gegenseitig zum Spaß mit deinen Überresten bewerfen, bevor du auch nur ein Wort herausbrächtest oder den Brief vorzeigen könntest. Und deinen Kopf würden sie auf einen Pfahl spießen.«

Höre ich da und dort ein leises Lob, meine Bewunderer, ob meiner prophetischen Gabe, sagte ich damit doch exakt die Todesart voraus, die Jan Mathijs am Ostersonntag, dem 5. April, erleiden sollte? Und da ich gerade dabei war, mit meiner Hellsicht zu brillieren, konnte ich mir folgende Frage nicht verkneifen: »Dann waren das also deine Leute, die sich auf so endgültige Weise um den kleinen Schreiber gekümmert haben?«

»Natürlich.« Stutenbernd bewies, dass auch er zu Bemerkungen fähig war, die durchaus Eingang in eine Sprüchesammlung finden konnten. »Wo gehobelt wird, da fallen Späne. Wenn dieser unbedeutende Wurm dich enttarnt hätte, dann könntest du auf dem Domplatz so nackt und so ausdauernd tanzen, wie du wolltest, und niemand würde dir die heilige Erleuchtung abnehmen. Du wärst in jedem Falle tot und ich dürfte weiter warten. Nein, nein, ein geeigneteres Subjekt als dich zur Verwirklichung meiner Pläne würde mir das Schicksal nicht in die Hände spielen.«

Sein Blick hatte etwas Aufmunterndes, so als müsse ich jetzt seine Überlegungen aufgreifen und für ihn fortführen. Doch es war sein Plan, also auch seine Sache, das Garn weiter zu spinnen. Deshalb hüllte ich mich demonstrativ in Schweigen. Anscheinend war das nicht nach seinem Geschmack.

»Du bist immer noch tot, wenn du mein Spiel nicht mitspielst. Nur ein Wink von mir und die Wachen werden dich wieder dahin ...«

Ich winkte so lässig ab, wie es mir die Situation und das Ziehen in der Magengegend gestatteten. »Nicht nötig, mich gleich mit dem Fegefeuer zu bedrohen. Ich bin immer für eine vernünftige Lösung. Was also schlägst du vor?«

Es war klar, dass wir nun zum Kern des Problems vordrangen, nämlich einerseits die Sicherheit für Rothmann zu garantieren, ohne andererseits zu wissen, welche Wendungen der unvermeidliche Krieg zwischen Bischof und

Wiedertäufern nehmen würde. Ich musste insgeheim lachen. So visionär sich diese Prädikanten auch immer gaben, wenn es um ihre eigene Zukunft ging, standen sie genauso wie wir übrigen Ochsen vor dem Berg.

Rothmann ging im Zimmer auf und ab und hob und senkte dabei die ausgestreckten Arme an seiner Seite, als müsse er mit ihnen eine Last bewegen. »Es lässt sich nicht absehen, was werden wird. Ich muss mit allen Eventualitäten rechnen. Deshalb brauche ich einen verlässlichen Menschen, der diese Urkunde an sich nimmt und mich damit im Fall des Falles beim Bischof auslöst. Was ist schon der Tod eines kleinen Wiedertäufers gegen die Möglichkeit, den Verrat des Herzogs beweisen zu können? Der Bischof hätte ihn damit praktisch in der Hand, wäre vor ihm für alle Zeiten geschützt, und obendrein könnte er ihn, sofern er den Bogen nicht überspannt, noch in seinem Sinne dirigieren. Das müsste doch für mein Leben genügen, oder?«

Da war ich mir nicht so sicher. »Bei einem weniger rachsüchtigen Menschen allemal. Aber du vergisst dabei seinen Charakter. Du bist in seinen Augen die Wurzel allen Übels, und wenn du bloß den Verlauf der bisherigen Geschichte betrachtest, musst du ihm recht geben, denn durch dich hatten die Holländer hier leichtes Spiel. – Dein Schriftstück ist von enormer Wichtigkeit, und ich werde es wie gewünscht gebrauchen. Aber im Augenblick jedenfalls ist es nichts Greifbares, da der Bischof und der Herzog an einem Strick ziehen – wenngleich ich schon lange vermute, dass der Intrigant aus Kleve sehr mit den Engländern und ihrem Protestantismus liebäugelt. Du brauchst etwas Pompöses, etwas, das den fetten Franz förmlich erschlägt, das dich in seinen Augen schon fast zu einem Kampfgefährten macht.«

Rothmann hatte Franz kennen gelernt. Er wusste, dass ich mit meiner Einschätzung richtig lag. »Und was schlägst du vor?«

»Du musst ihm einen der Anführer liefern.« Das ›am allerbesten dich selbst‹ verkniff ich mir, denn etwas zu wenig Humor auf Rothmanns Seite hätte mich in Windeseile wieder auf den Domplatz befördern können. »Und zwar schnell. Je länger du wartest, desto mehr Geld kostet die Auseinandersetzung, und Geld ist Franzens schwächste Stelle – zumindest dann, wenn er sich davon trennen soll.«

Jetzt war es wohl mir gelungen, meinen Gesprächspartner zu erstaunen. »Was? Was verlangst du da von mir, ich soll einen meiner Glaubensbrüder verraten? Bist du von Sinnen?«

»Und bist du lebensmüde? Du kennst den Feisten, du weißt, dass es nicht anders geht. Und hast du nicht selbst eben noch dafür plädiert, diesen verrückten Mathijs loszuwerden?«

Rothmann stieß mit einem Keuchen Luft aus. Dann wanderte er Minuten im Zimmer auf und ab, die Arme auf dem Rücken verschränkt, ohne ein Wort zu verlieren. Schließlich hatte er sich zu einer Entscheidung durchgerungen. »Sei's drum. Ich werde es versuchen.«

»Gut. Dann sollten wir jetzt aber keine Zeit mehr verlieren. Lass Ossenstert holen und wir werden uns so schnell es geht davonmachen. Sorg nur noch dafür, dass wir heile aus der Stadt kommen.«

Stutenbernd nickte knapp, rief die Wache herein und deutete stumm nach oben. Ich erfuhr erst später, dass man meinen Freund im oberen Geschoss in einem rückwärtigen Zimmer unter Arrest gehalten hatte.

Als Ossenstert wenige Augenblicke später hereingeführt wurde, trug er zwei große Taschen bei sich, die, wie er mir unterwegs versicherte, nur das Allernötigste enthielten. So, wie ich ihn kannte, würde es sich dabei nicht in erster Linie um Kleidung, sondern sein Chirurgenbesteck und seine halbe Apotheke handeln. Ich sollte mich nicht getäuscht haben.

Dass alles gepackt war, war ein klarer Hinweis darauf, dass Rothmann von langer Hand auf diesen Moment und diese Lösung hingearbeitet hatte. Das beunruhigte mich aber nicht, denn es ist immer besser, mit einem klugen Mann zu paktieren als mit einem Idioten.

Nach einer kurzen Begrüßung schickte Rothmann die Wache aus dem Raum, sodass wir ungestört reden konnten, und wandte sich an mich. »So viel zum Zeichen meiner Bereitschaft mitzuspielen. Doch wie soll nun genau die Garantie für mich aussehen?«

Er hatte ja schon selbst gesagt, dass er sich von seinem Dokument würde trennen müssen. »Gib mir das Schriftstück mit und ich werde es an einem sicheren Ort deponieren, bis es benötigt wird. Dann werde ich es so präsentieren, dass es Gewicht hat und, vor allem, nicht heimlich aus der Welt geschafft werden kann. Hinzu kommt, dass Ossenstert und ich diese Unterredung sowie unsere Vereinbarung bestätigen werden, wodurch sich das Mosaik zum glatten Bild fügt. Mein Wort darauf.«

Ich müsste Euch belügen, meine skeptischen Zuhörer, wenn ich leugnen wollte, die Zweifel in seinem Gesicht bemerkt zu haben. Wer würde auch einem Agenten des Bischofs vertrauen, wenn selbst der Bischof bisweilen seine Bedenken hatte? Doch etwas Besseres als mein Wort hatte ich nicht anzubieten, und das wusste auch Stutenbernd.

»Mein Wort darauf – oder fällt dir eine andere Sicherheit ein, die ich hier und jetzt geben kann?«

Natürlich gab es keine, und deshalb konnte er sich jede Bedenkzeit sparen. Gewiss, er hätte mich auf der Stelle töten lassen können – und damit doch nichts gewonnen. Aber wenn er uns ziehen ließ, hatte er auch nichts verloren. Er hatte auf einen wie mich gewartet und seine Pläne darauf zugeschnitten. Ich war gekommen und damit war klar, dass es keine andere Entschließung gab. Trotzdem wollte ich kein Risiko eingehen und es ihm leicht machen.

»Ich werde ein Übriges tun. Sobald mir durch irgendetwas auffällt, dass dir der Bischof trotz allem ans Leder will, werde ich dir ein Zeichen geben, das du nicht missdeuten kannst. – Und nun eine drittes und letztes Mal: mein Wort darauf!«

Dabei hielt ich ihm die Hand hin und Rothmann schlug ein.

* * *

Auf unserem Weg nach Crange hatten wir schon deshalb einen Abstecher nach Wolbeck gemacht, damit ich meine umgearbeiteten Pistolen und übrigen Waffen an mich nehmen konnte. Außerdem wollte ich mich vom Zustand Hillinks überzeugen, den ich gerne als zusätzlichen Begleiter mit dabei gehabt hätte. Sein spontanes und umsichtiges Verhalten angesichts des Hinterhalts beim Südmersenschen Hof hatte gezeigt, wie wertvoll seine Gegenwart war. Klaas war ein harter Bursche. Deshalb schien meine Hoffnung nicht unberechtigt, dass er wieder auf den Beinen und einsatzfähig war.

Um so ärger war meine Enttäuschung, als mir vermeldet wurde, dass bei ihm keine Besserung eingetreten war und man ihn auf seinen eigenen Wunsch in die Nähe von Telgte, wo er zusammen mit seinem Bruder Dirk in einem kleinen, außerhalb der Stadt gelegenen Haus wohnte, gebracht hatte. Er war einfach aufgrund seiner ständig wiederkehrenden Schwindelgefühle noch nicht soweit, wieder reiten zu können.

Doch Klaas war ein alter Haudegen, der schon mehr mitgemacht hatte als eine Gehirnerschütterung. Er brauchte keine Bevormundung durch einen Quacksalber, um in einem Fall wie diesem zu wissen, was das Beste für ihn war. Ich hatte keinen Zweifel an der gänzlichen Wiederherstellung seiner Gesundheit.

Als uns dann als Dritter im Bunde auch noch sein Bruder Dirk zum Schutz zugesellt wurde, gab es für uns keinen Anlass, noch länger in Wolbeck zu bleiben. Um so mehr, als Franz gerade in Telgte weilte und ich mich so der Notwendigkeit enthoben sah, über mein unrühmliches Abenteuer in Münster zu berichten. Besonders erfreulich an der Sache aber war, dass ich eine Galgenfrist gewonnen hatte und dem Fetten noch nicht beichten musste, dass er mit Rothmann einen ungeliebten Bundesgenossen gewonnen habe.

Mit feurigem Schweif

In der Gewissheit, dass Ossenstert das Geheimnis um den Tod Conrads schon lüften würde, hatte selbst der anstrengende Ritt durch das nasskalte Wetter meine gute Laune nicht trüben können, und so hatte ich die dunklen Vorzeichen nicht gleich zutreffend gedeutet. Ein Schatten schien sich über den Ort gelegt zu haben. Niemand war uns entgegengeeilt, obwohl man natürlich unser Kommen vom Turm aus bemerkt hatte. Keine neugierigen Bauern, die uns begafften, kein Handelsmann, der unsere Bekanntschaft suchte, um Neuigkeiten von Münster zu erfahren. Nicht einmal ein Hund kam angerannt, als sich für uns das Tor zur Burg öffnete. Immerhin erwartete uns der Herr von Haus Crange wieder persönlich im Hof. Seine Miene blieb trotz meiner munteren Rufe so verdüstert, dass ich mir eine jede Frage nach einem möglichen Unheil ersparen konnte. In meiner Abwesenheit musste etwas geschehen sein, das für Crange noch schrecklicher war als der Tod des armen Conrad.

So platzte es aus dem Burgherrn auch gleich heraus, sobald die Hufe unserer Pferde auf das Holz der Zugbrücke klopften. »Es hat einen zweiten Toten gegeben. Ein Kind ist gestorben, und wie es aussieht, ist es ermordet worden!«

Diese Eröffnung entsetzte uns so sehr, dass wir noch vor dem hochgezogenen Fallgatter verharrten, sodass uns unser Gastgeber notgedrungen entgegenkommen musste. Ich habe viel gesehen und viel getan in diesem Leben, und Ersteres trifft auch auf Ossenstert zu, doch an den gewaltsamen Tod von Kindern werde ich mich wohl nie gewöhnen können.

Der Herr von Crange merkte sofort, dass unsere Bestürzung nicht geheuchelt war, legte uns die Arme um die Schultern und dirigierte uns durch eine kleine Pforte in einen ebenerdigen Raum, in dem sich sonst das Gesinde verpflegte und der jetzt leer war. »Kommt und esst erst etwas bei einem Becher Roten und ich werde Euch dabei berichten. Doch schon jetzt wage ich die Behauptung, dass eine Verbindung zwischen den beiden Todesfällen nicht ersichtlich ist. Gleichwohl würdet Ihr mich glücklich machen, wenn Ihr Euch auch dieser Sache annehmen könntet.« Dann bediente er uns ohne ein weiteres Wort und wartete, bis wir alle mit der Mahlzeit fertig waren und jeder vor seinem zweiten Becher saß.

Dann endlich begann er. »Wie Ihr wisst, habe ich nach den Tod des Conrad von Harteveldt die Burg abgeriegelt, sodass keine Maus hinein oder heraus konnte. Doch es musste schließlich auch die tägliche Versorgung gewährleistet werden, denn wir waren ja nicht auf eine Situation eingerichtet, die einer Belagerung gleichkommt. Also mussten für gewisse Zeiten, in denen ich meine Gäste in ihren Kammern bewachen ließ, die Tore geöffnet und die Zugbrücke heruntergelassen werden. Dabei muss sich der Sohn unseres Stallmeisters auf einem Wagen versteckt haben und so nach draußen gelangt sein. Jedenfalls fehlte er beim abendlichen Mahl, sodass ich, nachdem ich das Ganze zunächst für einen Scherz gehalten hatte, am nächsten Morgen die ganze Burg nach ihm absuchen ließ. Vergeblich. Als ich gerade Order geben wollte, auch im Dorf nach ihm zu spüren und erforderlichenfalls sogar die nahen Wälder zu durchkämmen, kam unter lautem Geschrei ein Töpfer an, der das Kind zwar blutend, aber noch lebend in der Nähe der Straße gefunden hatte. Er hat den Jungen auf den Wagen gelegt und mitgebracht. Bei seiner Ankunft war das Kind jedoch schon tot.«

Der Herr von Crange sah uns erwartungsvoll an, als hätten wir für alles eine Erklärung zu bieten. Als wir mit nichts anderem aufwarten konnten als verlegenem Schweigen, fuhr er fort: »Ich habe natürlich sofort nach dem Bader geschickt, aber, wie gesagt, es war alles zu spät. Es versteht sich von selbst, dass ich den Jungen trotzdem untersuchen ließ. Er hatte eine einzige Stichwunde im Rücken, und Wilken – Ihr kennt ihn ja bereits – hat das darin gefunden.«

Mit diesen Worten legte er ein etwa zwei Zoll langes und einen halben Zoll breites Stück einer grauweißlichen Masse vor uns auf den Tisch, das hart wie Stein war und an ein Fragment eines Eiszapfens erinnerte. Genau wie ein solches hatte es an beiden Enden glatte Bruchflächen. Nachdem ich es ausgiebig betrachtet und befühlt hatte, reichte ich es Ossenstert hinüber, der es nach einer ähnlichen Examination unter bedächtigem Wiegen des Kopfes und einigem Stirnrunzeln wieder auf den Tisch legte.

»Ich weiß nicht, was es ist, aber wenn niemandem etwas Besseres einfällt, tippe ich auf Glas.«

»Glas?!« Der Graf und ich sprachen wie aus einem Mund.

»Ja, Glas. Wenn keiner etwas dagegen hat, dann lasst mich Folgendes versuchen.«

Mit einer Geschwindigkeit, die ich Ossenstert gar nicht zugetraut hätte, zog er einen metallenen Schöpflöffel vom Haken und schmetterte die Kelle mit derselben schwungvollen Bewegung auf das Objekt. Das zerplatzte vor unseren Augen in hundert winzige Teile. Mein Freund klaubte einige davon auf und rollte sie auf seinem Handteller herum, während er sie gegen das Licht hielt.

»Glas – ich bin mir sicher. Wo es allerdings herstammt und was das bedeuten soll, das muss ein anderer klären.« Dabei schleuderte er die Krümel in Richtung Esse und wischte sich die Hände sauber. »Wie ist es überhaupt zu der Annahme gekommen, der Junge sei ermordet worden?« Auf den verständnislosen Blick unseres Gastgebers hin beeilte sich Ossenstert zu ergänzen: »Ich meine, wieso kann es kein Unfall gewesen sein?«

»Oh, sehr einfach. Der Junge lebte noch, wie gesagt, als der Töpfer ihn fand. Und er konnte da auch noch selber reden. Von hinten hätte man ihn angegriffen und ihm einen Stich versetzt. – Ich habe keine Veranlassung, an den Worten des Töpfers zu zweifeln. Er kommt seit Jahren im Frühling und im Herbst hier durch. Jeder kennt ihn, bei jedem gilt er als ehrliche Haut. Und um Eure nächste Frage gleich vorwegzunehmen: Ich kann mir keinen Grund denken, aus dem jemand dem armen Kind hätte etwas zu Leide tun wollen. Es ist so vollkommen rätselhaft, ebenso rätselhaft wie das Mirakel mit dem Gesicht.«

Dirk Hillink war während des Gesprächs aufgestanden und hatte sich, der Macht der Gewohnheit folgend, neben die Tür gestellt, um diese zu sichern. Als Ossenstert »mit dem Gesicht?« echote und ich scharf die Luft einsog, hielt es ihn dort nicht mehr und er kehrte an den Tisch zurück. »War der Junge einer von diesen, die das Zweite Gesicht haben?« Der gute Dirk war so wie sein Bruder allen Erfahrungen zum Trotz immer noch stark von den Legenden und Überlieferungen seiner nördlichen Heimat geprägt, in der die Nachtgeister umgehen und Irrlichter die Menschen ins Moor locken.

»Nein, nein«, wehrte der Herr von Crange ab, »viel fantastischer. Das Kind soll immer wieder gestammelt haben, dass der Mörder sein Gesicht hätte. Das hat er bis zu seinem Tod ständig wiederholt. Der arme Junge hatte nämlich noch die Kraft sich umzuwenden und konnte dem Täter ins Gesicht sehen. Und der soll ausgesehen haben wie ein Zwilling seines Opfers!«

Nach diesen Worten breitete sich eine Stille im Raum aus, in der man eine Stecknadel hätte fallen hören können. Einzig Ossenstert murmelte unter Kopfschütteln: »Wahnvorstellungen, Halluzinationen.«

Wäre es nicht so vollkommen ruhig gewesen, keiner von uns hätte das verhaltene Knirschen in der Nähe der Tür gehört. Wir alle hielten wie auf ein geheimes Zeichen unwillkürlich den Atem an. Dirk legte mahnend einen Finger vor die Lippen und schickte sich an, lautlos auf seinen alten Posten zurückzuschleichen. Als er ihn endlich erreicht hatte und die Tür an ihrem schweren Eisenring mit einem Ruck aufriss, war dort niemand mehr.

»Ich würde meinen Kopf nicht darauf verwetten, aber ich will verdammt sein, wenn das nicht ein Mädchen oder eine junge Frau war, die da gerade im Haupthaus verschwunden ist.«

Ossenstert war der Erste, der sich in seiner unnachahmlichen Art zu Dirks Bemerkung äußerte. »Mit deiner Verdammnis hat es keine Eile. Da die Burg die ganze Zeit über abgeriegelt war, kommt diese Person nicht als Täter in Betracht. Und dass sie gelauscht hat, ist ein Hinweis auf gar nichts, außer auf ihre Neugier. Die werden wir doch einem Weibsbild kaum zum Vorwurf machen können.« Als Hillink etwas einwerfen wollte, fuhr er fort: »Ich weiß schon, ich weiß schon. Wenn der Junge aus der Burg schlüpfen konnte, warum nicht auch ein anderer? Sicher ein grundsätzlich richtiger Gedanke. Aber wie sollte er wieder hereinkommen – der Wagen fuhr ja leer zurück? Also«, und damit wandte er sich an den Herrn von Crange, »wie sollen wir weiter vorgehen, welcher casus hat die größere Eile? Das Problem des Bischofs ist höchst ernster Natur, doch wir werden nicht übersehen, dass Ihr Seiner Exzellenz mehr als behilflich seid. Deshalb, und damit spreche ich auch im Namen meiner Gefährten, werden wir unsere Hilfe nicht vermissen lassen. Nun denn, wie gehen wir weiter vor beziehungsweise was können wir heute Abend noch tun?«

Wir waren am Nachmittag eingetroffen und mittlerweile neigte sich der Tag dem Ende zu. Die neue schlechte Nachricht hatte uns anfangs gefangen genommen, doch nun machte sich der anstrengende Ritt über die trügerischen Pfade bemerkbar, Aufmerksamkeit und Konzentration ließen nach und unter uns war keiner, der sich nicht ein Bett herbeigesehnt hätte. Demgegenüber hatte die schlimme Nachricht vom Mord an einem unschuldigen Kind eine so aufwühlende Kraft, dass sie uns noch eine Weile vom Schlaf abhalten würde. Daher schlug ich vor, zunächst die Schenke des Dorfes zu besuchen, um zwei Fliegen mit einer Klappe zu schlagen. Es würde uns erstens ablenken und zweitens bestand die Aussicht, von den Dörflern weitere Informationen über den Mord zu erhalten, denn nirgends plaudert es sich so unverhohlen wie beim Branntwein im Kreise von gleichgesinnten Zechern.

Der Graf lehnte das Angebot ab, uns zu begleiten, ließ uns aber persönlich hinaus. Zum Abschied gab er uns einen guten Rat. »Seid vorsichtig im Umgang mit den Leuten. Es sind einfache Menschen, die ihr Leben lang viel gearbeitet und wenig gedacht haben. Durch den gewaltsamen Tod des

Kindes sind sie entsetzt und verstört zugleich. Sie murren und suchen die Schuld bei den Fremden, die unter meinem Dach leben, also auch bei euch. Seid auf der Hut!«

* * *

Die Dorfschenke stand in der Nähe der eingezäunten Wiese, auf der üblicherweise der Pferdemarkt stattfand, für den Crange so berühmt war. Jetzt war der Platz schlammbedeckt und leer und ein scharfer Wind pfiff.

Den ganzen Weg über hatten uns Raben begleitet in der Hoffnung, etwas könnte für sie abfallen. Sie hielten sich zwar vorsichtig auf Distanz, doch ich war mir sicher, hätten sie ein wehrloses Opfer gefunden, sie hätten sich in ihrem Hunger darüber hergemacht. Normalerweise liebe ich die Tiere und hasse die Menschen, die ihnen etwas zu Leide tun. Doch zu Raben, Krähen und Dohlen habe ich ein zwiespältiges Verhältnis. Immer, wenn ich sehe, wie sie auf den Galgen oder Rädern hocken und die Augen aus den Schädeln der Gehenkten picken, wenn ich sie dabei beobachte, wie sie in der noch warmen Asche eines Scheiterhaufens nach Resten des Verbrannten kratzen, überfällt mich ein Schaudern. Und wenn Ihr nun meint, meine bußfertigen Freunde, das liege an meinem schlechten Gewissen und meiner Vorstellung, bei meinem Lebenswandel könne auch mich so ein Geschick eines Tages ereilen, dann mögt Ihr damit verteufelt nahe an der Wahrheit sein.

Wir waren froh, in die warme Gaststube zu kommen. Der Raum wurde von zwei Kohlebecken zusätzlich erwärmt. Die meiste Hitze kam jedoch von einem Feuer im offenen Kamin, der die einzige Lichtquelle und zugleich die Kochstelle bildete. Auf einem Spieß brieten darin mehrere ellenlange Fleischstücke. Dass sie von einem Wildschwein stammten, verriet die noch blutige Saudecke, die daneben auf dem Boden lag.

An einem Tisch vor dem Feuer saß eine Gruppe von acht Männern unterschiedlichen Alters. Sie waren einfach, doch nicht ärmlich gekleidet und ohne Gepäck, sodass es sich um Dorfbewohner handeln musste. Alle waren zumindest mit einem Dolch bewaffnet, neben zweien sah ich ein Schwert auf der Bank liegen. Sie ließen einen großen Humpen kreisen und lauschten einem Greis, dessen helle Augen vor Energie sprühten und der sehr viel energischer und kräftiger zu sein schien, als sein Äußeres vorgaukelte.

Sie machten auf mich nicht den Eindruck von erfahrenen Kämpfern. Eher wirkten sie wie Menschen, die ihr Leben lang hart gearbeitet hatten und von Ungerechtigkeit, Entbehrung und Not geformt worden waren. Doch ich würde sie nicht unterschätzen. Bei unserem Eintreten hatten sie zögernd unseren Gruß erwidert und nach einer kurzen Musterung mit ihrem Getuschel angefangen. Als sie meinen Blick zu dem Fell bemerkten, stellte ein lederhäutiger Glatzkopf seinen Fuß darauf und grinste mich dreist an. Diese unverschämten Kerle machten aus ihrer Wilddieberei keinen Hehl. Offensichtlich handelte es sich bei unserem Gastgeber um einen äußerst nachsichtigen Herrn. Da kannte ich andere Potentaten. Das Wenigste, was diese dreisten Säcke verloren hätten, wäre ihr Augenlicht.

Als hätte er einen Blick in mein Hirn tun können, drehte sich ein noch junger Rotschopf, an dessen Schemel ein Bogen sowie ein Köcher mit Pfeilen gelehnt war, vom Tisch zu mir um und sah mich herausfordernd an. Hillink musterte er nur einen Moment lang und hakte ihn als bloßen Knecht ab. Dann schaute er auf Ossenstert und sagte, ohne ihn direkt anzusprechen: »Als Adam pflügt' und Eva spann, wo war denn da der Edelmann?«

Ich war nicht hier, um mich provozieren zu lassen, ich wollte Informationen, um den geheimnisvollen Mörder dingfest machen zu können. Deshalb ignorierte ich diese Typen demonstrativ und setzte mich mit meinen Begleitern an den am weitesten entfernten Tisch.

Der eilfertig herbeigesprungene Wirt stellte ungefragt drei metallene Becher auf den Tisch, die er unter ungelenken Bücklingen aus einem Fässchen mit einem dunklen Roten füllte. »Das Beste, was unser Haus zu bieten hat. Wohl bekomm's, die edlen Herren, und verzeiht das Geschwätz der Tölpel. Sie haben einiges getrunken und wissen ihre Worte nicht mehr zu wägen. Ihr müsst verstehen, dass sie erregt sind nach dem Tod des Kindes. Da macht schnell eine Parole die Runde wie ›Die hohen Herren bringen nichts als den Tod zu uns‹. Gewiss, gewiss, Euch trifft keine Schuld an diesem Unglück, aber die einfachen Menschen denken nun einmal so.«

Trotz seines servilen Gehabes entging mir nicht, dass er dabei den übrigen Gästen ein Auge zukniff. Der feige Hund war ein Rückversicherer, der es sich weder mit seiner Stammkundschaft verderben noch sich die Gunst des Herrn von Crange verscherzen wollte. Ich bedankte mich bei ihm und tat so, als hätte ich ihm den Janus nicht angemerkt. Der Meute kehrte ich bewusst den Rücken zu. Ich wollte abwarten, bis sich die Stimmung beruhigt hatte, um dann meine Fragen zu stellen, doch so weit wollte man es anscheinend nicht kommen lassen.

Ein breitgesichtiger Typ mit struppigen Haaren und einem fettstarrenden Bart grölte nach einem Moment der Stille durch den Raum: »Pfaffen und Fürsten sollen in der Hölle dürsten. Doch wenn ich etwas noch mehr hasse, dann sind es ihre Knechte und Speichellecker, die alle meinen, sie wären etwas Besseres. Wo die ins Dorf kommen, kommt der Tod gleich mit.«

Ossenstert, ohnehin keine Kämpfernatur, schien sich ausschließlich für den Inhalt seines Bechers zu interessieren, während er mich mit dem Fuß unter dem Tisch anstieß und mir mit den Augen bedeutete, hier so schnell wie möglich zu verschwinden. Mir dagegen stand nicht der Sinn danach, mich von einem Haufen von Dorfrüpeln drangsalieren zu lassen. Außerdem würde ich durch einen verfrühten Abgang der Lösung des Rätsels keinen Deut näher kommen, ganz abgesehen davon, dass uns bei unseren weiteren Nachforschungen hier niemand mehr Respekt zollen und ergo auch nicht behilflich sein würde. Daher war ich bereit, mich nolens volens auf die Konfrontation einzulassen.

Doch musste ich darauf bedacht sein, nicht über das Ziel hinauszuschießen. Ich war mir sicher, würde ich einen von ihnen töten, wäre diese Quelle der Auskunft versiegt, bevor sie anfangen konnte zu sprudeln. Folglich ließ ich meine Waffen stecken und ging zu ihnen hinüber, wobei ich jede feindselige Haltung vermied. Andererseits durfte ich nicht den Eindruck vermitteln, klein beizugeben, wollte ich nicht von vornherein jegliche Autorität einbüßen.

»Was haben wir euch getan, um solchen Unmut zu verdienen? Wir sind für die Todesfälle, die euch bewegen, nicht verantwortlich. Wir wollen ganz im Gegenteil alles tun, um sie aufzuklären und den Täter zu fassen. Ihr solltet dankbar sein, dass euch Hilfe angeboten wird, denn alleine werdet ihr es wohl kaum schaffen. Oder ist das die probate Art, einen Mörder zu jagen, indem man sich an einer gewilderten Sau gütlich tut?«

Jetzt war es an ihrem Anführer sich hervorzutun. Der Alte mit den funkelnden Augen nuschelte zwischen seinen Zahnstummeln hervor: »Joss Fritz müsste noch leben, dann würdet Ihr Hoch-zu-Ross-Junker anders daherreden, der würde Euch schon zeigen, wie man mit Euresgl...«

Hillink war aufgesprungen und neben mich getreten. »Woher willst du eselshirniger Kohlkopf überhaupt wissen, dass er nicht mehr lebt? Es ist noch nicht lange her, da hat mein Bruder mit eigenen Augen sein Zeichen ...«

Ich konnte Dirk gerade noch mit einem versteckten Stoß in die Rippen zum Schweigen bringen und ihm zuraunen: »Wer von euch beiden ist wohl eselshirniger? Willst du hier vor versammelter Mannschaft alle unsere Aktionen und am besten auch noch alle Pläne des Bischofs ausplaudern?« Und mit lauter Stimme an den Alten gewandt: »Soll ich dem Herrn von Crange melden, dass du mit seiner Herrschaft unzufrieden bist, hochverräterische Reden führst und das Volk zum Landfriedensbruch aufwiegeln willst? – Doch beruhigt euch. Ich glaube, dass ihr im Grunde rechtschaffene Bürger seid«, ich musste mich zwingen, nicht in Richtung der Saudecke zu sehen, »die durch die Morde verunsichert und verängstigt wurden. Ihr verlangt Schutz, das ist euer gutes Recht. Ich bin selber ein Mann des Volkes und ich ...«

Ihr seht, meine sanftmütigen Freunde, Euer Frederik ist ein wahrer Diplomat, dem nichts so sehr am Herzen liegt wie eine friedliche Lösung. Nun, sagen wir besser, *fast* nichts. Doch welche Chance hat selbst der Friedfertigste unter uns, wenn die Törichten dieses Bestreben um Ausgleich als Schwäche werten, bestens geeignet, sich darin zu suhlen wie Schweine im Dreck, und Vernunft nur als Basis missbrauchen wollen, um auf ihr ein Denkmal eigener Überheblichkeit zu errichten?

An dieser Stelle war es der Rotschopf, der die Gelegenheit nutzte, sich vor seinen Freunden aufzublähen. »Wenn du wirklich ein Mann des Volkes bist, dann wirst du ja wohl mit mir aus einem Becher trinken.« Mit diesen Worten schob er mir den hölzernen Humpen herüber, der mühelos über einen Liter fasste und den sie reihum schon den ganzen Abend an ihre zahnlosen Mäuler gesetzt hatten. »Also dann, du großer Herr, trink auf mein Wohl und meine Gesundheit!« Dabei ließ er seine Blicke Beifall heischend über seine Zechkumpane wandern, die mich feixend musterten in der begierigen Erwartung zu erleben, wie ihr Wortführer ein Mitglied der Obrigkeit in die Knie zwang.

»Dann trink ich auf dein Wohl ...« Ich ergriff den noch halb gefüllten Krug und hielt ihn hoch über meinen Kopf. »Und scheiß auf deine Gesundheit.« Dabei knallte ich ihm das Ding mit solcher Wucht auf den Schädel, dass es zerbrach. Mein Rückhandschlag mit dem Rest des Humpens erwischte den Fettbärtigen mitten auf der Stirn. Im selben Moment hatte Hillink den Tisch an der Kante angehoben und ihn auf die Kerle gekippt, die uns gegenüber mit dem Rücken zum Kamin saßen.

Während sie noch auf dem Rücken lagen wie Schildkröten, Rotschopf und Fettbart laut jaulend ihre Köpfe hielten und die restlichen drei zu überrumpelt waren, um überhaupt etwas zu unternehmen, zog ich meine beiden Pistolen. Es war jedoch nur nötig, einen Schuss in die Decke zu feuern, um den Tölpeln eine Ahnung davon zu geben, was eine zweite Ladung aus ihnen machen würde. Einer der Trottel, die in Kaminnähe gesessen hatten, war durch Hillinks überraschende Aktion dermaßen glücklich getroffen worden, dass er mit seinem Hinterteil in das offene Feuer gerollt war. Verblüffung, Schmerz und Erschrecken hatten sein Innerstes so gedrückt, dass ihm ein Donnerschlag entfleuchte, der seinesgleichen suchte. Der Furz entzündete sich zur Stichflamme und für eine Sekunde wirkte der alte Blitzescheißer wie der Satan persönlich.

Ich hatte Mühe, nicht vor Lachen zu platzen. »Na, du Teufel mit dem feurigen Schweif, kann ich nun mit etwas mehr Demut vor den Gesandten des Bischofs rechnen? Bist du jetzt bereit, uns zu helfen und zu erzählen, was du weißt?«

Hillink hatte in der Zeit sein Schwert gezogen und auch Ossenstert hielt eine Waffe in der Hand, eine schimmernde Phiole, von der ich wusste, dass sie eine stark ätzende Säure enthielt. Der Wirt, ein wahrer Überlebenskünstler, hatte es derweil vorgezogen, hinter den dicken Bohlen seines Tresens in Deckung zu gehen.

Die anderen krochen durcheinander wie Asseln, über denen man unversehens den Stein gehoben hatte, und als sie wieder, mehr oder weniger zitternd, auf den Beinen standen, waren die Rollen in der Schenke klar verteilt: Wir würden befehlen und sie würden gehorchen. Zugegeben, das war nicht die passende Rolle, die ein selbst ernannter Mann des Volkes zu spielen hatte. Aber nun war keine Zeit für Artigkeiten, nun mussten Informationen her.

Diese waren allerdings noch dürftiger, als ich befürchtet hatte, denn sie waren alles in allem nebulös und in ihrer jüngsten Fassung eher das Ergebnis fantasievoller Ausschmückung als eigener Wahrnehmung. So wollte der Fettbärtige einen Tag vor der Ermordung des Kindes im burgnahen Wald ein Wesen beobachtet haben, groß wie ein Mensch und schwarz wie die Nacht, das zwischen den Bäumen hin und her schwebte. Der Alte erzählte seine Geschichte so, wie er sie vom Töpfer gehört hatte, der längst weitergezogen war. Und die übrigen Kerle wussten nicht mehr zu berichten, als dass es ihnen im Wald in letzter Zeit nicht geheuer war und sie in den Büschen lauernde Schatten gesehen hatten, die jedoch auf den zweiten Blick stets schon wieder verschwunden waren.

Diese nunmehr bereitwillig gegebenen, jedoch unergiebigen Auskünfte erhielten wir, nachdem der Tisch wieder aufgestellt und aus meinem Beutel – und damit letztlich aus dem Säckel des Bischofs – eine Runde geordert worden war. Es folgte eine zweite und eine dritte, doch wuchs mit der Rechnung nicht unser Wissensstand, sondern nur die Sprachbereitschaft Hand in Hand mit dem mangelnden Sprachvermögen unserer Gäste. Nachdem sie sich endlich überschwänglich für unsere generöse Einlandung bedankt hatten und auf unsicheren Beinen nach Hause geschwankt waren und der Wirt schnarchend mit dem Kopf in einer Weinpfütze halb über der Theke hing, saß außer uns nur noch der junge Rotschopf mit am Tisch.

Mir war aufgefallen, dass er sich während des Gelages sehr zurückgehalten hatte und jetzt keineswegs einen trunkenen Eindruck vermittelte. Etwas schien ihn zu drücken, das er nicht unbedingt im Kreise seiner Kameraden hatte loswerden wollen. Ossenstert, der den gleichen Gedanken gehabt haben musste, sprach ihn mit vom Alkohol gelöster

Zunge direkt darauf an. »Na, mein junger Freund, gibt es noch etwas, das wir wissen sollten, um bei der Jagd nach dem Schurken erfolgreich zu sein?«

Der so Angesprochene wandte sich an mich, den er wohl zutreffend für den Anführer unserer kleinen Gruppe und außerdem den Nüchternsten hielt. »Ich weiß, dass Ihr mich auslachen werdet. Und doch ist es so, wie es der Töpfer herumerzählt hat, so, wie er es von dem kleinen Dietrich weiß, dem toten Jungen. Aber dieses Wesen, dieser schwarze Dämon, der den Tod bringt, der hatte auch mein Gesicht.«

Zum zweiten Mal an diesem Abend machte sich wieder eine Stille breit, so lastend, dass man nur das Knistern der Glut in der Esse hören konnte. Der Feuerschein zeichnete groteske Schatten an die Wände und trotz der Wärme in der Schankstube schien die Zeit eingefroren zu sein. Der Rotschopf musste sich mehrmals räuspern und einen Schluck nehmen, bevor er seine Stimme wiederfand. »Ich heiße übrigens Gernot und ich bin nicht dafür bekannt, ein Märchenerzähler zu sein. Es ist so, wie ich es sage. Und wenn es dem kleinen Dietrich genauso ergangen ist, dann kann diese Ausgeburt der Hölle das Aussehen seiner Opfer annehmen.«

Der von seinem eigenen Schnarcher – eher das Röcheln eines verendenden Elchs als ein menschlicher Laut – wieder erwachte Wirt bediente sich schnell mit einem Humpen Bier und gesellte sich dann zu uns an den Tisch. Offensichtlich kannte er die Geschichte bereits, die uns erwartete, und war begierig, die Meinung von Fremden dazu zu hören.

»Es ist erst drei Tage her, da war ich im Wald auf der Ja... auf der Suche nach, hm, nun ja, ich ... äh ...«

Ossenstert ermunterte Gernot mit einer Handbewegung fortzufahren. »Wir haben alle kapiert, dass du ein Wilderer bist. Und der Herr von Crange weiß es sicher auch schon längst. Also mach dir deswegen keine Sorgen.«

»Sei's drum. Ich war also auf der Jagd nach einem fetten Braten und tastete mich so leise wie möglich durch das Gebüsch. Dabei trug ich meinen Umhang dort ...« Gernot wies auf das am Boden neben ihm liegende dunkle Kleidungsstück, das grün und braun gescheckt war. »Und deshalb war ich der Meinung, dass mich niemand bemerken würde. Wie ihr selbst seht, bin ich kein Riese von Gestalt. Meinen kurzen Wurfspieß hatte ich unter dem Mantel verborgen. Da hätte ich einen Emdener Taler verwettet, dass mich niemand sieht. Und doch, als ich mich umwandte, mehr aus Instinkt, wenn ihr versteht, was ich meine, war da keine zwei Schritte von mir dieser schwarze Dämon. – Ich bin kein Feigling, aber ihr könnt mich beim Wort nehmen, ich war für Sekunden erstarrt zu Stein. Denn als ich in sein Gesicht sehen wollte, war da nur eine verzerrte Fratze, die aber meine Züge trug. Es war, als würde ich mich selbst verhöhnen und mir Grimassen schneiden.«

Er nahm wieder einen Schluck, und während draußen der immer stärker werdende Wind heulend seine Stimme erhob und schwarze Asche zusammen mit feurigen Funken im Kamin tanzen ließ, wartete jeder von uns stumm darauf, dass der Rotschopf weiter erzählen würde. Als er den erwartungsvollen Ausdruck in unseren Augen sah, zog er nur den Kopf zwischen die Schultern. »Das war eigentlich schon alles. Dieses Wesen war verschwunden, ehe ich mich wieder regen konnte. – Ich bin ein guter Fährtenleser, ganz gewiss, und deshalb habe ich die Umgebung abgesucht, wohl mehr, um mir selbst zu beweisen, dass es kein Trugbild war. Da war nichts zu finden auf dem Boden, kein Abdruck, wirklich nichts. Ich war schon geneigt, mir selbst nicht zu trauen, aber da fand ich die Fäden an den Dornranken, schwarze Fäden an Dornen, wo sein Mantel hängen geblieben war. Also muss er doch ein irdisches Wesen sein, wenn er ein irdisches Gewand trägt, habe ich mir gesagt. Und dennoch, sein Gesicht ... oder mein Gesicht?«

Ich bedeutete dem Wirt, uns allen nachzuschenken, bevor ich meine Frage stellte. »Dieses Wesen, hat es irgendetwas getan, um dich anzugreifen oder zu bedrohen?«

»Ich ... ich weiß nicht so genau. Mir war der Schrecken in die Glieder gefahren, das gebe ich unumwunden zu. Ich meine, da war etwas in seiner Hand, etwas Seltsames. Nicht direkt ein Dolch, obwohl es eine Parierstange hatte. Aber das, was eine Klinge hätte sein müssen, sah eigentümlich aus. Vielleicht so, nun, wie soll ich sagen? Erst dachte ich, wie Feuerstein, aber ...«

Ossenstert beugte sich vor und ergriff unseren Gast beim Ärmel. »Vielleicht wie ein Eiszapfen? Sah die Klinge vielleicht aus wie ein Eiszapfen?«

Die Augen unseres Gegenübers verengten sich zu Schlitzen. »Genau, ganz genau. Wie ein Eiszapfen.« Dann kam ein wiederholtes Achselzucken und es war klar, dass es nichts mehr zu berichten gab.

Ich schob ihm einige Münzen hinüber und bezahlte auch den Wirt. Angesichts der bislang gewonnenen Erkenntnisse, die noch nach Dichtung und Wahrheit getrennt werden mussten, würde es schwer werden, die in mich gesetzten Erwartungen zu erfüllen. Aber Bischof hin oder her, ich würde Crange nicht verlassen, bevor der Mord an dem kleinen Jungen gesühnt war. Die Dorfbewohner hatten mir alles offenbart, was sie wussten. Der Herr von Crange hatte mich in jeder Beziehung unterstützt und damit allen Anspruch darauf, dass ich mich durch meine Hilfe erkenntlich zeigte. Und, vor mir selbst als gewichtigster Grund; ich hatte mein Wort gegeben.

In diesem Bewusstsein, mich selbst in einem Versprechen gefangen zu haben, das um jeden Preis eingehalten werden musste, machte ich mich mit meinen Gefährten auf den Weg zurück zur Burg.

Der Dieb der Seelen

Das morgendliche Mahl nahmen alle Gäste – mochten sie es freiwillig oder unfreiwillig sein – zusammen in der Halle ein. Einzig die Kaufmannsfrau fehlte, die sich durch ihren Mann wegen einer Unpässlichkeit entschuldigen ließ.

»So geht das schon seit einer Weile«, raunte mir unser Gastgeber zu und ergänzte mit einem verstohlenen Lächeln: »Ihr Magen wird die gute Kost nicht gewohnt sein.«

Dass sich die meisten gegen ihren Willen hier befanden und ein Ende des Aufenthalts nicht abzusehen war, trug verständlicherweise nicht zur Steigerung ihrer Laune bei. Der Graf tat jedoch sein Bestes, seine Gäste durch Spiele, Unterhaltungen, vor allem aber durch exquisite und reichhaltige Speisen zu entschädigen. Wahrscheinlich hatte sich das Weib einfach überfressen.

Ich nutzte das Beisammensein, den Bericht des Rotschopfs wiederzugeben, insbesondere dessen Schilderung des Wesens, das den Mord an dem bedauernswerten Dietrich begangen hatte. Dabei musterte ich die Anwesenden aufmerksam, ohne jedoch in ihren Mienen eine Reaktion zu bemerken, die verriet, dass sie mehr von der Sache wussten. Einzig DellaCroce kniff kurz die Augen zusammen und starrte auf ein Zeichen an der Wand, das nur er erkennen konnte. Doch das mochte nichts bedeuten, da ich dieses Verhalten gelegentlich bei ihm beobachtet hatte.

Als unser Gastgeber die Tafel aufhob, schob sich der Italiener unauffällig in meine Nähe. »Ah, mein elender Knöchel!« Mit diesem Aufstöhnen knickte er leicht in den Knien ein und hielt sich an meinem Ärmel fest, um sein

Gleichgewicht nicht zu verlieren. Leise flüsterte er dabei, nur für mich wahrnehmbar: »Kommt in einer Stunde in meine Kammer!« Dann bat er vernehmlich um Verzeihung für seine Ungeschicklichkeit, doch leider würde ihm eine alte Verletzung immer wieder zu schaffen machen. Ein schneller Rundblick überzeugte mich, dass niemand sonderlich Notiz von uns nahm.

Ich verbrachte die Zwischenzeit damit, mir zusammen mit den beiden Landsknechten im Hof die Beine zu vertreten. Sie waren mit ihrem gegenwärtigen Los nicht unzufrieden. Zwar verdienten sie kein Geld, hätten sich andererseits aber auch nie eine solche Verpflegung leisten können, wie sie ihnen hier zuteil wurde. Dann lenkte ich das Gespräch auf den dämonischen Mörder aus den Wäldern, in der Hoffnung, sie hätten auf ihren Reisen etwas Ähnliches erlebt und könnten mir so eventuell bei der Lösung des Rätsels behilflich sein. Doch damit konnten sie nicht dienen. Sie waren Männer der Tat, die an nichts Übersinnliches glaubten und für die es nur Gegner aus Fleisch und Blut gab, durch die sie mit ihren Musketen hindurchschießen konnten. Immerhin verging die Zeit rasch, sodass ich mich schließlich beeilen musste, um den Signore DellaCroce nicht warten zu lassen.

Schon nach meinem ersten Klopfen wurde die Tür geöffnet und ich mit einem stummen Wink hineingebeten. Pietro hatte Wein für uns auf dem Tisch bereitgestellt. Seine Frau Beatrice, die nur mir gegenüber ihre Rolle als vermummter Gehilfe aufgegeben hatte, saß mit zurückgeschlagener Kapuze auf dem Bett und nickte mir mit ernstem Gesicht stumm zu.

Als ich Platz genommen hatte, brach es aus dem Italiener förmlich heraus, wobei er Mühe hatte, seine Stimme zu dämpfen. »Er ist es, den sie an unsere Fersen geheftet haben, der Schlimmste von allen. Il ladro del'anima.«

»Ja, der Dieb der Seelen«, übersetzte Beatrice, der die Verzweiflung in den Augen stand. »Ich habe euer Gespräch mitangehört. – Das ist *er*. Vor ihm gibt es kein Entrinnen. Es ist so, als ob wir schon tot wären.«

In den frühen Morgenstunden hatte sich der Wind gelegt, es war wärmer geworden und eine weißgoldene Sonne strahlte zum Fenster herein. Mag sein, dass es daran lag, dass ich so unwirsch auf ihre kryptischen Behauptungen reagierte. »Was faselt ihr da von einem Dieb der Seelen? Ich habe euch für vernünftige Menschen gehalten und jetzt entpuppt ihr euch als solche Spökenkieker und Geisterseher, wie man sie sonst in den einsamen Katen im Moor findet bei halb verblödeten Wurzelfressern. Wie soll jemand den Menschen die Seelen stehlen und wie soll er es überhaupt anstellen, wenn ...«

DellaCroce blieb unverwandt ernst, während er sich zu seiner Frau setzte und den Arm schützend um sie legte. »Ich behaupte nicht, dass er ein Wesen aus der Hölle ist. Aber er *muss* einfach ein Dämon sein. Wie sonst kann es sein, dass ihm nie jemand entkommen ist? Wie sonst kann es sein, dass er das Gesicht seiner Opfer trägt? Es gibt ihn seit vielen Jahren, und der Doge und die Gilden versichern sich immer wieder seiner Dienste. Er tut, was sie wollen, doch weiß ich sicher, dass selbst sie, die Mächtigsten, Angst vor ihm haben.«

Beatrice pflichtete ihm mit einem heftigen Nicken bei. »Er stiehlt dein Gesicht, dann deinen Verstand. Dann tötet er dich. Und danach stiehlt er deine Seele.«

»Und er hat eine Ewigkeit Zeit. Er wird da draußen auf uns warten, um den Auftrag der Glasbläsergilde zu erfüllen.

Wir können nicht auf immer hier bleiben. Und dann ist es um meine Frau und um mich geschehen.«

Das genügte nicht, um meine Skepsis zu beseitigen. »Und den kleinen Jungen, den Dietrich, hat er den auch im Auftrag irgendeiner Gilde getötet, oder hat er den nur so am Rande erledigt, weil es ihn nach einer frischen Seele gelüstete?«

In das Gesicht des Italieners schlich ein Hauch von Traurigkeit. »Ich weiß es nicht. Aber ich weiß, dass meine geliebte Frau und ich keine Zukunft haben werden, solange es ihn gibt.« Dann versagte ihm die Stimme, während er Beatrice fester an sich drückte, in deren Augen Tränen stiegen.

So viel Fatalismus war dazu angetan, mich krank zu machen. »Ihr werdet gut genährt und habt eine trockene Unterkunft. Also wird es nicht allzu viel verlangt sein, wenn ihr noch ein paar Tage hier bleiben müsst. Der alte Frederik wird derweil versuchen, eurem Dämon die gestohlenen Seelen wieder abzujagen. – Und wenn es soweit ist, vergesst nie, in wessen Schuld ihr dann steht!«

Damit schlug ich die Tür hinter mir zu.

Wenn Ihr nun meint, meine schwer zu täuschenden Freunde, Euer Frederik sei ein sentimentaler Hund und durch die Tränen einer schönen Frau leicht zu erweichen, so habt Ihr nur zum Teil Recht. Denn erstens hatte ich mich bereits dem Herrn von Crange verpflichtet, den Kindesmörder zu fassen, und zweitens hatte mich mehr der Zorn über die Schicksalsergebenheit dieses Paares als das Mitleid mit ihnen hingerissen. Drittens aber bin ich der Überzeugung, dass mir im Falle meines Erfolges diese beiden noch sehr nützlich sein könnten.

Ich war schon einige Schritte über den Gang gelaufen, als Beatrice mich einholte. »Egal, was Ihr vorhabt, aber kommt nicht in seine Nähe und seht ihm nicht ins Gesicht, sonst wird es Euch ergehen wie allen anderen. Versucht es aus der Ferne.«

* * *

»Primo, wir haben einen Assassinen von jenseits der Alpen, den man losgeschickt hat, um einen abtrünnigen Glasmeister und dessen Frau zu töten. Secundo, dieser anscheinend unfehlbare Mörder soll über die Gabe verfügen, das Aussehen seines jeweiligen Opfers anzunehmen. Et terzio, eben dieses Wesen tötet hier in Crange einen kleinen Jungen, der mit überhaupt nichts in Verbindung gebracht werden kann. – Wie reimt sich das zusammen? Aber vor allem: Wie verhält sich dies zum Tod des armen Conrad? *Das* herauszufinden ist doch unsere vordringliche Aufgabe, und der Bischof wird es uns übel ankreiden, wenn wir sie vernachlässigen.«

Mein braver Ossenstert liebte es bisweilen, in dieser magisterhaften Art zu dozieren. Ich traf ihn im Gesindehaus zusammen mit Hillink in ihrer gemeinsamen Kammer beim Schachspielen an, und nachdem ich sie über meine Unterhaltung informiert hatte, wurde das Spiel sogleich zur Nebensache.

»Es reimt sich so, dass der Junge nur versehentlich getötet worden ist. Vergleicht seine Gestalt mit der Beatrices, eingehüllt in einen Umhang mit Kapuze. Doch davon ab, sei gewiss, dass ich nicht vorhabe, meinen Auftrag zu vernachlässigen. Und genau deshalb kann ich es mir nicht leisten, dass mir jetzt ein gefährlicher Mörder in die Quere kommt, weil er sich vielleicht ein zweites Mal irrt und meint, wir seien nun für den Schutz der Italiener verantwortlich. Hier habe ich noch die besten Chancen, selbst die Regeln zu bestimmen. Aber wie wird das aussehen, wenn er uns hier entwischt und später aus dem Hinterhalt zuschlägt? – Bedenke außerdem Folgendes: Wir haben auf der einen Seite bei Conrad eine Mordmethode, die uns gänzlich schleierhaft ist. Auf der anderen Seite treibt da ein Mörder sein Unwesen, dessen Spezialität es ist, seine Opfer auf beinahe gespenstische Art in den Tod zu schicken. Und dieses Wesen ist hier vor Ort, hier, wo Conrad umgebracht wurde. Willst du da eine Verbindung ausschließen? Nein, ich muss seiner habhaft werden, sei es, um ihn als Täter zu überführen oder ihn als solchen auszuschließen. Letztenfalls hätten wir zumindest die Erkenntnis gewonnen, dass eine in die Irre führende Spur abhehakt werden kann.«

»Du glaubst also diesen Italienern?« Ossenstert war im Grunde seines Herzens ein überzeugter Wissenschaftler und deshalb stets bereit, immer und überall Zweifel anzumelden.

»Zum Teil. Ich glaube ihnen, dass man sie ermorden lassen will und dass der Mörder ein gewiefter Mann ist. Aber wer ist der Auftraggeber? Die beiden können selber Diebe und Mörder sein, an denen sich jemand rächen will, und weil sie Hilfe brauchen, kommen sie uns mit einem rührseligen Märchen. Der ganze Hokuspokus mit den Seelen, die der Täter ebenso in sich aufnimmt wie die Gesichter, ist in meinen Augen selbstverständlich kompletter Unsinn. – Und doch, irgendwie ahne ich, dass alles noch mehr mit Murano zu tun haben wird, als wir bisher erkennen.«

Was sollte ich tun, meine gefechtserprobten Freunde, wie sollte ich ein solches Phantom bekämpfen? Ich musste versuchen, mich in seine Lage zu versetzen, so zu denken wie diese Kreatur, mochte sie nun Mensch oder Dämon sein. Dabei war Ausgangspunkt meiner Erwägungen, dass dieses Wesen nun seine Beute eingeholt hatte, sie in der Burg festgesetzt wusste und diesen enormen Vorteil sicherlich nicht aus der Hand geben würde. Deshalb war es für mich nur logisch, dass der Jäger ganz in der Nähe lauern und es nicht wieder auf eine Verfolgung über Aberhunderte von Kilometern ankommen lassen würde.

Also musste ich die Rollen vertauschen, selbst zum Jäger werden, indem ich ihn mit einem Köder aus seinem Versteck lockte.

Nun mögt Ihr entgegnen, meine so praktisch veranlagten Zuhörer, dass mich das Geschick des flüchtigen Glasmeisters und seiner nicht standesgemäßen Frau doch eigentlich gar nichts anging und ich mich besser um den Sieg der Heiligen Katholischen Kirche über den im Anabaptismus wiedergeborenen Satan hätte kümmern müssen. Dies um so mehr, als ich unbestreitbar in der Pflicht meines Herrn und Bischofs stand. Aber jenseits aller Argumente, die ich bereits angeführt habe, kümmerte mich die Kirche nicht, die es stets verstanden hat, sich selbst zu segnen. Und tatsächlich sah ich mich auch in der Pflicht den verliebten Italienern gegenüber, denen ich mehr Herzenswärme als allen Kirchenfürsten dieser Welt zutraute und die ich durch meine Order, sie mit den anderen in der Burg festzuhalten, ihres zeitlichen Vorsprungs vor ihrem Verfolger beraubt hatte. Meine letzten Zweifel an ihrer Geschichte waren noch nicht beseitigt, auf diese Weise aber mittelbar Schuld an ihrer Ermordung zu tragen, wäre eine Last, die Euer Frederik nicht auf seine Schultern laden wollte.

Selbst zum Jäger zu werden, wie gesagt, war also meine Absicht. Dabei kam meinem Plan entgegen, dass der Mörder seinen Opfern in beiden Fällen in der unmittelbaren Nähe der Burg aufgelauert hatte, was mir nur folgerichtig erschien. Schließlich war ihm durch die Arretierung des Pärchens ein unverhoffter zeitlicher Erfolg zugewachsen, den er nicht aufs Spiel setzen wollte. Er würde also kaum riskieren, sie in den nahen Wäldern wieder aus den Augen zu verlieren. Wenn ich diesen Mann und seine Denkweise richtig einschätzte, dann würde ich draußen nicht lange auf ihn warten müssen, hielte ich ihm nur den gewünschten Köder unter die Nase. Dass dieser Köder nicht zu auffällig sein durfte, lag auf der Hand. Schließlich wird niemand ein so legendärer Mordbube, der auf eine simple Scharade hereinfällt. Nein, einem listigen Verstand wie seinem, überdies geschärften Sinnes durch seine beiden Fehlschläge, würde ich schon die Personen bieten müssen, denen sein Sinnen und Trachten galt. Zumindest aber eine davon, was mir überdies logischer erschien. Denn aus der Sicht der Jungvermählten wäre es Erfolg versprechender, durch ihre Trennung den zu täuschen, der ein Paar erwartete.

* * *

Da ich weiß, wie viele mitfühlende Gemüter unter Euch sind, will ich mich in der Schilderung der Unterredung kurz fassen, in deren Verlauf ich die beiden Liebenden davon zu überzeugen suchte, dass Beatrice als Köder herhalten musste. Hatte er einen Jungen für eine verkleidete Frau gehalten, sollte es nun umgekehrt funktionieren. Genau diese Überlegung sollte der Mörder bei den Italienern vermuten. Mit unter die Kappe gesteckten Haaren und einer Hose statt eines Rocks sollte sich Beatrice als Junge verkleiden, doch für den Lauernden immer noch als sein Ziel erkennbar bleiben. Dies schien mir der beste Plan, der sich in der Kürze der Zeit verwirklichen ließ. Und der wurde schließlich, wenngleich tränenreich, auch akzeptiert.

Natürlich boten Hillink und Ossenstert ihre Begleitung an, doch ich lehnte ab. Es würde schon für einen einzelnen Mann schwierig genug, auf der Pirsch nicht aufzufallen. Drei Männer würden mehr schaden als nützen.

Dietrichs Vater stellte die gewünschten Kleider seines toten Kindes liebend gern zur Verfügung, konnte er doch auf diese Weise dabei behilflich sein, den Mord an seinem Sohn zu rächen. Ich selbst stattete mich, eingedenk Beatrices Rat, mit einer Muskete aus. Meine Absicht war, im Dorf zu nächtigen, um mich der Beobachtung zu entziehen, falls der Mörder die Burg observieren sollte. Kurz vor Morgengrauen würde ich auf ein Zeichen hin – der Herr von Crange würde eine Schar Gänse aus der Burg treiben lassen – um die Häuser herum zum Waldrand schleichen, wo die Straße nach Norden hineinführte und kurz darauf mein Köder erscheinen sollte. Dann würde ich Beatrice, immer in Deckung bleibend, so lange folgen, bis il ladro del'anima aus seinem Versteck gelockt war. Ich hatte die Zeit bewusst so früh angesetzt, weil ich darauf spekulierte, dass unser Wild die Burg auch nachts unter Beobachtung gehalten und morgens vor Ermüdung an Wachsamkeit eingebüßt hatte.

Der Plan war nicht schlecht, doch von Anfang an ging alles schief.

Den Gänsen gefiel es nicht, aus ihrer gewohnten Umgebung vertrieben zu werden, weswegen sie sich, einmal aus dem Stall heraus, die Freiheit nahmen, sich im Burghof an den verrücktesten Plätzen zu verstecken, sodass die Sonne schon aufgegangen war, bis auch die letzte wieder eingefangen werden konnte. Damit war meine Möglichkeit dahin, mich im Schutze der Dunkelheit zu bewegen, und bis zum Waldrand musste ich meinen Weg im Hellen ohne Deckung zurücklegen. Zu diesen Übeln gesellte sich obendrein ein stetiger Landregen, einer der größten Feinde eines Luntenschlosses. Entsprechend hatte sich meine Muskete binnen weniger Minuten in einen nutzlosen Holzprügel verwandelt.

Und als ich schließlich froh war, einen einigermaßen dicht belaubten Busch gefunden zu haben, unter den ich mich kauern und auf Beatrice und den Seelendieb warten konnte, sah ich das metallene Blinken vor mir auf dem Weg. Was war dies? Sollte ich dafür meinen Platz verlassen? Wie es schien, war ich hier der einzige Mensch weit und breit. Es gab nur die graue Wand des Regens vor dem braun-grünen Hintergrund des Laubes zu sehen – zu hören nur das gleichförmige Rauschen der fallenden Tropfen.

Ich riskierte es.

Was mich angelockt hatte, war der Lichtschimmer auf einer Silbermünze, die bis zur Hälfte im aufgeweichten Boden steckte. Als ich sie herauszog und an meinem Umhang abwischte, sah ich in einigen Schritten Entfernung eine weitere auf dem Weg in das Grün hinein. Auch die wanderte in den Beutel des Mannes, dessen Wohlstand ansonsten nur von der Laune des wankelmütigen Franz abhing. Und eine dritte funkelte mir entgegen, etwas abseits vor dem Stamm eines umgestürzten Baumes. Diesmal sogar aus purem Gold!

Es war der älteste Trick der Welt, und ich, von eigenen Gnaden Oberschlaumeier des Fürstbischofs, fiel darauf herein. Die Silbermünzen hatten mich dummes Schaf zur Schlachtbank dirigiert, und die Goldmünze sollte dafür sorgen, dass ich mich genau an der richtigen Stelle in der richtigen Position befand, damit der Mörder maßnehmen konnte. Dies alles schoss mir wie ein Blitz durch den Kopf, sodass ich das Geräusch hinter mir mehr ahnte als tatsächlich wahrnahm.

Ohne Zeit darauf zu verschwenden mich umzudrehen, ließ ich die Muskete fallen, warf mich aus der Hocke nach vorne und rollte mich mit derselben Bewegung auf den Rücken, mit der ich eine Pistole aus dem Gürtel zog. Etwas Schwarzes flog auf mich zu, einem riesigen Vampir gleich, mit einem runden Kopf, der, fratzenhaft verzerrt, mein eigenes Gesicht trug.

Hätte mich Beatrice nicht darauf vorbereitet, ich wäre vor Schreck zur Salzsäule erstarrt. Der Eindruck war so unirdisch-obszön, dass trotz der Warnung eine kalte Hand meine Eingeweide zusammenzupressen schien. Gott sei dank bewirkte dieses Gefühl ein Verkrampfen meiner Hände, sodass ich dadurch zwangsläufig meine Waffe abfeuerte.

Ich hatte kein genaues Ziel nehmen können. Daher erwischte der Schuss das Monstrum in der Höhe der Oberschenkel. Keine drei Schritte von mir entfernt traf den Angreifer die Faust eines Riesen, von der er zurückgeschleudert und über den Boden gewirbelt wurde. Als er sich mit einem Stöhnen, das nichts Menschliches an sich hatte, aufrichten wollte, war ich so weit in die Wirklichkeit zurückgekehrt, dass ich meine zweite Pistole zog, seine Leibesmitte anvisierte und erneut feuerte.

Der Aufprall der Ladung schob ihn einige Ellen über die Erde und ließ seinen Körper platzen, als hätte man mit einer Nadel in eine luftgeblähte Schweinsblase gestochen. Unter den Fetzen seines Umhangs lugten die Reste einer Brigantine hervor, die ihm nichts genützt hatte und ebenfalls in Stücke gegangen war. Ein Gemisch aus zerrissener Kleidung, Blut und Innereien ließ keinen Zweifel daran, dass er keine Gefahr mehr darstellte.

Ich weiß nicht, wie lange ich vor der Leiche gestanden und in ihr Gesicht geblickt habe, dass nun, wie durch eine schlierige Hornscheibe betrachtet, Büsche, Bäume und einen Teil des Himmels zeigte. Es kam erst wieder Leben in mich, als mir Beatrice, die durch die detonationsgleichen Schüsse angelockt worden war, sacht ihre Hand auf die Schulter legte. Sie deutete so zaghaft auf seinen Kopf, als könnte alleine diese Geste das Monstrum wieder erwecken. »Grauenhaft, nicht wahr?«

»Wir werden sehen!«

Ich kniete mich neben ihn, und je näher ich mein Gesicht an das seine brachte, desto ähnlicher wurde er mir. Der Mörder kam aus Venedig und er war kein Dämon. Das Geheimnis seines Schreckens war das Meisterwerk der dortigen Glasbläserkunst. Er trug eine Vollmaske, die wie ein Einwegspiegel gearbeitet war.

Als ich ihm die Spiegelmaske abnahm, erblickte ich einen Schädel, bleich und haarlos wie ein Hühnerei, mit einem aufgedunsenes Gesicht, das gut zu einem weichlichen Kammerdiener gepasst hätte, der sich zu oft am Wein seiner Herrschaft bereichert hatte. Seine milchigblauen Augen waren so verdreht, dass man die Iris kaum erkennen konnte, und seine kränklich-kirschroten, wulstigen Lippen, zu einem grotesken Kussmündchen aufgestülpt, flatterten. Ich musste unwillkürlich den Kopf schütteln. Einen Mörder von seinem Ruf, erhoben in den Rang eines wahren Assassinen, stellte man sich gemeinhin anders vor. Doch vielleicht war es gerade sein abstoßendes Äußeres gewesen, das ihn aus der Not hatte eine Tugend machen und zu seiner perfekten Maskerade hatte greifen lassen. Hinter dieser leicht wulstigen Stirn musste ein teuflisch genialer Verstand gearbeitet haben.

Sei es, wie es sei, mit der Maske war auch alles Dämonische von ihm entfernt, und mit seinem von meinen Schüssen zerfetzten, schwammigen Leib sah er wieder aus wie ein Nichts. Der Dieb der Seelen war tot.

Da er seine Waffe zum Stoß erhoben hatte, war sie von meiner Pistolenladung nicht getroffen worden. Der Dolch war ihm aus der Hand gefallen und hatte sich mit der Spitze in den weichen Waldboden gebohrt. Ich zog ihn heraus und wischte vorsichtig die Klinge ab, die mir merkwürdig stumpf erschien. Sie sah aus wie ein zu Glas gewordener Eiszapfen.

Ich hielt sie Beatrice hin, die zunächst die Hand nach ihr ausstreckte, jedoch nach einem Moment des Erkennens wieder zurückzuckte. »Das Werkzeug der venezianische Assassini. Die Klinge ist aus Glas. Der Mörder stößt zu und bricht mit einer Drehung des Handgelenks die Klinge ab. Selbst wenn der Dolch nicht hundertprozentig genau sein Ziel findet, stirbt das Opfer mit Sicherheit an Entzündung und Blutvergiftung. – Brauchst du noch mehr Beweise, dass wir von der Gilde verfolgt werden und dass wir dir die Wahrheit gesagt haben?«

Ich brauchte keine Beweise mehr. Aber vielleicht ihre Hilfe bei dem, was ich noch vorhatte.

Das goldene Horn

Nachdem sich die Kunde von meiner Großtat wie ein Lauffeuer verbreitet hatte, war ich natürlich der Held des Tages. Wo ich auftauchte, wurde ich bejubelt und gefeiert, dass meine Schultern vom vielen Klopfen bald blau wurden. Der Herr von Crange ließ es sich nicht nehmen, augenblicklich ein großes Bankett zu meinen Ehren zu geben, und in den Mienen seiner Dauergäste spiegelte sich die Hoffnung wider, ich würde mit meiner Sachkunde und Umsicht nun auch das Geheimnis um den Tod Conrads lüften.

Dies allerdings war eine Nuss, die ich nicht zu knacken wusste. Ossenstert war nämlich in der Zwischenzeit nicht untätig geblieben und hatte den Morgen genutzt, um die Leiche zu examinieren.

Ihr könnt Euch vorstellen, meine erwartungsvollen Freunde, wie groß meine Enttäuschung darüber war, dass auch mein gelehrter Freund keine Erkenntnisse zutage fördern konnte, die wir nicht schon durch Wilken gewonnen hatten. Mein kundiger Johannes war meine letzte Hoffnung gewesen, den Auftrag des Bischofs ausführen zu können. Mein Leben hatte ich in Münster aufs Spiel gesetzt, um ihn hierher zu kriegen, und was würde es mir einbringen außer dem maßlosen Zorn des fetten Franz? Ihr werdet verstehen, meine mitfühlenden Zuhörer, dass dies mehr als nur ein Wermutstropfen war, der sich in meine Freude über das Bezwingen des Seelendiebs mischte. Doch was konnte ich im Augenblick anderes tun als mitzufeiern, um wenigstens für eine Weile die trüben Gedanken aus meinem Kopf zu verscheuchen? So ließ ich mich schließlich von der allgemeinen Hochstimmung anstecken, aß und trank und tanzte zu den Klängen der Spielleute, bis mir schwindelte. Bevor es zu arg mit mir wurde, war ich zum Glück so vernünftig, es den Klugen unter den Gästen nachzutun und ein wenig an die frische Luft zu gehen. Doch das bisschen Auf und Ab im Hof beseitigte weder den Druck in meinem Gedärm noch das Drehen in meinem Schädel.

Also hielt ich die Torwache an, die Brücke für mich herabzulassen, und spazierte wieder in den Wald. Nach einigen tiefen Atemzügen und genauso vielen schmetternden Fürzen waren Kopf und Bauch wieder so frei, wie man es bei einem Spion des Bischofs erwarten durfte. Die anschließende Grübelei über meine eigentliche Mission brachte mich jedoch auch nicht weiter.

Ich war schon fast geneigt, in die Burg zurückzukehren, um mich wieder in diesen schwere- und gedankenlosen Zustand zu saufen, der für eine gewisse Zeit Sorgenfreiheit garantiert, als ich auf eine gänzlich andere Idee verfiel. Manchmal ist es der Lösung eines Problems dienlich, wenn man es für eine gewisse Zeit aus seinem Kopf verbannt und sich anderen Dingen zuwendet. Das ermöglicht oft eine hernach unverstellte Sicht auf die Dinge und man verwundert sich, warum man erst so spät ein Faktum erkennt, das doch so offensichtlich auf der Hand gelegen hat.

Deshalb beschloss ich kurzerhand, auf die Betäubung meiner Sinne zu verzichten und bei der kleinen Ilse mein Versprechen einzulösen. Und solltet Ihr, meine Freunde, an dieser Stelle den Verdacht hegen, ich gäbe mich ausschließlich darum als worttreuer Ehrenmann, weil ich für alles andere zu blöd wäre, so behaltet ihn für Euch!

Ich sah das Mädchen schon von weitem über die Wiesen laufen und nach frischen Blumen suchen. Bei dem miesen Wetter, das wir seit Tagen hatten, würde ihm kaum Erfolg beschieden sein.

Als es mich bemerkte, rannte es lachend auf mich zu. »Kommt Ihr heute meinetwegen?«

»So ist es. Zeig mir einmal das Horn und ich will sehen, was ich tun kann. Woher hast du überhaupt die vielen Hörner?«

»Der Koch aus der Burg schenkt sie mir. Immer, wenn Schlachttag ist und sie die Schädel auskochen. Dann suche ich Blumen oder, in schlechten Zeiten, Farne und Ranken und pflanze sie hinein. Die schönsten behalte ich für meine Hütte. Die anderen verkaufe ich, wenn ich Glück habe.«

Sie hatte wirklich eine besondere Begabung auf diesem Gebiet. Ihre ganze Hütte war ein Farbenmeer in Gelb mit Rot und vereinzelten blauen Tupfen.

»Hier, die Spitze ist ab, das Horn kann kein Wasser und keine Erde mehr halten. Jemand hat es kaputt gemacht und dann einfach dahin geworfen.«

Das Ding, das sie mir in die Hand drückte, war ein schlankes, beinahe gerades Kuhhorn. An der Stelle, an der sich die Spitze befunden hatte, war der Rand schwarzbraun verfärbt.

»Oh, ich glaube, das lässt sich wieder heile machen. Geh zum Ufer und such einen möglichst runden Stein, der etwas größer als das Loch ist. Den stecken wir hinein und verschmieren das Ganze mit ein bisschen Lehm. Dann wird es schon wieder gehen.«

Ihr Gesichtsausdruck verriet ihre Zweifel an meinem wenig vollkommenen Vorschlag. »Aber es sieht doch nicht mehr schön aus.«

»Das macht nichts, denn ich kaufe es, weil es mir auch so gefällt. Und jetzt such schnell den Stein.«

Mit einem passenden Stück war sie in Windeseile wieder da.

»Na, siehst du! Das werden wir gleich haben.« Ich ließ den Stein in das Horn fallen, der fast bis zum Ende durchrutschte. »Nun brauch ich noch einen Stock, um ihn festzudrücken, und dann noch etwas Lehm. Wenn du es mir dann noch schön bepflanzt, gebe ich dir den doppelten Preis, den du sonst bekommst.«

Mit einem Jauchzer lief Ilse in ihre Hütte und brachte mir einen kleinen Besen. »Vielleicht geht es mit dem Stiel.« Und ohne meine Antwort abzuwarten lief sie zum Flussufer, um dort nach Lehm zu kratzen. Derweil mühte ich mich, den Stein so weit wie möglich in die Hülle zu pressen. Er schien von der Größe her genau richtig, doch als ich ihn fast bis zum Ende durchgestoßen hatte, platzte der dunkle Rand ab und der Stein fiel zu Boden. Jetzt hatte ich Dummkopf in meinem Ungeschick das Horn gänzlich unbrauchbar gemacht. Natürlich würde ich es trotzdem kaufen, aber Ilse war ein feinfühliges Geschöpf und würde spüren, dass ich es bloß aus Mitleid tat. Was war ich nur für ein Trottel!

In Gedanken hatte ich den abgeplatzten Ring aufgehoben und durch die Finger gleiten lassen. Er fühlte sich viel spröder an als der Rest des Horns und war so wenig nachgiebig, dass ich ihn ohne große Kraft entzweibrechen konnte. War er verbrannt?

Ich weiß nicht, wie lange ich so dagesessen habe. Ich hielt die beiden Teile noch in der Hand, als mich das Mädchen, das schon eine Weile vor mir stand, fragte, ob mir etwas fehlen würde oder ob ich krank sei.

Nun, meine Freunde, habe ich eben noch gesagt, dass ich ein Dummkopf und Trottel bin? Das ist nicht richtig; denn tatsächlich bin ich ein riesengroßer Dummkopf und ein ausgemachter Trottel. Und sollten wir uns einmal über den Weg laufen und Ihr werdet mich so bezeichnen, glaubt mir, ich werde Euch nicht widersprechen, weil ich mich immer an den Fall des ermordeten Conrad und daran erinnern werde, dass ich ihn nur mit der Hilfe eines Kindes gelöst habe.

Ich griff in meinen Gürtel und drückte dem verdutzten Mädchen mehr Geld in die Hand, als sein Vater in einem Monat verdienen konnte. »Hier, mein kleiner Engel, ich kaufe das Horn so, wie es ist. Und jetzt renn so schnell du kannst zur Burg rüber und hol mir den Medicus. Er soll seine Instrumente mitbringen. Lauf!«

Nicht lange und ich hörte Ossenstert unter dem Gewicht seiner Satteltaschen lamentierend durch die Wiesen stapfen. »Was sind das wieder für Grappen von dir, dass ein armer, alter Medicus, der seine Arbeit schon getan hat, wieder ...«

»Schweig und komm in den Keller! – Und du, Ilse, lauf zurück zur Burg und sag dem Herrn von Crange, er soll alle noch einmal vollzählig in der Halle versammeln.«

Wieder ging es hinab in die modrige Kälte, wieder wurden die Leuchter entzündet. Obwohl es hier unten erbärmlich kalt war und fast zu frieren schien, hatte die Verwesung ihren Fortgang genommen. Zu sehen war davon nicht viel, aber es hing diese fleischliche Fäulnis in der Luft, die man nie mehr vergisst, wenn man sie einmal gerochen hat.

Conrads Leichnam lag noch auf dem Bauch, so wie Ossenstert ihn verlassen hatte. »Fass an, Johannes, wir müssen ihn umdrehen.«

»Ich habe ihn heute schon von allen Seiten untersucht und ihn umgedreht. Eben umdrehen, jetzt umdrehen, weißt du eigentlich, was du willst? Auch wenn ich Arzt bin, meinst du, es macht mir Spaß, einen Toten ...«

»Halt den Mund und tu, was ich dir sage. Du wirst noch jedes Quäntchen Luft brauchen.«

»Schon gut, schon gut. – Und jetzt?«

»Schneid ihm den Bauch auf!«

»Was?!« Ossenstert war ehrlich entsetzt. »Hat sich dein Gemüt verwirrt, ist dein Geist umnachtet? Weißt du, was du da von mir verlangst? Das ist Leichenschändung, das ist Gotteslästerung. Dafür wird man aufgehängt – wenn man Glück hat. Ich werde ...«

»Tu nicht so, als ob es das erste Mal für dich wäre! Du wirst ihn aufschneiden, weil ich nur so den letzten Beweis führen kann, dass Conrad ermordet worden ist. Und wenn alles so ist, wie ich denke, dann weiß ich auch, von wem. Und jetzt mach dich ans Werk, wenn du nicht willst, dass ich dem Bischof sage, dass du dich geweigert hast, bei der Aufklärung des Mordes zu helfen ...« Mein Medicus kannte den fetten Franz, seine Launen und – vor allem – seine Geldgier so gut wie ich. Was ihn nun wirklich an die Arbeit trieb, war mein Zusatz: »... und bei der Auffindung des Goldes.«

»Du musst mir nicht immer gleich eine herrliche Zukunft in Aussicht stellen, ich dachte, wir wären Freunde. – Nun gut, aber dann halte dir lieber dies unter die Nase. Ich habe keine Lust, mich auch noch um eine zweite Leiche kümmern zu müssen.« Mit diesen Worten reichte er mir aus seiner Satteltasche ein Sträußchen getrockneter Kamille, gemischt mit Lavendel. Im ersten Moment fand ich den Geruch aufdringlich süß, doch sollte ich Ossenstert gleich darauf über die Maßen dankbar sein.

Er selbst stopfte sich zwei Blüten in die Nasenlöcher und öffnete dann vermittels eines kleinen, aber äußerst scharfen Messers die Bauchhöhle mit einem glatten Schnitt. Schlagartig erfüllte sich der Keller mit einem infernalischen Pestilenzatem, dass selbst der Medicus von dem Toten zurücktrat. Auch ich hielt trotz der Blüten die Luft an.

Als wir uns erneut aus Ossensterts Vorrat an Blüten bedient hatten, fühlten wir uns in der Lage, den Inhalt des Leibes näher zu examinieren. Es sah aus, als hätte man Conrad mit einer meiner Pistolen in den Bauch geschossen. Zerfetzte Eingeweide, faulige Speisen, Kot und Blut bildeten eine zähe Masse, von der ein unbeschreiblicher Gestank ausging. Ich hatte genug gesehen und winkte den Medicus stumm nach oben.

Die nächsten Augenblicke sprach keiner von uns. Ossenstert hatte sich als Erster wieder gefangen. »Was wirst du tun?«

»Ich hoffe, das Richtige. Geh du nur wieder runter und wickle die Leiche ein. Es muss nicht jeder sehen, was geschehen ist.«

Dann rief ich den Müller. »Höre mir gut zu! Alles, was ich dir auftrage, geschieht im Namen und auf ausdrücklichen Befehl des Fürstbischofs von Münster in Übereinstimmung mit dem Willen des Grafen von Crange. Du wirst dafür sorgen, dass die Leiche unverzüglich verbrannt wird. Sollte irgendwer daran Anstoß nehmen wollen, störe dich nicht daran. Im Übrigen wird es hilfreich sein, das Gerücht auszustreuen, dass die Verbrennung wegen einer ansteckenden Krankheit des Toten unerlässlich war. Und achte darauf, dass der Tote in seiner Umhüllung bleibt, bis alles vorüber ist.«

Das Geld, dass ich ihm dabei in die Hand drückte, wurde unter großen Dankesbezeigungen und dem Versprechen entgegengenommen, meinen Anordnungen gemäß zu verfahren.

»Und noch etwas. Sollte jemand versuchen, dir dabei irgendwelche Schwierigkeiten zu machen, verweise ihn an mich. Mein Name ist von dem Kerkhof, Frederik von dem Kerkhof.« Allmählich kam mir der Satz flüssig über die Lippen.

* * *

»Es ist schön, dass ihr alle die Güte hattet, euch auf meinen Wunsch hier noch einmal zu versammeln. Ich hoffe, es wird das letzte Mal sein und ich werde euch sagen können, wer dem armen Conrad das Leben genommen hat. Mein besonderer Dank gilt dabei unserem Gastgeber, dem Herrn von Crange, den an dem Mord nicht die geringste Schuld trifft und der durch seine Klugheit und Umsicht erst ermöglicht hat, dass ich dem Täter auf die Spur kommen konnte.«

Der von mir zu Recht so Gelobte stand auf mein Geheiß an der Saaltür und wartete auf mein Zeichen.

»Nun, ich will euch nicht lange auf die Folter spannen, deshalb sage ich euch gleich, dass euer Reisegefährte an einer wahrhaften Verwüstung seines Leibesinneren gestorben ist, so greulich, dass mein Medicus meinte, es müsse wohl der Teufel in ihn hineingefahren sein.«

Burmann nickte verhalten dazu und murmelte etwas wie: »Es gibt mehr Ding' im Himmel und auf Erden, als unsre

Schulweisheit sich träumen lässt.« Kein schlechtes Wort für einen Handelsmann, wie ich meine. Das würde selbst einem Dichter wohl anstehen.

»Und das hat er auch getan, allerdings nur mit seinem feurigen Schweif. Und – es war ein höchst irdischer Teufel, ein Teufel in Menschengestalt. So frage ich Euch frei heraus, Herr Hinrich Burmann, war es Euer Vermögensverfall und die Angst vor der Armut und der Schande, die Euch zum Mörder werden ließen?«

Es trat eine Stille ein, in der man die sprichwörtliche Nadel hätte fallen hören können. Zu meiner Verwunderung war es die Kaufmannsfrau, die als Erste die Sprache wiederfand. »Das ist ja irrwitzig! Da könnt Ihr auch gleich mich fragen, ob ich aus Angst vor der ...«

»Wohlan denn, Weib. Was hat Euch zur Mörderin gemacht?«

Nun verschlug es ihr mitten im Satz das Wort, und es war der Sohn, der jetzt aufsprang und seine Stimme erhob. »Da könnt Ihr auch gleich mich ...«

»Und warum bist auch du zum Mörder geworden? Solltest du auch einen Anteil am Golde erhalten, oder wolltest du nur ein treuer Sohn sein? – Raschid und Jazir muss ich wohl gar nicht erst fragen. Ohne ihre Hilfe hätte sich euer Plan überhaupt nicht durchführen lassen.«

Auf meinen Wink zog der Herr von Crange sein Schwert und pochte mit dem Knauf laut gegen die Tür. Augenblicklich öffnete sich diese sowie die auf der gegenüberliegenden Seite des Saales und es traten jeweils vier gepanzerte Wachen ein, die die Eingänge versperrten.

»Bevor ihr euch nun in Verwünschungen meiner Person und überschwellenden Unschuldsbeteuerungen ergeht, hört mir zuerst zu und sagt mir hernach, was so falsch ist an meinen Schlussfolgerungen.« Dabei ging ich im Raum langsam auf und ab, beständig von den Blicken aller Anwesenden verfolgt.

»Alles begann in Köln, als der arme Conrad das vermeintliche Glück hatte, eine Gelegenheit zur Mitreise zu finden. Es wurde eine Reise in den Tod. Seine unglückliche Veranlagung auf dem Gebiet der Fleischeslust wurde ihm zum Verhängnis, weil sie ihn leichtsinnig und vertrauensselig machte den Menschen gegenüber, die von gleicher Art waren. Ich kann insofern nur Vermutungen anstellen, aber da ich weiß, dass in dem Land, aus dem eure Gehilfen stammen, dieses Laster nicht als solches angesehen wird, dass es einer oder sogar beide Brüder waren, denen Conrad sich zugeneigt hat, denn diese Leute erkennen einander schnell. Darüber wird er seine Vorsicht vergessen und von dem Gold geplaudert haben, das er bei sich trug. Es war euer Pech, dass auch noch Herr della Croce und seine, äh, seine helfende Hand zugegen waren sowie die Herren Landsknechte. Sonst hättet ihr euch Conrads schon während der Reise entledigt. So aber musstet ihr auf eine bessere Gelegenheit warten. Als ihr dann an der Mühle vorbeikamt und euch so unverhofft der Zugriff auf ein Horn zufiel, muss euch das als Wink des Schicksals erschienen sein. Mir ist bekannt, dass es im Morgenland eine beliebte Weise gibt, einen Menschen damit so umzubringen, dass es wie ein natürlicher Tod aussieht. Man legt das Opfer auf den Bauch und hält es an Händen und Füßen fest, sodass kein Anzeichen einer Fesselung bleibt. Dann steckt man ihm das Horn, von dem zuvor die Spitze abgeschnitten wird, in den After und stößt durch diesen Trichter ein glühendes Eisen in den Leib. Kein schöner Tod, ihr Bestien, und ich denke, der Bischof wird es euch vergelten. Es ist mir gleich, wer sich in der Nacht zu Conrad ins Bett geschlichen hat. Als der dann nackt auf dem Bauche lag, kamen auf ein Zeichen des Verräters die anderen vier ins Zimmer und töteten ihn auf die morgenländische Art.«

Dass sich daraufhin ein wüstes Lamentieren und Krakeelen erhob, lässt sich leicht vorstellen. Der Kaufmann und seine Frau gefielen sich darin, mir mit einem verstehend-verzeihenden Lächeln zu bedeuten, dass sich mein Geist verwirrt hätte und ich dringend der Hilfe der Ärzte bedürfe. Die Orientalen grimassierten wie wild, und der Sohn, dessen sonst so bleiches Gesicht puterrot angelaufen war, bedachte mich mit Schimpfworten, von denen »Hundsfott« noch das schmeichelhafteste war.

Ich gab ihnen genügend Zeit, ihre Wut hinauszulassen, bis ihr Ideenreichtum erschöpft war und sie nach Atem und weiteren Schätzen ihres Vokabulars forschten. In diesem Moment der Stille gab ich unserem Gastgeber erneut einen Wink und sagte leise: »Nun denn, wollen wird also diejenigen befragen, die zwar nicht Zeugen des Mordes geworden sind, aber doch über eine einzigartige Sachkunde verfügen, wenn es darum geht, Beweise zu liefern.«

Noch ehe ein Sturm von Fragen losbrechen konnte, öffnete der Herr von Crange die Tür und ließ seine Hunde herein, die sofort zu der Kaufmannsfrau hinüberliefen und an ihr herumschnupperten.

»Ihr wart es, die ihm das Eisen in den Körper gebohrt hat. Derjenige, dem diese Aufgabe zukam, musste nämlich auch dafür sorgen, dass kein Blut auf das Bett lief. Und Euer schönes Kleid ist wie geschaffen dafür, es dem Opfer unterzuschieben. Verschwinden lassen konntet Ihr es nicht in der verschlossenen Burg, und reinigen nur sehr notdürftig mit dem wenigen Wasser aus dem Waschgeschirr. Das blutige Wasser konntet Ihr aus dem Fenster gießen, das Kleid musstet Ihr behalten. Um nicht immer in derselben Aufmachung zu erscheinen, habt Ihr eine Krankheit vorgeschützt und Euch von den anderen ferngehalten. Aber das konnte nur eine begrenzte Zeit gut gehen, und jetzt musstet Ihr Euch wieder zeigen. Also war die sicherste Methode, das Kleid zu verbergen, es wieder anzuziehen. Doch Euer größter Fehler war es, alles besonders natürlich aussehen lassen zu wollen. Ihr hättet den toten Conrad nicht umdrehen und auch sein Gesicht nicht abwischen dürfen. Als ihr seinen Kopf in das Kissen gedrückt habt, um seine Schreie zu ersticken, hat er sich in seiner Qual die Zunge und zudem den Leinenbezug zerbissen. Etwas Blut ist dabei auf das Kissen geflossen und etwas Stoff ist in seinem Mund zurückgeblieben. Unmöglich bei einem Mann, dessen Körper unverkrampft auf dem Rücken liegend gefunden wird. – Aber ich wäre Euch auch so auf die Schliche gekommen, über die Beute. Hieß es nicht, niemand konnte hinein und niemand konnte hinaus? Da fiel es Euch leicht, Herr Hinrich Burmann, in vollem Ton eine Durchsuchung Eures Gepäcks anzubieten, in dem selbstverständlich nichts zu entdecken war. Keine Beute, also kein Mord, war das nicht Eure Überlegung? Nun, da hatte es ja eine kleine Ausnahme gegeben, an die niemand mehr denken sollte, ein letzter harmloser Freundschaftsdienst an einem Reisegefährten, ausgeführt wieder von der ganzen Mörderbande. Zusammen mit der Leiche wurden das mörderische Horn, das für Euch alle zu Gold werden sollte, und der Schatz aus der Burg geschafft. Das Horn kam wieder an seinen alten Platz und das Gold wurde bei der Mühle versteckt. Wie auch immer, ich werde es finden. – Und nun seid so gut, das, was Ihr an Waffen bei Euch tragt, auf den Tisch zu legen und Euch ohne Widerstand in das Verlies führen zu lassen.«

Zu meinem allergrößten Erstaunen war es einer der Morgenländer, der seine Stimme an mich richtete. »Du wirst das Gold nie finden, nie. Es ist zu gut versteckt. Nicht einmal die Hunde werden es finden. Nur mein Bruder und ich wissen es. Aber wenn du dein Wort gibst, uns beide entkommen zu lassen, werde ich es dir verraten.«

Sieh an, sieh an, sie sprachen also doch unsere Sprache. »Ich werde es auch ohne deine Hilfe entdecken, aber du würdest mir Zeit ersparen. In diesem Fall könnte ich mich beim Bischof für dich verwenden, weil ich überzeugt bin, dass es nicht dein Plan war, Conrad zu ermorden.«

»Und wirst du auch meinen Bruder retten?«

»Das Angebot kam von dir, nicht von deinem Bruder. Er mag sich um sein eigenes Geschick kümmern. Im Übrigen muss ich hier nicht lange schachern wie auf einem eurer Märkte. Unser gütiger Gastgeber wird sicherlich den einen oder anderen Mann in seinem Gefolge haben, der sich trefflich darauf versteht, auch die verstocktesten Zungen zu lösen. Ich hätte dazu einen Vorschlag beizusteuern, der nicht einer gewissen Ironie entbehrt. Wie wäre es, wir würden deinen Bruder auf der Streckbank nach dem Versteck befragen und du siehst dabei zu?«

»Dann stirb mit uns, ungläubiger Hund!« Mit diesen Worten zog er einen kurzen Krummsäbel aus den Falten seines Gewandes und sprang auf mich los, die Waffe hoch über den Kopf erhoben.

Ich packte mit links den Griff meines Dolches und riss den Arm nach oben, wobei ich die lange Klinge aus dem Handgelenk nach vorne abwinkelte und einen Schritt vortrat. Die schermesserscharfe Schneide fuhr durch den Hals des Angreifers, bevor dieser erahnte, was ihm geschah. Seine Augen waren noch vor Verwunderung geweitet, als er mit halb abgetrenntem Kopf tot auf dem Boden lag.

* * *

Der Herr von Crange verfügte über keine Streckbank, aber es fanden sich auf seinem Anwesen genügend andere Instrumente, die die Saite der Beredsamkeit selbst in einem Stummen hätten erklingen lassen. Und er hatte auch die richtigen Männer dazu, sie zu spielen.

Höre ich da etwa einen Schlaumeier unter Euch, der meint, dass sei doch eigentlich meine Aufgabe, weil ich ja die Interessen des Bischofs wahren und größtmögliche Geheimhaltung an den Tag legen müsse? Da mag der vorwitzige Bursche im Grunde sogar Recht haben, doch ist Euer Frederik kein Folterknecht. Sicher, es sind etliche Menschen durch meine Hand gestorben, und das nicht immer auf leichte Weise. Aber an einem wehrlosen Mann auszuprobieren, wie lange es braucht, seine Knochen zu zerquetschen, Arme und Beine aus den Gelenken zu drehen, oder sein Fleisch mit hin und her gerissenen Stricken bis auf die Knochen zu zerschneiden, das ist wahrlich nicht meine Art. Um ehrlich zu sein, es würde sich mir der Magen umdrehen und vor lauter Kotzen würde ich nicht einmal dazu kommen, die entscheidenden Fragen zu stellen. Aber wie gesagt, der Herr von Crange verfügte über die richtigen Männer.

So dauerte es nicht lange, bis uns Jazir das Versteck des Goldes verriet. Die Halle war aufgeräumt und sowohl von den Spuren des Mahls als auch vom Blut des Muselmanen gereinigt worden, dessen Leiche man fortgeschafft hatte. Die Kaufmannsfamilie befand sich im Verlies, die übrigen Gäste hatten sich auf ihre Zimmer zurückgezogen und am Tisch saßen nur noch unser Gastgeber und ich bei einem Glas Wein, als uns der Mann, der mit der Aufgabe betraut worden war, Jazir von seinen Geheimnissen zu befreien, eine Nachricht überbrachte. Er trug den Namen Everdt und machte auf mich mit seinen kurzsichtigen Augen, der feingliedrigen Figur in einem sauberen Wams, dem weißen Hemd und den geputzten Stiefelletten eher den Eindruck eines Bücherwurms und Schöngeistes als eines Kerls, der statt eines Federkiels lieber eine Knute gebraucht. Aber ich hatte mir längst abgewöhnt, meine Mitmenschen nach ihrem Erscheinungsbild zu beurteilen; zu viele Unschuldige würden sonst im Turm schmachten und zu viele Gauner ein herrliches Leben führen.

Nach mehrfachen Verbeugungen trat er endlich näher und setzte uns davon in Kenntnis, dass sich das Gold nach Jazirs Aussage in der Emscher etwa zweihundert Schritte flussauf von der Mühle befinden sollte, dort, wo eine Vierergruppe von Weiden stand.

Mir war natürlich klar, dass ich nicht umhin kommen würde, dieses auf der Folter herausgepresste Geständnis auf seinen Wahrheitsgehalt hin zu überprüfen. Dass das Gold im Wasser liegen musste, hatte ich mir schon selbst überlegt, denn sonst hätte Raschid nicht die Hunde erwähnt. Also ließ ich es mir nicht nehmen, mich an Ort und Stelle davon zu überzeugen.

Zum Glück ist die Emscher an dieser Stelle ziemlich flach, sodass es nicht nötig war, in das bitterkalte Wasser hinabzusteigen. Es sollte vollauf genügen, die Beute mit Stangen an Land zu ziehen. Doch so sehr die beiden Bediensteten aus der Burg unter meiner Anleitung auch stocherten und den Grund aufwühlten, nichts ließ sich ans Ufer ziehen. Es brauchte noch zwanzig Minuten und die vielfache Menge an Flüchen, bis wir uns eingestehen mussten, dass hier nichts zu fischen war. Missmutig, enttäuscht und wütend fanden wir uns sodann wieder in der Halle ein.

Dem Herrn von Crange, dem ebenso wenig wie mir der Sinn nach Blutorgien stand, war sichtlich hin und her gerissen zwischen dem Bestreben, dem Fürstbischof gefällig zu sein, und der damit verbundenen Notwendigkeit, die Marter des Muselmanen fortsetzen zu lassen. Allein, es gab keinen anderen Ausweg aus diesem Dilemma und so musste Everdt erneut seine Talente beweisen.

Wir waren bei unserem zweiten Glas angelangt, als sich auf dem Gang ein Geschrei und Gepolter erhob und ein über und über mit Blut verschmierter Everdt hereinstolperte, um sich unter noch mehr Bücklingen als vorhin immerfort für etwas zu entschuldigen, das wir nur mit einiger Mühe seinem sprunghaften Gerede entnehmen konnten. Am Ende wussten wir so viel, dass Jazir, als Everdt damit beschäftigt war, den sechsten Keil in den Spanischen Stiefel einzuschlagen, sich die Zunge abgebissen hatte, bevor dies jemand verhindern konnte. Zwar konnte der sofort herbeigeeilt Ossenstert ein Verbluten verhindern, dem Gemarterten jedoch nicht die Stimme wiedergeben.

Der Morgenländer würde auf Wochen damit beschäftigt sein, mit dem Tode zu ringen. Ihn zu transportieren war ausgeschlossen. Er würde uns nicht einmal an die Stelle führen können, an der das Gold verborgen war.

Weil obendrein niemand wusste, ob und in welcher Sprache der nunmehr Stumme schreiben konnte, es ferner keinen gangbaren Weg gab, dies zutreffend herauszufinden, war auch diese Quelle versiegt – und das Gold des Bischofs blieb verschwunden.

Flüssiges Eis

Das Wasser war wie ein unendlicher Block aus nachgiebigem Eis, und als es mir bis zum Bauch reichte, war es mir, als würde der Gevatter Tod persönlich mit seiner knochigen Klaue den Lebenssaft aus meinen Lungen pressen. Der bleiche Bauch eines Karpfens, den verwesenden Innereien eines Gehenkten ähnlicher als einem Lebewesen, streifte meine Füße, und aus einem kurz auftauchenden Schwarm von Rotfedern wollte mich das zerfließende Gesicht des fetten Franz auslachen. Dennoch senkte ich mich, Handbreit für Handbreit, mit vibrierenden, zusammengeschweißten Lippen und einem Körper, den ich einer gerupften Gans entliehen haben könnte, in das frostige Nass, bis das Haupthaar meinen gleichzeitig zu versteinern und zu schrumpfen scheinenden Schädel wie die Ranken der Wasserpest umspielte. Schlingpflanzen griffen nach meinen Beinen und hier und da berührte kerfiges Getier meine Haut, von dessen Existenz ich bislang keine Ahnung hatte.

Als ich es wagte, meine Augen zu öffnen, traf es mich wie ein Schlag. So musste sich Wullenweber gefühlt haben, als der Rosenkranz der Schmerzen angezogen wurde. Ich sah nichts außer dem unregelmäßigen Wechsel von schwarz und tiefgrau. Mir war bewusst, dass ich in diesem eisigen Element nicht weniger als mein Leben riskierte. Doch was tut ein treuer Diener seines Herrn nicht alles, um seinen Auftrag auszuführen und den in ihn gesetzten Erwartungen gerecht zu werden? Er gebraucht manchmal und nur ausnahmsweise sogar seinen Verstand. Höchste Zeit für meinen unterkühlten Körper, sich ein zweites Mal dieser ausgefallenen Methode zu bedienen.

Das erste Grübeln des heutigen Abends hatte mich auf die Idee gebracht, die Beute an der einzig anderen Stelle zu suchen, die die Möglichkeit bot, sie im Wasser zu versenken, nämlich im Mühlteich. Also hatte ich mich in dem Bewusstsein, dass alle Feinde in meiner Nähe entweder tot oder sicher verwahrt waren, alleine hierher begeben, um die Probe aufs Exempel zu machen.

Der Gedanke, hier nach dem Gold zu fischen, war bestimmt nicht schlecht, doch hätte er besser konsequent zu Ende gedacht werden sollen. Fazit: kein auch nur halbwegs vernünftiger Räuber hätte das Gold so im Teich versenkt, dass er im Eiswasser danach hätte tauchen müssen. Denn dies hätte er obendrein in einer Situation tun müssen, in welcher der Tod Conrads ungeklärt und das Gold auch weiterhin verschwunden geblieben wäre, sodass die Schurken selbst nach Aufhebung des Arrestes keinen Schritt ohne misstrauischste Beobachtung hätten tun können.

Das Gold musste daher hier im Teich liegen, doch so, dass man es schnell und ohne Mühe bergen konnte.

Diese Erkenntnis versetzte mein Blut derart in Wallung, dass die Wirkung einem heißen Bade gleichkam. Ich unterstützte meine Wiederbelebung, indem ich mich abtrocknete, in meine Kleider schlüpfte und am Ufer so lange wie ein flüchtender Frosch auf und ab hüpfte, bis mein Körper seine volle Einsatzfähigkeit wiedererlangt hatte. Noch mehr erhitzte sich mein Blut allerdings durch den Gedanken daran, dass mich der widerwärtige Pankratius so sehen und diese Geschichte im Kreise der übrigen bischöflichen Speichellecker zum Besten geben könnte. Nachdem mich ein ausgiebiger Rundumblick überzeugt hatte, dass ich zu dieser nächtlichen Stunde tatsächlich der einzige Mensch weit und breit war, begann ich, mit der stumpfen Seite der Klinge meines Rapiers um die ins Wasser ragenden Wurzeln der Kopfweiden herumzustochern.

Es dauerte nur wenige Momente und ich konnte einen dünnen, im trüben Wasser unsichtbaren Faden anheben, der dicht unter der Oberfläche um eine Wurzel geschlungen war. Ich wickelte ihn auf und hielt nach einigen Metern das Ende eine festen Leine in der Hand, das mit dem Faden verknotet war. Schlaue Teufel, diese Mörderbrut! Und ich Dummkopf brauchte erst einen Tauchgang im Frostmeer, um auf ihre Schliche zu kommen

Beflügelt von meinem Erfolg zog ich weiter und hatte bald darauf die ersten fünfhundert Gulden vor mir. Sie mussten Laken und Ähnliches in kleinere Stücke zertrennt, das Geld darin eingewickelt und diese Beutel im Abstand von zwei Ellen mit der Leine verzurrt haben. Das brachte den Vorteil, Gewicht und Umfang der Beute zu verteilen, was sowohl ihr Verbergen als auch das anschließende Bergen sehr erleichterte. Schlaue Teufel, wie gesagt.

Doch seid gewiss, meine vertrauensvollen Zuhörer, Euer Freund Frederik stand der Schurkenbande an List in nichts nach, wenn ich auch nicht verhehlen will, dass zu ihrer gänzlichen Entfaltung ein erfrischendes Bad vonnöten gewesen war.

Ich fischte noch etwas Geld an Land und ließ mich für Minuten in der Vorstellung treiben, mit dem ganzen Schatz zu verschwinden und mit Zenobia weit weg von Münster in einem fremden Land und unter einem anderen Namen ein neues Leben zu beginnen. Aber dieses würde nur kurz sein, denn irgendwann würde mich die Rache des Fetten einholen, und mein Nachfolger, jünger, geschickter und besser als ich, würde einem alten und aus der Übung gekommenen Frederik die Kehle durchschneiden.

Deshalb senkte ich schweren Herzens die Leine, an der mehr Gold hing als sonst Wäsche in der Sonne, wieder in den Teich. Das Glucksen, mit dem alles versank, wurde nur von meinem Seufzer der Enttäuschung übertönt, getragen von wahrer Inbrunst und einer bei mir eher seltenen Aufrichtigkeit.

* * *

Am nächsten Morgen wurde die Leine von den Männern des Herrn von Crange eingeholt. Ich stand ihnen keinesfalls misstrauisch gegenüber, zumal sich unser Gastgeber in jeder Lage als ein Mann von Ehre und höchster Integrität erwiesen hatte. Aber galt das auch für seine Leute? Schließlich wusste ich nur zu gut, wie schnell die Aussicht auf einen unverhofften Zuwachs an Vermögen den menschlichen Charakter verbilden konnte. Sollte ich in dieser Hinsicht jemals zu leichtsinnig oder blauäugig denken, bräuchte ich mir immer nur mich selbst vor Augen zu führen, um in Windeseile in die Realität zurückzufinden. Deshalb hatte ich, schon zu meiner eigenen Rückversicherung dem Bischof gegenüber, alles unter die Aufsicht von Dirk Hillink gestellt, dem sich Ossenstert aus reiner Kameradschaft angeschlossen hatte.

Ich zog es derweil vor, mich mit unserem überaus gut gelaunten Gastgeber, an dem im Hinblick auf Conrads Tod nun nicht der Schatten eines Verdachts der Unredlichkeit hängen bleiben würde, in einem Disput darüber zu ergehen, ob zu Geflügel immer ein trockener Weißer oder nicht auch bisweilen ein leichter Roter zu reichen sei. Das war mir weitaus lieber, als von meiner Trotteligkeit zu berichten, nachts in eisigem Wasser herumzuplanschen, statt vorher nachzudenken. Deshalb ersparte ich mir die Offenbarung meiner heimlichen Blamage und brachte in unsere Unterhaltung lieber eine dritte Sorte Wein ein, einen Rosé, den ich einst am Hofe in Würzburg genossen hatte. Und, welches Glück, auch diese Variante fand sich in den Vorräten des Hauses. Um unser Gedächtnis an vergangene Genüsse nicht überzustrapazieren, ließen wir uns klugerweise gleich die entsprechenden Sorten – und einige mehr – aus dem Keller bringen.

Dergestalt in beste Stimmung versetzt, konnte mich nicht einmal die Nachricht von Hillink persönlich erschüttern, beim Durchzählen des Goldes sei man nur auf 12.006 Gulden gekommen, sechs davon hatte man in seichter Ufernähe entdeckt. Dieses erklärte sich meines Erachtens leicht durch den Umstand, dass zehn Fetzen Stoff gefunden worden waren, die selbstverständlich nichts mehr enthielten. Die in Eile geschnürten Beutel hatten sich im Wasser gelöst, das schwere Gold war herausgefallen und im Schlamm des Teichgrundes versunken. Zwar erbot sich der Graf sogleich, einen besonders guten Schwimmer aus dem Dorf holen und nach dem restlichen Gold tauchen zu lassen, doch lehnte ich dies im Namen des Bischofs dankend ab. Bei einer solchen Kälte und den vermutlich äußerst schlechten Sichtverhältnissen – dass ich weiter beharrlich verschwieg, auch insoweit aus dem reichen Schatz eigener Erfahrung schöpfen zu können, versteht sich von selbst – würde ein Herumwühlen im Ungewissen das Metall nur noch tiefer in Schlamm und Finsternis sinken lassen. Besser, man wartete auf günstiges Wetter und ließe einstweilen den Teich unter Aufsicht stellen.

Dies schien allen Anwesenden ein weiser Vorschlag zu sein, und nachdem sich meine übrigen Ideen ja auch auf wunderbare Weise als richtig erwiesen hatten, verging der Tag wie im Fluge damit, dass ich wieder von allen ob meiner erstaunlichen Klugheit gebührend gefeiert und beglückwünscht wurde.

Und als sich endlich der Himmel verdunkelte, stand mir nur noch der Sinn danach, mir in intimstem Rahmen auch ein Lob von dem Menschen abzuholen, dessen Meinung ich vor allen anderen am meisten schätzte, nämlich von mir selbst. Deshalb bat ich den Herrn von Crange um einen Krug seines besten Weines und einen Becher seines französischen Branntweins und fand mich, schon ein wenig unsicher auf den Beinen, mit diesen beiden zuverlässigsten Begleitern meiner stillen Stunden in meiner Kammer ein.

Zuerst ließ ich den kühlen Rebensaft über meine Zunge gleiten, während die Abenteuer der letzten Tage an meinem geistigen Auge vorüberzogen. Jetzt erst fiel die innere Anspannung endgültig von mir ab und große Zufriedenheit stellte sich ein. Doch als ich diesen, zugegebenermaßen nicht zu voluminösen Krug geleert hatte und schon zu der flüssigen Köstlichkeit aus der Armagne übergewechselt war, bekam die Fassade meines Rundumwohlbefindens die ersten Risse. Diese verästelten und verstärkten sich, je mehr in meinem Kopf sich einzelne Szenen verfestigten, die in den verborgenen Winkeln meines Gehirns von mir mit unbewusstem Gleichmut so lange zurückgedrängt worden waren, bis sie nun in der Leichtigkeit eines mittleren Rausches nicht länger gebändigt werden konnten.

Ich war nicht der Mann, der sich einen Fall leichterhand mit zweifelhaften Argumenten passend machte, um sich endlich anderen Dingen zuwenden zu können. Mag man über meine Person und meinen Charakter durchaus geteilter Meinung sein, so wird mir niemand absprechen können, den Dingen mit aller Macht auf den Grund gehen zu wollen, war ich erst einmal mit einer Sache befasst.

So ließ mir das Bild des toten Wullenweber keine Ruhe, wie er so in seinem eigenen Blut dalag. Irgendetwas hatte mich an dieser Szenerie gleich gestört, doch hätte ich nicht zu sagen vermocht, was. Ich hatte auf dem Ritt nach Crange schon den einen und anderen Gedanken darauf verwandt, ohne zum Kern des Problems vordringen zu können. Die Logik hatte mir nicht weitergeholfen. Es war vielmehr ein ungutes Gefühl aus meinem Innersten heraus, das ich mir in all den Jahren angeeignet hatte, in denen ich mich auf meinen Missionen am Rande des Abgrunds sowie auf des Messers Schneide bewegt hatte. Und genau dieses Gefühl, Logik hin oder her, hatte mich stets vor Fehlern bewahrt, letztlich zum Ziel geführt und mir vereinzelt sogar das Leben gerettet.

Deshalb gab ich ihm auch jetzt wieder nach und konzentrierte mich mit branntweinbeflügeltem Sinn auf das immer schärfere Konturen annehmende Bild des gemeuchelten Beraters. Und während ich den letzten Schluck Armagnac in meinem Becher kreisen ließ, sodass sich der Kerzenschein in quecksilbrigen Lichtpunkten auf seiner Oberfläche brach, ging endlich auch mir ein Licht auf.

Ich könnt Euch sicher leicht ausmalen, meine mitdenkenden Freunde, welch entgeistertes Gesicht mein Gastgeber gemacht haben muss, als ich nach diesen erlesenen Tränken plötzlich um einen simplen Krug Wasser ansuchen ließ. Doch auch dieser wurde ohne Umschweife und, weitaus begrüßenswerter, ohne dumme Fragen gebracht.

Nachdem der Diener wieder gegangen war, verbarrikadierte ich die Tür, leerte einen Teil der Flüssigkeit auf den Boden und zog mich nackt aus. Dann legte ich mich so in die kleine Pfütze, wie ich nach meiner Erinnerung Wullenweber in seinem Blut auf dem Boden des Bauernhauses vorgefunden hatte. Dann versuchte ich, die Finger meiner rechten Hand in das Wasser zu tauchen. Doch so sehr ich mich auch bemühte – ohne die Lage des Körpers zu verändern, wollte mir dies nicht gelingen. Weder reichte ich mit den Fingerspitzen an die imaginäre Wunde in meinem Rücken heran, noch gelang es mir, sie in die Lache auf meiner linken Seite zu stippen, ohne dabei breitflächige Wischer auf dem Untergrund zu hinterlassen, wie sie im Bauernhaus nicht zu entdecken waren. Nach fünf vergeblichen Anläufen und einem beginnenden Krampf in der Schulter gab ich auf.

Ich trocknete mir die linke Seite ab und legte mich so, wie ich war, ins Bett, die wärmende Decke bis ans Kinn gezogen. Die Grübelei über das soeben gewonnene, aber mit etlichen Vorbehalten behaftete Resultat hielt mich noch lange davon ab, in den Schlaf zu sinken. Denn eines wusste ich nun mit tödlicher Gewissheit: Ich würde auf dem Rückweg äußerst vorsichtig sein müssen.

Diese Befürchtung beschäftigte mich so, dass ich trotz aller Ermattung nicht in den erholsamen Schlaf finden konnte, sondern mich in einem Gedankenwirrwarr herumwälzte, bis mein Kopfkissen ebenso zermartert war wie mein Gehirn. Da konnte ich genauso gut aufstehen und mich an die Umsetzung der Pläne machen, die für meine Zukunft und in erster Linie dafür, dass es für mich überhaupt eine geben würde, unverzichtbar erschienen.

Ich kleidete mich notdürftig an und begab mich zur Kammer der Italiener. Die Wache vor der Tür wusste um meine Befugnisse und verzog keine Miene, als ich mit den Worten anklopfte: »Hier ist der Erretter Eures Lebens und Bewahrer Eurer Geheimnisse. Er bietet Euch die Gelegenheit, Euch erkenntlich zu zeigen.«

Versuchung

Trotz der uns erwiesenen herzlichen Gastfreundschaft fiel mir der Abschied von Crange nicht schwer. Ich wusste, dass, um dieses Drama zu seinem Ende zu bringen, noch ein letzter Akt gespielt werden musste, dem ich nicht ausweichen konnte. Und die unvermeidbaren Dinge dieses Lebens regelte ich am liebsten ohne Umschweife.

Dirk wollte ebenfalls schnell zurück, um zu sehen, wie es um die Genesung seines Bruders bestellt war. Und sogar Ossenstert, der nicht viel Zeit gefunden haben konnte, sich um die Gunst der Mägde zu bemühen, plädierte mit komisch bekümmertem Gesicht für einen baldigen Aufbruch. Dass er sich dabei gedankenverloren die linke Wage rieb, machte meine Vermutung nicht unwahrscheinlich, dass sein Versuch, seine diesbezüglichen Ambitionen in die Tat umzusetzen, handfest zurückgewiesen worden war.

Also hatten wir uns aus der Burgküche für die Reise verproviantiert und dann die Abschiedszeremonie, so rasch es die Höflichkeit gestattete, hinter uns gebracht. Ein Tag war allerdings noch ins Land gegangen. Als Entschädigung dafür, dass wir die DellaCroces zu Unrecht festgehalten und dadurch in große Gefahr gebracht hatten, hatten wir sie diesen einen Tag vor uns ziehen lassen, um unser Versprechen einzulösen, die Reise hinter ihnen abzusichern und darauf zu achten, dass sich nicht ein zweiter Dieb der Seelen an ihre Fersen heftete.

Die Burmanns und Jazir waren im Burgverlies wohlverwahrt. Die beiden Landsknechte wussten, dass sie auch bei gutem Sold nicht so ein herrliches Dasein würden führen können wie als Gäste des Herrn von Crange, der sie für ihren Zwangsaufenthalt ebenfalls zu entschädigen trachtete. Die Italiener waren, wie gesagt, schon am Vortag aufgebrochen. Und da ansonsten niemand Neigung zeigte, noch länger zu verweilen, brachen Hillink, Ossenstert und ich mit drei Packpferden, auf denen wir neben unseren Habseligkeiten das in Satteltaschen verpackte Gold mitführten, in Richtung Norden auf.

Es war kühl, aber trocken. Die Straßen waren gut passierbar, und auch dort, wo der Weg aus nichts anderem als einer ausgefahrenen Karrenspur bestand, kam man noch zügig voran. Ich hatte daher die begründete Hoffnung, unser Ziel noch am selben Tag zu erreichen. Das wäre trotz eines schlechten Reiters wie Ossenstert sicher auch gelungen, wäre Hillinks Pferd nicht auf halber Strecke in eine unrunde Gangart verfallen, die sich derart verschlimmerte, dass es schließlich kaum mehr den Schritt halten konnte.

Die Laune des Schicksals wollte es, dass wir zu diesem Zeitpunkt bereits die Stelle passiert hatten, an der wir vor einigen Tagen dem Hinterhalt knapp entronnen waren. Da Hillinks Untersuchung des Pferdes ergeben hatte, dass sein Lahmen von einem tief in die rechte Vorderhand eingetretenen Stachel herrührte und das Tier ohne ausreichende Behandlung und Ruhepause die Ausläufer von Münster nicht erreichen würde, drängte sich uns das Bauernhaus, in dem Wullenweber den Tod gefunden hatte, förmlich auf. Da sich überdies inzwischen am Horizont eine Wand aus grauen Quadern aufgebaut hatte, die sich mehr und mehr verdunkelte, bis schwefelgelbe Blitze aus ihr hervorzuckten, blieb uns gar keine andere Wahl. Dabei konnten wir noch froh sein, das Haus kurz vor dem Herniedergehen eines schweren Wolkenbruchs erreicht zu haben.

Wir hatten es gerade geschafft, die Pferde im Stall unterzubringen und ihre kostbare Fracht in die Stube mitzuschleppen, als eine scharfe Böe die Tür hinter uns zuknallte und der mit einem Donnerschlag einsetzende Sturm an den in ihren Verriegelungen ratternden Läden rüttelte. Gleichzeitig fuhr sensengleich ein Graupelschauer über das Land, der die Festigkeit des Daches einer harten Probe unterzog und mit seinem Trommeln eine Unterhaltung beinahe unmöglich machte. Blitz auf Blitz jagte über den Himmel, bis ihnen kein Getöse mehr folgte und nur noch ein tonloses Wetterleuchten weiter im Westen auszumachen war. Der peitschende Eisregen war zu einem schwindsüchtigen Nieseln verkommen, das auf tückische Weise jeden Reisenden unmerklich, aber unausweichlich bis auf die Haut durchnässen würde. So hatte die Witterung die endgültige Entscheidung für uns getroffen, dass wir Wolbeck erst am nächsten Tag wiedersehen würden.

Während Ossenstert ein Guckloch in die beschlagene Scheibe wischte, in den Zorn der Natur starrte und dabei die Notwendigkeit beklagte, nun einen Tag länger den Beschwernissen einer Reise ausgesetzt zu sein, hatte der praktisch veranlagte Hillink ein Feuer im Kamin entfacht und ein Säckchen mit getrockneten Erbsen aufgetrieben, sodass wenigstens eine warme Mahlzeit für uns gesichert war.

Ich selbst nutzte die Zeit, es mir am leeren Tisch leidlich bequem zu machen und die Szenerie vor mein geistiges Auge zu rufen, die sich mir bei meinem letzten Besuch an dieser Stelle geboten hatte. Wullenwebers Leiche, auf deren Existenz nur noch ein rotbrauner Fleck auf dem Boden hindeutete, und das nun weggewischte Zeichen des Bundschuhs verdrängten dabei alle anderen Bilder. In meinem

Sinnieren glitten meine Finger wie von selbst den Maserungen der rohen Holzplatte nach, bis ich mich dabei ertappte, einen unsichtbaren Stiefel auf den Tisch zu zeichnen.

»Tu mir einen Gefallen, Johannes, und sieh nach dem verletzten Pferd. Ich möchte sichergehen, dass morgen die Weiterreise nicht gefährdet ist. Unsere Fracht ist zu kostbar, als dass ich sie lange ohne Bedeckung wissen will.« Bevor er mir schmollend mit einer Einwendung kommen konnte, versprach ich ihm, dass nach getaner Arbeit jede Menge Suppe auf ihn warten würde. Dann hatte ich ihn endlich aus der Schusslinie.

Als wir alleine waren, fragte ich Hillink: »Was meinst du, ist deine Suppe es wert, dass man darauf wartet?«

Dirk zuckte in gespielter Verlegenheit die Schultern. »Oh, bis zum Leibkoch eines Fürsten werde ich wohl kaum aufsteigen. Beschwert hat sich über meine Künste andererseits aber noch niemand.«

»Dann will auch ich meinen Magen deiner Kunstfertigkeit anvertrauen. Doch wie wäre es mit einer kleinen Verfeinerung? Gibt man nicht, namentlich ihr da oben an der Küste, manchmal etwas Fisch dazu?«

Ich wusste, dass Dirk, selbst ein kluger Kopf, großen Respekt vor meinem Verstand hatte. Jetzt aber sah er mich an, als wäre ich nicht recht bei Trost. »Fisch? Fisch zu einer Erbsensuppe ... buä! Nicht einmal mein Bru...«

Dann machte sich ein Lächeln auf seinem Gesicht breit, wobei mir das Flackern in seinen Augen und sein verstohlener Blick zur Decke nicht verborgen blieben. »Ach so, ich verstehe. Du meinst, weil mein Bruder diese abartige Essgewohnheit hat, dass sich allen anderen schon vom Zusehen der Magen verbiegt? – Oh nein, er ist damit auch bei uns im Norden die große Ausnahme.«

Ich lächelte ebenfalls. »Nicht nur vom Zusehen, schon vom Riechen. – Du kannst ihm übrigens sagen, dass er herunterkommen soll. Ich hab ihn nämlich gleich beim Betreten des Raumes gewittert, den stinkenden Stockfisch.«

Für einen Moment tat sich nichts, dann hob sich leise knarzend am Treppenende die Luke in der Decke.

»Wie sollte es denn nach eurem Plan weitergehen? Wolltet ihr Johannes und mir heute Nacht den Schädel einschlagen und mit dem Gold verschwinden?«

Die Klappe wurde mit einem Knall zurückgeschlagen und Klaas Hillink kam langsam die Stufen herab. Die eine kleine Armbrust zielte gespannt auf meinen Körper, die andere hing griffbereit an seinem Gürtel. Auch er lächelte, aber es lag wenig Freude darin. »Wie bist du uns draufgekommen?«

»Lass die Suppe nicht verkochen, Dirk, es wäre schade drum. – Oh, da gab es einige Punkte, die auf euch hingedeutet haben. Und wäre mir nicht der Dieb der Seelen dazwischengekommen und diese Mörderfamilie Burmann, dann wär die Sache längst ausgestanden.«

Es gefiel mir, unseren Reisegefährten Ossenstert nachzuahmen, indem ich mich bemühte, auf seine Weise zu dozieren. »Primo, auch ich weiß, dass Fisch nicht zur Erbsensuppe passt, und schon gar nicht hier im Westfälischen. Trotzdem war das Letzte, das meine Nase kitzelte, als ich Wullenweber beobachtete und von hinten niedergeschlagen wurde, der Duft einer frischen Erbsensuppe vermischt mit diesem unverwechselbaren Odeur, das nur ein Klaas Hillink verströmt. Secundo, ich habe Wullenwebers Lage nachgestellt. So, wie er verletzt worden war, konnte er mit seiner rechten Hand – die linke war ohne Spuren – weder an die Einstichstelle noch an die Blutlache heranreichen. Et tertio, der angebliche Bundschuh als Hinweis auf den Mörder war kein Bundschuh, sondern viel eher die Fußbekleidung eines Fischers. – Aber hauptsächlich: Wo, zum Teufel, bleibt meine Suppe?«

Klaas war während meiner erhellenden Ausführungen die Treppe herabgekommen und hatte mir gegenüber an der anderen Stirnseite des Tisches Platz genommen. Er und sein Bruder verstanden sich blind. Es bedurfte daher keines besonderen Zeichens, dass Dirk, während Klaas die Armbrust unverwandt auf mich gerichtet hielt, mir von hinten in den Gürtel griff, Rapier und Dolch herauszog und zu unserem Gepäck legte, in dem auch meine beim Reiten hinderlichen Pistolen steckten. Danach brachte er mir zu meinem nicht geringen Erstaunen tatsächlich einen Teller Suppe.

Sie ließen mich auch in Ruhe aufessen. Erst dann richtete Klaas das Wort an mich. »Du kannst dies als deine Henkersmahlzeit betrachten, wenn du nicht auf unseren Vorschlag eingehst.«

Ich war satt und schob den Teller von mir. »Und der wäre?«

»Wir sind keine Unmenschen. Wir haben nichts gegen euch. Ich denke da an die vielen gemeinsamen Jahre, deshalb werden wir dir und Ossenstert sogar fünfzig Gulden abgeben. Dann verschwinden wir, und ihr vergesst uns. Ansonsten nehmen wird alles, nachdem wir euch ... nachdem wir euch daran gehindert haben, uns zu verfolgen. Wie gesagt, es ist nichts Persönliches. Aber solche eine Chance bietet sich nur einmal im Leben.«

»Hm, hm, fünfzig Gulden und unser Leben obendrein. Sehr generös von einem Mörder, vor allem, wenn ich ...«

»Wieso Mörder, wer soll hier wen ermordet haben?«

»... vor allem, wenn ich bedenke, was der Bischof mit mir machen wird, wenn ich mit großzügig bemessenen fünfzig Gulden in der Hand vor ihn trete und ihm verrate, wie ich mir den schäbigen Rest habe abnehmen lassen. – Aber lass mich doch meine Geschichte zu Ende führen, dann wirst du mich verstehen. – Und danach werde ich euch ein Angebot machen. – Aber zu allererst ...«, dabei stand ich auf und ging langsam unter den misstrauischen Blicken der Brüder in den toten Winkel zwischen Fenstern und Tür, »... sollten wir einen Mann kennen lernen, der mit seinem Wissen die Lücken im Ablauf des Geschehens schließen und kundtun kann, ob meine Annahme richtig ist, dass du, Klaas Hillink, Wullenwebers Mörder bist.«

Langsam, sehr langsam öffnete sich die Haustür einen Spaltbreit und Hillinks Hand mit der Waffe schwenkte wie von der Bewegung magnetisiert in diese Richtung. Im selben Moment zersplitterte die Scheibe rechts von ihm und ein gedrungener Bolzen, geschaffen für die Sauhatz, knirschte in seine Schulter. Im zackigen Kranz des Fensters war der lange Südmersenbruder zu sehen, wie er mit dem Hebelspanner und einem neuen Bolzen seine Armbrust in zwei Wimpernschlägen wieder einsatzbereit machte. Durch die Tür war der Bunte Mann ins Zimmer gesprungen, der eine Pistole mit glimmender Lunte auf Dirk gerichtet hielt, und durch das Fenster auf der gegenüber liegenden Seite kletterten zwei mit Kurzschwertern bewaffnete, mir unbekannte Kerle herein. Als sie bei Dirk Aufstellung genommen hatten und ihn mit den Klingen in Schach hielten, erkannte ich in dem älteren den Besitzer des Hofs, den Bauern Südmersen. Der jüngere musste aufgrund der frappanten Ähnlichkeit sein Sohn sein.

Die Tür schwang noch einmal auf und herein trat mein Freund Ossenstert, vorsichtig und voller Skepsis, was die wahrhaft geschwinde Überrumpelung zweier so erfahrener Kämpfer wie der Gebrüder Hillink anbelangte.

Das Weitere lief ohne viel Gerede ab. Dirk wurde gefesselt und in eine Ecke verfrachtet, wo er vom Sohn Südmersen bewacht wurde. Bei Ossenstert überwog sehr schnell seine mitleidige Natur und er kümmerte sich ungefragt um die Wunde von Klaas, den die Wucht des Treffers zu Boden geschleudert hatte und der nur mühsam auf einen Schemel beim wärmenden Feuer geklettert war. Alle übrigen, die stundenlang und nass wie die Schermäuse auf der Lauer gelegen hatten, waren vernünftig genug, sich zunächst so gut wie möglich zu trocknen und sich dann der Suppe von Dirk zuzuwenden, für die sie ihm unter Gelächter so manches Lob zukommen ließen. Besonders gefreut hat es ihn allerdings nicht.

Nachdem der Bauer aus einem Versteck auch noch einen Krug mit Branntwein und ein Fässchen mit Bier auf den Tisch gebracht hatte, war die Zeit für meinen großen Auftritt gekommen.

»Mit Rücksicht darauf, dass die Aufnahmefähigkeit des lieben Klaas ein wenig eingeschränkt zu sein scheint«, wie zu meiner Bestätigung kam von ihm ein kaum verhohlenes Ächzen, denn Ossensterts Behandlungsmethode war sicherlich nützlich, jedoch nicht schmerzfrei, »will ich gleich zum Kern der Sache vorstoßen, nämlich zu der Person des hochgestellten Wullenweber, der auf so unrühmliche Weise von uns gegangen ist. Was tat ein Mann wie er an einem Ort wie diesem, halb Bauernhof, halb Herberge? Noch dazu in einer Zeit, in der den Bischof nichts außer einem Sieg über die

Wiedertäufer interessierte und er deshalb jeden seiner Berater und Anführer um sich, zumindest aber jederzeit greifbar wissen wollte? Freiwillig hätte er Wullenweber bestimmt nicht aus seiner Nähe gelassen. Also, was war so wichtig, dass sich der pflichtvergessene Berater heimlich entfernte, den Zorn des fetten Franz und damit sein Leben riskierte und hierher kam? Nun, mir fällt kein besserer Grund ein als 15.000 Goldgulden. – Da werdet ihr mir doch sicher Recht geben, meine einst so treuen Weggefährten. Ihr hättet euch ja sogar mit 12.006 Gulden begnügt ... oh, verzeiht, ich vergaß, abzüglich weiterer so großherzig offerierter fünfzig Gulden für Ossenstert und mich. Aber tröstet euch, ihr wart nicht die einzigen Schurken in diesem Spiel. Bei einer solchen Summe werden ganz andere schwach, selbst ein Berater des Fürstbischofs. Die Entscheidung, entweder weiterhin Franzens Launen ausbaden zu müssen, oder in fremdem Land mit fremdem Namen leben zu müssen, dabei aber aus einem wahren Schatz schöpfen zu können, wird ihm nicht schwergefallen sein.«

Während ich in meiner bevorzugten Art im Zimmer auf und ab ging, waren nur das Geräusch meiner Schritte, das Knistern im Kamin und ein gelegentliches Stöhnen von Klaas Hillink zu hören, von der übrigen Welt abgeschirmt durch den Vorhang eines kaum merklichen, nieseligen Regens. Ich war mir bewusst, dass zumindest ein Teil meiner Geschichte für jeden hier Anwesenden neu war, sodass ich mir der ungeteilten Aufmerksamkeit meines Publikums sicher sein konnte.

»Ich glaube, dass es Wullenwebers ursprünglich Plan war, Conrad auf der Reise spurlos verschwinden zu lassen. Damit wäre ein Sündenbock geschaffen gewesen und er hätte gleichzeitig den Vorteil gehabt, noch eine Weile am Hofe bleiben und sich erst dann entfernen zu können, wenn niemand auch nur den geringsten Verdacht gegen ihn hegen würde. Doch als ihm seine Späher berichteten, dass Conrad nicht alleine reiste, sich sogar noch zwei Landsknechte in der Reisegesellschaft befanden, war er gezwungen, einen viel größeren Aufwand zu treiben als vorgesehen. Zur Erreichung seines Ziels tat er zweierlei: Kraft seiner Machtposition befahl er Südmersen, den so günstig an der Straße nach Norden gelegenen Herbergshof für eine gewisse Zeit zu räumen, wobei er ihn wahrscheinlich mit einer kleinen Entschädigung zu beschwichtigen suchte.«

Das Kopfnicken des älteren Mannes, der Dirk bewachte, bestätigte die Richtigkeit meiner Folgerung.

»Zweitens ließ er durch seine Kreatur, den Mann mit der sternförmigen Narbe, einen Hinterhalt legen. Ich wette, hätte er den Schatz an sich gebracht, er hätte kein Mitglied der Bauersfamilie am Leben gelassen, um alle Risiken auszuschließen. Alles war vorbereitet, um für das Gold mehr Leute umzubringen, als ein Mensch Finger an beiden Händen hat, als die Nachricht von Conrads Tod kam. Wullenweber muss vor Wut fast geplatzt sein, als er erfuhr, dass ihm jemand bei dem Gold zuvorgekommen war. Aber noch war nicht alles verloren. Brächte später ein anderer das Gold, würde es eben diesem armen Kerl so ergehen, wie Conrad zugedacht. Was mir persönlich verständlicherweise am wenigsten gefällt, denn Conrads Nachfolger bin ich. Er brauchte nicht einmal groß umzudisponieren, weil mich der Narbige vom Ansehen her kannte, das neue Ziel also leicht auszumachen war. – Aber dann nahmen die Dinge eine gänzlich andere Wendung, weil Südmersen dem Braten nicht traute. Zu wenig bischöfliche Uniformen in der Nähe, zu viel Gesindel auf seinem Hof, zu viel Heimlichkeit – war es so?«

Wieder kam das Nicken aus der Ecke.

»Deshalb wandte er sich an seinen Bruder, der, wie ich vermute, immer schon mit den Ideen des Bundschuhs geliebäugelt hatte und überzeugt davon war, dass die Obrigkeit den Bauersmann immer nur über das Ohr hauen wird – richtig?«

Der lange Südmersen grummelte auf meinen fragenden Blick: »Wenn den hohen Herrn die Laune reitet, wird er dir die Hand hinhalten, um dich aus dem Sumpf zu ziehen, aber nur, um dich gleich wieder an einer tieferen Stelle mit einem Arschtritt hineinzuschleudern.«

Der Bunte Mann ließ dazu von seinem Platz an der Tür ein wissendes Lachen hören und feine Falten umtanzten seine sprühenden Augen. »Wären doch alle Bauern so weise wie dieser, die Herrschaft wäre längst eine andere.«

Ich konnte hier keinen Disput über Fragen revolutionärer Umwälzung gebrauchen und wiegelte daher ab. »Sei es, wie es sei, jedenfalls kam der Bruder, forschte und beobachtete. Und er merkte sehr schnell, dass die Sache mächtig zum Himmel stank. Allein, durch bloßes Observieren erschlossen sich ihm die Zusammenhänge nicht, nicht einmal seinem erfahrenen Freund, von dem ich annehme, dass es sich bei ihm um ...«

Als ich mich wieder zu dem Bunten Mann umwenden wollte, war ich nicht wenig überrascht, seine Stelle leer zu finden. Der lange Südmersen bemerkte dazu gleichmütig: »Sein Name ist seine Angelegenheit. Er streicht über das Land wie der Wind, erfüllt seine Aufgabe und verschwindet wieder. Besser, wir Bauern würden zu ihm beten als zu einem Gott, der uns seit Ewigkeiten im Stich lässt. Vergesst zu unser aller Wohl, dass Ihr ihn getroffen habt.«

»Mir ist es gleich. Er hat mir ebenso geholfen wie Ihr und dafür bin ich dankbar. – Aber weiter. Ihr musstet also zu härteren Mitteln greifen, um der Sache auf den Grund zu gehen. Die beste Gelegenheit bot sich, als das Gaunerpack losgezogen war, um uns eine Falle zu stellen, und Wullenweber alleine zurückgelassen hatte. Von nun an vermischten sich die Ereignisse. Hillink und ich verloren uns bei dem Hinterhalt aus den Augen, schlichen uns getrennt hier an und lauschten auf verschiedenen Seiten des Hauses. Dabei muss mein einst so treuer Gefährte etwas von den 15.000 Gulden aufgeschnappt haben. Eine unvorstellbare Summe. Er wollte sich einen günstigeren Platz suchen und stieß dabei auf mich. Jetzt überschlugen sich seine Gedanken. Für alle Zeit ein armer Bischofsknecht bleiben? Mich einweihen auf die Gefahr hin, von mir als Abtrünniger ausgeliefert zu werden? Er musste sich in Sekundenschnelle entscheiden – und er entschied sich für das Gold. Er schlug mich nieder, dann ...«

Hillink wollte aufbegehren, doch ich schnitt ihm das Wort ab. »Ach, halt doch den Mund und spar dir deine Lügenmärchen. Ich hab den Fischgeruch heute noch in der Nase. – Er schlug mich nieder, täuschte einen Scheinangriff vor, der Südmersens Leute vertrieb, und erschien Wullenweber wie der rettende Engel, im rechten Moment geradeswegs aus dem Paradies herabgestiegen. Was die beiden ausheckten, weiß ich nicht. Wullenweber hatte sich unter der Folter als Verräter enttarnt und Hillink hatte dies mitangehört. Bot er ihm jetzt eine Beteiligung an? Hat Hillink ihm von der Vernichtung seiner Bande berichtet und schmiedeten die beiden Gauner ein neues Komplott? Wie auch immer,

Hillink erkannte jedenfalls schnell, dass er Wullenweber nicht brauchte. Außerdem, würde der zum Bischof zurückkehren, würde dieser wissen wollen, wo sein Berater gewesen war und was er getan hatte, wodurch Wullenweber zu einem großen Risiko geworden wäre. Würde der Berater aber untertauchen, musste mit einer umfassenden Suche gerechnet werden und Hand in Hand im allgemeinen Misstrauen mit doppelt und dreifach verstärktem Schutz für den irgendwann zu erwartenden Goldtransport. Nein, die sicherste Methode war zweifellos, einen toten Wullenweber zu liefern, und zwar auf eine Weise präsentiert, dass der Verdacht auf andere fallen musste. Wie gut, dass sich die Südmersens, die heimlichen Bundschuhler, bei Wullenwebers Verhör unbeabsichtigt als Prügelknaben angeboten hatten! Also wurde der Berater, nachdem ihm auch das letzte Geheimnis entlockt war, erstochen, und es musste nur noch die Spur zu dem Geheimbund der Bauern gelegt werden. Aber wie? Die Bauernkriege hatten im Süden stattgefunden, Hillink kam aus dem Norden. Es war obendrein alles lange her und er hatte nie die Fahne gesehen, unter der man sich versammelt hatte. Was blieb ihm in der kurzen Zeit also für eine Wahl? Er verließ sich auf sein Glück, präparierte Wullenwebers Finger der rechten Hand und kritzelte mit dessen Blut als letzten Hinweis eines Sterbenden auf seine Mörder ein Schuhwerk auf den Boden, das man nach seiner Hoffnung für den Bundschuh halten sollte. Pech, dass es eher der Stiefel eines Nordseefischers war statt der groben Sandale mit ihren herumflatternden Schnürbändern. – Es waren diese Mosaiksteinchen des Fischgestanks und der falschen Zeichnung, die mich veranlassten, mit einem Krug Wasser Wullenwebers Sterbeszene nachzustellen und das

Bild zu komplettieren, indem ich mir bewies, dass der Verletzte mit den Fingern gar nicht an sein eigenes Blut herankommen und das Gekritzel folglich auch nicht von ihm stammen konnte. Und damit kam nur noch der treue Bischofsknecht Klaas Hillink als Mörder in Frage. Der hatte inzwischen sein Garn weitergesponnen und sich überlegt, dass es das Klügste wäre, gar nicht mehr in Erscheinung zu treten und aus dem Verborgenen zu agieren. So wurde eine nicht nachprüfbare Verletzung des Schädelinneren simuliert, und sein Bruder und Komplize, den er bei unserer Rückkehr nach Wolbeck in alles einweihte, trat an seine Stelle. Der würde mich mit dem geborgenen Gold hierher in die Falle treiben, wo Klaas auf der Lauer lag und mit einem schnellen Bolzenschuss für das Ende sorgen sollte. Einen besseren Platz gab es einfach nicht, denn hier hatten die geheimbündlerischen Bauern ja schon Wullenweber ermordet. Jetzt hätten sie einen weiteren Diener des Bischofs auf dem Kerbholz. – Nur gut, dass ich beim Herrn von Crange nicht bloß seinen Krug mit Wein, sondern auch einen mit Wasser benutzt habe. Als ich endlich die Zusammenhänge durchschaut hatte, schickte ich die DellaCroces, die tief in meiner Schuld standen, als Boten voraus, um nun meinerseits mit Hilfe der Südmersens eine Falle stellen zu lassen, die prompt zugeschnappt ist. Ich danke euch erneut und versichere hiermit im Namen des Bischofs und vor Zeugen, dass euch seine Exzellenz keinerlei Schuld am Tod seines Beraters zuweisen, sondern euch im Gegenteil reich belohnen wird. Alles, was euch die DellaCroces durch mich versprochen haben, wird gewährt werden. Vielleicht wird diesmal sogar euer langer Bruder da erkennen müssen, dass es Fürsten gibt, die auch einem Bauern gegenüber ihr Wort halten. – Im Übrigen war ich froh, dass meine Vermutung richtig war, dass die Italiener euch auf diesem Hof oder in der Nähe finden würden. Wenn nicht, hätten sie mir beistehen müssen, und wer weiß, wie das ausgegangen wäre.«

Die lange Rede hatte meinen Hals stärker ausgedörrt als eine Parforcejagd in der Glut des Sommers. Ich kippte einen Becher Bier auf einen Zug in mich hinein und wartete sodann, bis das Gerede abebbte und die Südmersens Ossenstert alles, was ich ausgeführt hatte und in ihr Wissen gestellt war, als richtig bestätigt hatten.

Dann erhob ich wieder meine Stimme. »Nun zu *meinem* Angebot, Klaas und Dirk Hillink, dass ich gnädig mit Rücksicht darauf mache, dass Klaas mir bei dem Hinterhalt durch seine kluge Reaktion das Leben gerettet hat: Verpisst euch von hier, so schnell ihr könnt! Und wenn es geht, sogar noch schneller. Denn der Bischof wird euch jagen lassen wie tollwütige Füchse.«

Generalprobe

Damit wäre die Angelegenheit für mich und meinen Medicus erledigt gewesen, hätte uns der Bischof nicht als Belohnung eine Aufmerksamkeit eigener Art angedeihen lassen, auf die ich liebend gerne verzichtet hätte. Wir waren eingeladen, Zeugen der Hinrichtung der Mörderbande zu sein. Und wenn ich sage ›eingeladen‹, so heißt dies, dass es für uns kein Entrinnen gab. Darüber würde schon Pankratius wachen, sein Sekretär. Dieser schleimige Molch war von jeher neidisch auf mich gewesen und stets darauf bedacht, mich in der Gunst des Bischofs auszustechen. Meine Entschädigung für meine Pflicht zum Erscheinen war, dass er sich darüber schwarz ärgern würde, dass mir dieser Fall einen uneinholbaren Vorsprung verschafft hatte.

Also kam es, dass wir an einem warmen Sommertage, versorgt mit reichlich Essen und Trinken, zu den Klängen einiger Musiker in froher Runde in Wolbeck an den Fenstern des großen Saales saßen und auf das Schafott im Hof hinabblickten.

Außer der Mutter wollte der fette Franz zunächst auch den Sohn Burmann zum Tod durch das Schwert begnadigen, allerdings mit der Maßgabe, dass sie als letzte hingerichtet würden und sich den Tod des Kaufmanns und seines Gehilfen mit ansehen müssten. Doch da zeigte der milchgesichtige Jüngling unerwartete Festigkeit, indem er betonte, keiner Schonung zu bedürfen und wie ein Mann zu behandeln sei. So probierte denn an diesen dreien Franz eine Methode aus, die er im Jahre 1536 dem wieder unter die erzkatholische Fuchtel gezwungenen Volk von Münster als besonderes

Schauspiel bieten sollte. Nacheinander wurden Jan Bockelson, aus dem Jan van Leyden geworden war, Knipperdolink und Krechtink auf dem Prinzipalmarkt an einen Pfahl gekettet und der Henker riss ihnen jeweils etwa eine Stunde lang mit glühenden Zangen Fleisch aus dem Körper, bis er ihnen zum Schluss ein ebenfalls glühendes Messer ins Herz stach.

Ob den Sohn seine Entscheidung im Nachhinein reute, vermag ich nicht zu sagen. Immerhin schrie er nicht lauter als sein Vater.

Es war ein widerwärtiger Anblick, wie Franz mit denen verfuhr, die sich an seinem Gold bereichern wollten. Ein Wunder, dass mein Magen seinen Inhalt bei sich behielt. Aber wenn ich an den Tod Conrads durch ein glühendes Eisen dachte, musste ich einräumen, dass auch in diesem Fall zum Schluss der Kreis des Schicksals wieder rund geworden war.

Vor allem aber war ich heilfroh, dass ich meine Idee nicht in die Tat umgesetzt hatte, mir das ganze Gold unter den Nagel zu reißen.

III. EPILOG

((1536 / 1541))

Hauptdarsteller

Si tacuisses, philosophus mansisses. Nie traf dieser Satz auf jemanden besser zu als auf mich. Ihr zweifelt, meine Freunde, weil Ihr nichts von Sprichwörtern haltet und geneigt seid, sie in Eurem fröhlichen Gemüt und mit Eurem unbeschwerten Sinn als das Geschwätz alter Memmen abzutun? Dann sage ich Euch nur, weit gefehlt! Nehmt lieber noch ein anderes hinzu, nämlich: Der Teufel hat den Schnaps gemacht. Dann wisst Ihr, was die Wurzel meines Verderbens war.

Denn dem Schnaps, der in meiner neuen Heimat Jenever heißt, sprach ich zu, seit wir uns hier in Marken niedergelassen hatten. Zenobia, die mit den 2.994 Gulden (sechs hatte ich schweren Herzens im Schlamm von Crange zurücklassen müssen, um zu verdeutlichen, wie schnell sich ein Knoten lösen und das Gold versinken konnte – die anderen hatte ich von den dankbaren DellaCroces zu meiner Geliebten schaffen lassen) vorausgereist war, hatte uns ein gemütliches, grün gestrichenes Holzhäuschen gekauft, das sich in nichts von den Fischerkaten der Nachbarschaft unterschied. Da mögt Ihr zwar räsonieren, dass nach einem so gefahr- und verdienstvollen Leben wie dem meinen ein imposanterer Ruhesitz angemessen wäre, doch bedenkt: Wo versteckt man eine Kartoffel besser als in einem Sack voller Kartoffeln?

Außerdem, so hoch die Meinung auch war, die ich stets von mir selbst hatte, war ich nie der Typ, der Prunk und Protz wie eine Fahne vor sich her getragen hätte. Dass sich dies einmal auf eine höchst fatale Weise mit für mich schrecklichen Folgen ändern sollte, ist eben nur diesem teuflischen Schnaps zuzuschreiben.

Doch wirklich nur ihm – und nicht vielleicht doch zu einem erheblichen Anteil den Nachtmahren, die mich heimsuchten, als ich endlich der Überzeugung war, in mein Leben wären Frieden und Geruhsamkeit eingekehrt? Will ich bloß nicht wahrhaben, dass auch in mir so etwas wie ein Gewissen schlummerte, das um so heftiger geweckt wurde, je ruhiger mein Dasein verlief?

Und wenn Ihr mich jetzt fragt, meine Freunde, in welcher Nacht diese Träume begannen, so glaubt mir eines: Ich weiß es nicht. Ich weiß nicht einmal, warum sie kamen, aber irgendwann waren sie da. Ich habe lange gegrübelt und mir fällt keine andere Lösung ein, mag sie Euch auch noch so abwegig erscheinen: Es war die Sicherheit, in der ich mich befand, die Zufriedenheit, die Ruhe, das Glück, die das Fundament gegossen hatten. Und darauf war aufgebaut die unterschwellige Angst, alles wieder zu verlieren. Denn man hintergeht den fetten Franz nicht ungestraft.

Es waren die Traumbilder, die keinen direkten Bezug zu ihm hatten, und vielleicht gerade deshalb um so vieles furchtbarer waren als alles das, was mir hätte geschehen können. Ich hatte mir seinerzeit nie Gedanken darum gemacht, was die Konsequenzen meines Tuns waren und welche schrecklichen Dinge ich anderen Menschen angetan hatte. Erst, als alles das längst hinter mir lag, tauchten sie in beängstigender Form wieder vor mir auf und bohrten sich in meine Träume. Nicht nur die, die ich mit eigener Hand getötet hatte. Sie waren grauenhaft, verwest in ihren Gräbern, geschändet vom Gewürm, auf eine unheilige Art ihrer Wesenheit beraubt und zu moderndem Schleim verkommen. Diese faulenden Fetzen von Knochen und Fleisch hatte ich mir selbst zuzuschreiben. Schlimmer waren die, deren

Tod ich verursacht hatte, ohne sie zu kennen und ohne ihn zu wollen. Frauen, deren Männer ich, berechtigt oder zu Unrecht, umgebracht hatte, Kinder, deren Väter durch meine Hand gestorben waren, ohne dass ich an ihre Existenz auch nur einen Gedanken verschwendet hätte.

Sie kamen ganz allmählich, ohne sich mir aufzudrängen. Ein leeres Kindergesicht mit großen Augen, die nur starrten und keine Frage stellten. Eine Frau, die nur dasaß und die Hände rang, ohne mich dabei anzusehen.

Nach dieser ersten Nacht der Heimsuchung trank ich mehr, als gut für mich war. Ich redete zu laut, soff zu viel und lud zu viele Unbekannte zum Trinken ein. Als die alten Chimären dem Rausch gewichen waren, kamen die nächsten Gäste der Nacht.

Es waren die selbst gewählten, die man einmal in einer Laune auf einen Becher hergebeten hat und danach nie mehr los wird. Die auch noch dann da sind, wenn man sturztrunken am Tisch einschläft, die sogar morgens neben einem auf der Bank aufwachen, wenn der Wirt die Schenke fegen will. Schulterklopfer, Zuproster, Geschmeiß. Immer da, immer deiner Meinung, solange dein Geld reicht. Immer begierig, deine leichtfertig im Rausch offenbarten Geheimnisse in sich aufzusaugen wie ein Schwamm, um sie gegen klingende Münze eines Tages zu deinem Schaden aus sich herauswringen zu lassen. Und daher immer gefährlich, denn irgendwann konnte ich ihre Gesichter nicht mehr unterscheiden. Wer war Freund, wer Feind? Wobei selbst die als Freund eingestuften sich schnell ins Gegenteil verkehren konnten, wenn es um ihren eigenen Profit ging.

Dabei hatte ich doch alles so klug eingefädelt. Seid Ihr etwa tatsächlich darauf hereingefallen, dass der alte Frederik die Gebrüder Hillink hat laufen lassen, nur weil sie einst seine Gefährten gewesen waren und Klaas ihm das Leben gerettet hatte? Dann lasst Euch sagen, meine manchmal ein wenig zu naiven Freunde, dass ich sie in erster Linie entkommen ließ, weil sie der ideale Köder für Franzens Zorn waren. Solange sie auf der Flucht waren, würde mir niemand anlasten können, dass das fehlende Gold in meine, und nicht – falls es nicht doch auf dem Grund des Mühlteichs gelandet war – in die Tasche von Dirk Hillink gewandert war. Die Südmersens würden schweigen, weil sie nicht mehr als nötig mit Wullenweber in Verbindung gebracht werden wollten, und mein ewiger Kumpan Ossenstert sowieso. Joss Fritz war wieder untergetaucht und würde der Obrigkeit schon aus Prinzip nichts verraten. Also waren die Hillinks die offiziellen Schurken; denn warum sonst hätten sie sich davonmachen sollen?

Ein überaus gescheiter Plan. Ich hätte nur für alle Zeiten den Mund darüber halten müssen.

Ich konnte im Nachhinein nicht sagen, ob es ein Nachbar war, mit dem ich schon monatelang gezecht hatte, oder ein Neuankömmling, der an diesem Tag die Hafenkneipe zum ersten Mal betreten hatte. Ich wusste nicht mal mehr, wie viele es waren, die mir auf dem Nachhauseweg den Knüppel über den Schädel gehauen, geschweige denn, in wessen Auftrag sie mich überrumpelt hatten.

Sie hatten wahrhaftig einen günstigen Augenblick abgepasst. Schon seit Tagen hatte der anlandige Wind immer wieder Schnee vom Meer in das Dörfchen hineingedrückt und mit seinen heftigen Böen das Fischen erschwert, zeitweilig unmöglich gemacht. Mir konnte es egal sein, denn ich fuhr nicht selbst hinaus. Mein Anteil an Franzens Geld und das, was ich in den Jahren hier und da abgezwackt und auf die Seite gelegt hatte, war genug, um nicht nur das Häuschen zu erwerben, sondern hatte mir obendrein einen Anteil an einem beachtlichen Handelsschiff und an einem Heringskutter beschert, deren laufende Erträge Zenobia und mir den Lebensunterhalt sicherten. Wir hatten unser zweites Weihnachtsfest in der Fremde so glücklich verbracht, dass ich mich der Hoffnung hingab, meine Träume könnten endlich weniger werden und fröhlicheren Gedanken Platz machen.

Wahrscheinlich war es diese hoffnungsfrohe Stimmung, die meinen in Jahren der Gefahr gewachsenen Überlebensinstinkt ebenso überdeckte wie der Schneeteppich die Geräusche meiner Verfolger. Obendrein behindert durch die dicken Handschuhe und den pelzgefütterten Mantel, die ich zum Schutz gegen den klirrenden Frost trug, kam ich nicht einmal dazu, mich rechtzeitig umzudrehen.

Bis dahin war alles wie üblich verlaufen. Ich hatte getrunken, mehr getrunken und wie so oft versucht, mir meine heimlichen Beklemmungen von der Seele zu reden. Auf meinem kurz bemessenen Heimweg hatte ich zunächst noch die Schritte mehrerer Leute hinter mir gehört. Doch das war nichts Ungewöhnliches. Denn wenn ich genug hatte, machte der Wirt regelmäßig dicht, weil es dann für alle anderen erst recht langte, und wir räumten gleichzeitig das Feld. Wie üblich blieb ich mit meinen Stiefelspitzen an den ruppeligen Backsteinen des an manchen Stellen freigewehten Dammpflasters hängen, wie üblich vermied ich an anderen Ecken mit Glück und Routine, auszurutschen und in das Hafenbecken zu stürzen, wie üblich machte ich auf halber Strecke halt, um ins Meer zu pissen. Völlig unüblich bekam ich einen Schlag von hinten. Falls es noch weitere gab, spürte ich sie nicht.

Danach bestand meine Welt nur aus Dunkelheit und immerwährenden Stößen in mein Kreuz, die mir der ungepolsterte Boden eines schlecht gefederten Karrens verpasste. Für wie lange, war nicht zu erahnen. Ich konnte mich kaum bewegen, weil man mich im Wagen festgebunden hatte, und mein Atmen wurde behindert durch einen nach verpilztem Getreide stinkenden Sack, in dem mein dröhnender Kopf steckte. Tiefes Dahindämmern löste einen leichten Schlaf ab, und umgekehrt. Ich fror wie ein Schneider und fühlte mich wie ein Bär im Winterschlaf, über dem seine Höhle zusammengebrochen war und ihn verschüttet hatte. Mein einziges Glück war, dass ich vor meiner Entführung nichts gegessen hatte, sonst hätte ich mich nicht nur bepinkelt.

Als man – nach wie langer Zeit? – den Sack von meinem Schädel gezogen und ich so lange in das schmerzende Licht geblinzelt hatte, bis ich einigermaßen wieder sehen konnte, war ich versucht, mir den alten Zustand zurückzuwünschen. Denn das, was da so dicht über mir schwebte, dass es mein gesamtes Gesichtsfeld ausfüllte, war das feist grinsende Gesicht des fetten Franz.

Rotweintröpfchen prustend und auf meine Stirn sabbernd verkündete er mir meine nähere Zukunft, während er mit schwungvoller Gebärde das Glas über mir kreisen ließ. »Ah, mein getreuer Diener und langjähriger Empfänger meiner vielfachen Wohltaten ist von seinem schlechten Gewissen zu mir zurückgeführt worden. Brav, brav, doch leider zu spät. Deine Rolle im großen Schauspiel habe ich schon lange festgelegt. Es fehlt mir immer noch einiges an Gold, du Abtrünniger und Verräter. Du Beschützer dieses Hundes Rothmann, der unbedingt die Hand beißen musste, die ihn so lange gefüttert hat. Dafür werden sich die drei anderen

Anabaptistenschurken über deine Begleitung freuen. Du hast mir mit dem Prädikanten den vierten Mann gestohlen, jetzt musst du selbst mit hinauf.«

Und während er sich vor Lachen ausschütten wollte, wurde mir wieder der Sack übergestülpt. Man zerrte mich auf die Beine, heraus aus dem Schloss und auf einen Karren, auf dem ich vor Schwäche einnickte, während er durch die Nacht einem unbekannten Ziel entgegenratterte.

Der Raben Speise

Obwohl Tausende von Menschen um mich versammelt waren, hörte und roch ich hier oben nichts anderes als die glosende Holzkohle, in der vier eiserne Zangen zum Glühen gebracht wurden. Nichts anderes drang bis in mein Gehirn. Selbst meinen eigenen Schweiß, der mir trotz dieses kalten Wintertages den Körper herunterlief, meine fiebrigen Ausdünstungen nahm ich nicht wahr.

Für einen Moment stand ich allein in der Mitte der durch Holzbohlen errichteten Plattform, die man auf dem Prinzipalmarkt über drei zusammengebundene Wagen gelegt hatte. Mir kam für einen Augenblick der absurde Gedanke, dass dies doch eine wenig vollkommene Bühne war für ein derart monumentales Schauspiel, dem unsere fürstbischöfliche Exzellenz so lange entgegengesehen hatte.

Dann erst wurde mir der Pfahl mit dem eisernen Halsreifen in seiner Endgültigkeit bewusst, dann erst bemerkte ich den Henker, der schon vor mir die Stufen des Schafotts emporgestiegen war, einen Mann, den man extra aus Paderborn hatte kommen lassen. Um mich abzulenken, hatte ich mich auf den letzten Metern meines Weges auch über ihn und darüber erkundigt, ob er sein Amt auch verstünde. Die Antworten, die mir mit wissend schadenfroher Miene gegeben wurden, ließen keinen Zweifel an seiner Kunstfertigkeit.

Nach mir wurden die drei Herrscher des vergangenen Wiedertäuferreichs hinaufgeschleppt. Nicht wenige aus der Menge der Gaffer hatten durch sie Freunde und Verwandte, Hab und Gut verloren und waren auf die eine oder andere Weise ins Unglück gestürzt worden. Entsprechend war der

Zorn der Masse, der sich nur deshalb nicht entlud, weil alle wussten, dass man mit den Delinquenten schlimmer verfahren würde, als sie selbst es jemals gekonnt hätten. Ich blieb zwar von diesem zornigen Hass der Meute verschont – nur, was nützte es mir?

Denn heute, am 22. Januar des Jahres 1536, war es soweit. Heute sollte sich die Rache des fetten Franz an seinen Erzwidersachern vollenden, die ihn nächtelang den Schlaf, monatelang die gute Laune und letztlich ein kaum vorstellbares Vermögen gekostet hatten. Jan Bockelson, genannt Jan van Leyden, Bernd Knipperdollinck und Bernd Krechtinck sollten nun endlich ihre gerechte Strafe finden, die nichts anderes sein konnte als ein grausamer Tod, nachdem man sie wochenlang über Land geführt und die Besiegten dem Volk wie exotische Tiere aus fremden Kontinenten zur Schau gestellt hatte. Sie waren formell verurteilt worden, weil sie »in Münster eine unerlaubte, boshafte und viehische Religion eingeführt, Kirchen geschändet, den Bürgern ihr Eigentum weggenommen, das Volk gegen die Obrigkeit aufgewiegelt und schließlich viel Blut vergossen« hätten. Also sollten sie mit glühenden Zangen gerissen und anschließend mit glühendem Eisen durchstoßen werden.

Ich kannte die Prozedur schon, mir war Wolbeck in bester Erinnerung. Und so hatte ich Mühe, nicht die Fassung zu verlieren und mich überhaupt auf den Beinen zu halten. Denn heute sollte auch der Tag sein, an dem Franz in einem Aufwasch seine Rache an mir vollenden wollte. Wie hatte ich nur so gänzlich von Sinnen sein können anzunehmen, er würde mich entkommen lassen, würde vergessen können, dass ich durch die Unterschlagung des Geldes, *seines* Kriegsgeldes, und wäre es auch nur eines einzigen Talers, seinen Erfolg in Frage zu stellen wagte? Dazu brauchte kein Gericht zusammenzutreten, war kein förmliches Urteil vonnöten. Den Schuldspruch schenkte sich der fette Franz, der in seiner feixenden Art gleich zur Verkündung des Strafmaßes gekommen war, das da lautete, er würde mich Verräter an diesem entscheidenden Tage den drei verteufelten Aufrührern hinzugesellen und in diesem Stück ebenfalls die Hauptrolle spielen lassen.

Nach diesem Auftritt, der ihn köstlich zu amüsieren schien, wurde ich in einem fensterlosen Keller eines Hauses in unmittelbarer Nähe des Marktes arretiert, weil, so ließ man mich wissen, man mir als letzte Gunst den Weg zur Hinrichtungsstätte nicht allzu lang machen wollte. Licht viel nur spärlich durch eine winzige Gitteröffnung in der Tür herein, und nach einer Weile verlor ich jegliches Zeitgefühl. Mein Wärter, der mich mit kargstem Essen und Wasser versorgte und sich einen Teufel um die Entleerung meines Kübels kümmerte, war ein junger, stabiler Bursche, der stets von zwei Wachen begleitet wurde und offensichtlich ebenso wie diese die Order hatte, kein Wort mit mir zu sprechen.

Das tat erst wieder ein Mensch, auf dessen Gegenwart von allen anderen ich am meisten verzichten konnte: Pankratius. Er, mein liebster Feind und ständiger Missgünstling, kam, ganz fleischgewordene Häme, mit einem Mann im Schlepptau, den ich bis dahin noch nie gesehen hatte. Ohne wirklich eine Antwort zu erwarten erkundigte er sich überschwänglich nach meinem Wohlbefinden und unternahm dabei nicht den geringsten Versuch, sein widerwärtiges Grinsen zu unterdrücken. »Große Dinge erwarten dich, mein Bester, die man nur ertragen kann, wenn man in ausgezeichneter körperlicher Verfassung ist. Doch ich sehe ja, dass die

Schonkost der letzten Tage wahre Wunder gewirkt und eine schlanke Gestalt geschaffen hat, die so einiges wird aushalten können. – Ich habe dir einen Gast mitgebracht, der den Wunsch geäußert hat, dich vor eurem morgigen Zusammentreffen einmal persönlich kennen zu lernen.« Dabei gluckste der Misthund in sich hinein wie eine zahnlose Vettel, die nach Jahren der Abstinenz von einem blinden Galan zu einem letzten Rendezvous gebeten wird.

Der Fremde war ein mittelgroßer, unauffälliger Mann mit kurzem Bart. Er hatte etwa mein Alter und trug dunkle, zweckmäßige Kleidung ohne jeden Zierrat. Trotz des Gestanks in diesem Loch verzog er keine Miene, was darauf schließen ließ, dass er einiges gewöhnt war. Nachdem wir uns eine Weile schweigend gemustert hatten, stahl sich ein Anflug von Heiterkeit in seine Mundwinkel. »Ihr müsst die Störung Eurer Ruhe entschuldigen, aber es ist mein Prinzip, mir vorher die Leute anzuschauen, die dafür verantwortlich sind, dass ich die geplante Abfolge meines Auftrags ändern muss. – Wir sehen uns dann morgen.«

Er musste meine Frage erwartet haben, denn ich kam nur bis zum »Wer ...?«, als er sich in der Tür noch einmal umdrehte. »Der Henker von Paderborn.« Das anschließende Lachen des schmierigen Pankratius würde mir bis an mein Lebensende in den Ohren gellen.

Am nächsten Morgen erschien der eklige Speichellecker erneut, diesmal im Auftrag des Bischofs, wie er betonte, um mich »für meinen letzten großen Auftritt in Münster zu unterweisen und mich darin zu bestärken, bis zum Schluss die Fassung zu bewahren.« Schließlich dürfe man vom ehemals besten Spion seiner Exzellenz ja wohl eine gewisse Haltung erwarten. Als er mir endlich eröffnete, was man sich mit mir vorgestellt hatte, war er zumindest so fair, mein Würgen abzuwarten und mir nach dem Kotzen ein Tuch zu reichen, mit dem ich mir den Mund abwischen konnte. Anschließend ließ er mir neue, aber einfachste Kleidung bringen, weil man »dem Volk den Geruch eines wandelnden Bottichs voller Scheiße nicht zumuten« könne – womit er im Ergebnis Recht hatte; denn meine Kleider waren nach den Tagen meiner Einkerkerung keine Wäsche mehr wert. Sodann ließ er mir eine Kapuze über den Kopf ziehen, um »seiner allerdurchlauchtigsten Eminenz die Blamage zu ersparen, aller Welt zu offenbaren, dass sein ehemaliger Vertrauter nun das Schafott besteigen würde«. Und nun solle ich mich beeilen, die Vorstellung müsse beginnen.

Das folgende Geschehen erlebte ich wie durch einen Schleier, ein berauschter Beobachter, dem jeder Sinnzusammenhang verschlossen blieb.

Nach uns bestiegen der Richter der Stadt Johann Wesseling und seine Beisitzer Hermann Herde sowie Melius Herte mit verschiedenen Amtsleuten das Blutgerüst, worauf die Liste der Verbrechen noch einmal verlesen wurde. Meine Taten fanden darin keine Erwähnung, doch war ich weit davon entfernt, mich hierdurch erleichtert zu fühlen.

Der Einzige, der sich dazu äußerte, war Jan van Leyden, der auch hierin Standhaftigkeit demonstrierte: »Gegen die Obrigkeit habe ich gefehlt, aber nicht gegen Gott.« Danach herrschte Schweigen und man hörte nur das Knistern der Glut in der winterlichen Luft.

Mit ihm, dem ehemaligen König von Münster, sollte begonnen werden. Unter dem Gejohle und den Flüchen, dem Drohen und Geifern des Volkes entkleidete ihn der Henker aus Paderborn bis auf einen Lendenschurz, stellte ihn vor den Pfahl mit dem Kopf durch das Halseisen und kettete ihn an. Dann zog er eine rot glühende Zange aus den Kohlen und trieb sie in die linke Seite des Opfers.

Als nichts weiter geschah, wandte er sich an den zweiten Blutrichter auf dem Podium, den Henker aus Münster, und zischelte ihm zu: »Na los, worauf wartest du?«

Erst da fiel die Erstarrung von mir ab, ich ergriff eine zweite Zange und packte die rechte Seite des Delinquenten an. Gleichzeitig rissen wir das qualmende und stinkende Fleisch heraus.

Spätes Glück

Ich war an keinem besonderen Tag aufgebrochen. Kein Stern war im Osten aufgegangen, keine Jungfrau hatte ein Kind zur Welt gebracht, und falls mir unterwegs drei Könige begegnet sein sollten, habe ich sie jedenfalls nicht bemerkt.

Zenobia hatte alles ihr zu Gebote Stehende unternommen, um mich von meiner Reise abzubringen. Zuerst hatte sie es auf die vermeintlich Erfolg versprechende Weise getan und an meine Vernunft appelliert. Dann setzte sie ihre Hoffnungen auf das Gefühl und überraschte mich mit Kunstfertigkeiten, die mich an die frühen Wochen unserer Bekanntschaft erinnerten. Als das nicht half, entschied sie sich für den regelmäßig sichersten Weg und wollte mich bei meiner Geldgier packen, indem sie mir beständig die Kosten meines Unterfangens vor Augen zu führen suchte.

Glaubt mir, meine verständnisvollen Freunde, ich bin nicht so hartherzig, wie ich bisweilen erscheinen mag. Deshalb versetzte es mir tief in meinem Innersten immer einen schmerzhaften Stich, wenn ich bei ihren verzweifelten Versuchen, mich von meinem Plan abzubringen, die ehrliche Trauer in ihren Augen sah, wusste ich doch, dass sie nur mein Bestes wollte. Jedoch, meine Absicht stand unverrückbar fest, weshalb ich sie in ihrem von vornherein zum Scheitern verurteilten Streben nicht länger leiden lassen wollte. So beendete ich schließlich die unsinnigen Dispute eines Tages, als sie mich wieder einmal nach der Triebfeder meines Unterfangens gefragt hatte, mit der lakonischen Feststellung: »Ein Mann muss tun, was ein Mann tun muss!«

Dies sagte ich nicht etwa in der ehernen Gewissheit, dereinst hiermit einen hervorragenden Platz in einer Sprüchesammlung von Dummköpfen einzuheimsen und unbekannterweise bis ans Ende der Menschheit von überwiegend sprachlosen Kerlen zitiert zu werden, sondern weil ich meinen Schatz einfach nicht mit der Wahrheit beunruhigen wollte. Hätte sie gewusst, dass ich mich mit meiner Tat auch von meinen Albträumen befreien wollte, hätte sie sich sicherlich die Schuld dafür gegeben, mich nicht auf andere Weise vor ihnen erretten zu können. Dass es mir vor dem in meinem Geiste immer wieder erscheinenden Bild meines Auftritts auf dem Schafott in Münster aber hauptsächlich und ganz primitiv um Rache ging, ich glaube, sie hätte mich durch beständige Untermengung von Rauschmitteln in meinem Essen auf ewig in einem willenlosen Zustand gehalten.

Also begnügte ich mich an diesem entscheidenden Tag mit eben jenem törichten Satz, setzte mich auf mein Pferd und ritt davon, ohne mich noch einmal umzusehen.

* * *

Sechs Wochen waren seitdem vergangen, bis ich heute an dieses Haus kam und folgende Frage stellen konnte. »Bist du der Schmied, der die Zangen gefertigt hat, mit denen in Münster vor fünf Jahren die Wiedertäufer hingerichtet worden sind?«

Der rauchgeschwärzte Mann an der Esse wischte sich die Hände an einem dreckigen Lumpen ab, bevor er sich umwandte und mit einem argwöhnischen »Ja« zu mir herüberkam.

»Das ist vortrefflich, Meister, ganz ausgezeichnet, denn dann habe ich einen Auftrag für dich.«

Der fette Franz hatte sein Wort gehalten. Wenn ich die Rolle des Henkers von Münster übernähme, würde er mich ziehen und für alle Zeiten in Frieden lassen. Was also hatte ich für eine Wahl? Er konnte Milde walten lassen, schließlich fehlte ihm jeglicher Beweis für meine Unterschlagung des Geldes. Außerdem befand er sich nach dem Sieg über die Wiedertäufer in einer andauernden Hochstimmung. Was er mir vorzuwerfen hatte, war mein sang- und klangloses Verschwinden aus seinen Diensten, und da hatte er sich angesichts meiner Reaktion auf die Hinrichtung der Kaufmannsfamilie in Wolbeck diese exquisite Rache ausgedacht. Er hatte mich abends zu einem Abschiedsessen zu sich bringen und als Entschädigung für meine dürftige Beköstigung während meiner Einkerkerung vom Besten auftafeln lassen. Weinselig versicherte er mir ein ums andere Mal, dass ihm meine Rolle auf dem Schafott bald besser gefallen hätte als die damit verbundene Ausmerzung seiner Feinde.

Nach dem, was ich Stunden zuvor getan hatte, war mir nicht danach, mir den Magen vollzuschlagen, und ich trank mehr, um mich zu betäuben, als um meinen Durst zu stillen. Was meine Stimmung jedoch gänzlich verdüsterte, war das vom Rebensaft beflügelte Geständnis des fetten Franz, dass es eigentlich die Idee des schelmischen Pankratius gewesen war, die mir zum Amt des Henkers verholfen hatte.

Der Gedanke, es dem schleimigen Molch zu vergelten, hatte sich seit diesem Abend in meinem Kopf festgefressen und seit meiner Rückkunft in Holland konkrete Formen angenommen. Nur warten musste ich zunächst – Geduld beweisen und warten. Dann, nach ein paar Jahren, wenn sich niemand mehr an den alten Frederik von dem Kerkhof erinnerte, der für die Allgemeinheit ohnehin bereits im Jahre

1534 aus der Welt verschwunden war, dann würde ich den Schmied finden, der die Zangen hergestellt hatte, die mir so viel Unbehagen bereitet hatten. Und dann würde ich mit einer Kapuze über dem Kopf und genau diesen Zangen eine miese Kröte aufsuchen und mich eine Stunde lang mit ihr befassen, wie es ihrem Charakter angemessen war. Ob der Bursche danach noch für den Dienst bei irgendeinem Herrn taugen würde, wagte ich zu bezweifeln, und glaubt mir, meine ahnungsvollen Freunde, ich irrte mich nicht, hatte mir der Schurke auf diesem Gebiet doch eine nicht zu unterschätzende Routine beschert.

KBV-KRIMI

F. G. Klimmek

Wie die Fliegen

KBV-Krimi Nr. 112
Taschenbuch, 336 Seiten
ISBN 3-937001-07-7

Karl-Heinz Schmidt ist fett und fünfzig. Er mag keine Schwulen, keine Kinder, keinen Knoblauch und keine Hitze. Er liebt Heineken und Jenever. Also ist Holland für ihn das gelobte Land, in dem er als Frührentner im Alkoholdunst vor sich hindämmern kann. Jedenfalls so lange, bis aus unerklärlichen Gründen ein heimtückischer Mordanschlag auf ihn verübt wird, dem er nur mit sehr viel Glück entgehen kann. Schmidt muss bei seinen Nachforschungen feststellen, dass die Leute, denen er dabei begegnet, plötzlich sterben wie die Fliegen. Er braucht ziemlich lange, bis sein Herumstochern ihn mehr zufällig zum Drahtzieher der Verbrechen führt und er erkennen muss, dass ein antiker Schimmelpilz ein mörderischerer Antrieb sein kann als eine schöne Frau.

Jürgen Raap

Ein Koffer aus Bern

KBV-Krimi Nr. 107
Taschenbuch, 288 Seiten
ISBN 3-937001-02-6

Was befindet sich in dem Koffer, den der verkrachte Kölner Detektiv Karl-Josef Bär aus der Schweiz abholen soll? Sein Auftraggeber, der Geheimdienstler Schröder, behauptet, es sei Geld - viel Geld. Möglicherweise sind es aber auch irgendwelche brisanten Papiere. Wie immer wird Detektiv Bär nicht schlau aus dem Mann vom MAD. Als er den Koffer bei einem gewissen Dr. Kaspereit in Köln abliefern will, stößt er dort auf dessen Leiche. Von nun an wird die Luft für Bär ziemlich dünn, denn nicht nur die Witwe des Toten, sondern auch sein Bruder beginnen, nach dem ominösen Geldkoffer zu suchen. Und schließlich heften sich auch zwei Männer des russischen Militärgeheimdienstes an seine Fersen.

»Witzig, kritisch, ironisch. Raap nimmt alle Krimi-Klischees aufs Korn.« *(Bild)*

Justin Larutan

Lobenrots Echo

KBV-Krimi Nr. 106
Taschenbuch, 224 Seiten
ISBN 3-937001-01-8

Der Stargermanist Feebler bittet den Privatdetektiv Vodenka um Hilfe, weil ihm sein alter, psychisch labiler Schulfreund Lobenrot angeblich nach dem Leben trachtet. Trotz größerer Zweifel nimmt Vodenka den immerhin lukrativen Auftrag an, findet jedoch so gut wie nichts heraus. Dann ist Feebler tot - vom Dach seiner Stuttgarter Penthouse-Wohnung gestürzt. Im Laufe seiner Nachforschungen verstrickt sich Vodenka immer mehr in ein Gespinst aus Lügen und Täuschungen; nichts in dem ihm fremden Universitäts-Milieu ist so, wie es zunächst schien. Die Figuren um Feebler entpuppen sich allesamt als bizarre, mehr oder weniger inszenierte Trugbilder.

»Am sauberen Putz der Fassade kratzen und eine schimmelige Wand dahinter aufdecken - das kann Larutan gut.« *(Stuttgarter Nachrichten)*

KBV-KRIMI

F. G. Klimmek

Schnee von gestern

KBV-Krimi Nr. 123
Taschenbuch, 384 Seiten
ISBN 3-937001-13-1

Kein Geld der Welt garantiert das ewige Leben. Deshalb müssen irgendwann sogar Millionäre sterben. Weil dies aber bei drei Kameraden auf besonders brutale Art geschieht, zittern die greisen Mitglieder des exklusiven holländischen Yachtclubs nicht nur aus Altersgründen. Abhilfe soll Karl-Heinz Schmidt schaffen, der Frührentner aus dem Ruhrpott, mit dem dicken Bauch und den dünnen Haaren. Selber eingebettet in Wohlstand und die dazugehörige Langeweile, geht Schmidt mit wenig Begeisterung an die Sache heran, denn er hält die Morde für die Taten individueller Geschäftskonkurrenten. Doch dann findet er heraus, dass alles bereits im Sommer '44 in einem deutschen Konzentrationslager begonnen hat und die Toten nur Teile einer Mordserie ungeahnten Ausmaßes sind.

Anke Ahle

Pole Position

KBV-Krimi Nr. 125
Taschenbuch, 288 Seiten
ISBN 3-937001-15-8

Die Fachwelt ist überrascht, dass der völlig unbekannte Formel-Eins-Pilot Jean-Luc Dalesasse einen Vertrag beim Top Team Williams bekommt. Mit seiner unkonventionellen Art und mit spektakulären Fahrten am Limit wird er schnell zum Shooting Star der Saison. Er ist auf bestem Wege, beim Kampf um den WM-Titel dem Konkurrenten Ferrari davonzufahren, als ein Testfahrer tödlich verunglückt. War es wirklich ein Unfall? Eigentlich sollte Jean-Luc an diesem Tag im Cockpit gesessen haben. Er wittert Sabotage und Mordabsichten. Plötzlich kämpft er nicht mehr nur um den Titel, sondern um sein eigenes Leben. Ein Skandal aus der Vergangenheit wirft seine Schatten auf die Gegenwart: Als er erkennt, um was es eigentlich geht, scheint die Pole Position schon verloren ...

Jacques Berndorf (Hg.)

Mords-Eifel

KBV-Krimi Nr. 124
Taschenbuch, 192 Seiten
ISBN 3-937001-14-x

Jacques Berndorf hat die Eifel berühmt gemacht. Die Auflagen seiner Kriminalromane aus dieser Landschaft im Wilden Westen Deutschlands erreichen Millionenhöhe. Seine Titel wie »Eifel-Wasser« oder »Eifel-Liebe« erklimmen regelmäßig die Bestsellerlisten.

In diesem KBV-Sammelband hat der Erfinder des »Eifelkrimis« seine schwarzen Schafe um sich versammelt: Carola Clasen, Ralf Kramp, Gisbert Haefs, Carsten-Sebastian Henn und viele andere haben ihre literarischen Leichen in eine raue Landschaft gelegt, die tatsächlich wie geschaffen scheint für Kriminalgeschichten aller Art. In knapp zwanzig mörderischen Eifel-Kurzkrimis bieten Berndorf & Co. spannendste Unterhaltung.